Crímenes que no olvidaré

Novela
Crimen y Misterio

Alicia Giménez Bartlett

Crímenes que no olvidaré

DESTINO

El papel utilizado para la impresión de este libro es cien por cien libre de cloro y está calificado como **papel ecológico**.

Ediciones Destino, un sello editorial de Editorial Planeta, S. A.
Avda. Diagonal, 662-664, 08034 Barcelona (España)
www.edestino.es
www.planetadelibros.com

Diseño de la cubierta: Booket / Área Editorial Grupo Planeta
Ilustración de la cubierta: *Miss Sixty* © Duma
Fotografía de la autora: © Dani Mandràgora
Primera edición en Colección Booket: febrero de 2016

Depósito legal: B. 29.256-2015
ISBN: 978-84-233-5039-1
Impresión y encuadernación: Liberdúplex, S. L.
Printed in Spain - Impreso en España

Biografía

Alicia Giménez Bartlett (Almansa, Albacete, 1951) vive en Barcelona desde 1975. Ha publicado, entre otras, las novelas *Exit*, *Una habitación ajena* (Premio Femenino Singular 1997), *Secreta Penélope*, *Días de amor y engaños* y el gran éxito *Donde nadie te encuentre* (Premio Nadal de Novela 2011). Con la serie protagonizada por la inspectora Petra Delicado se ha convertido en una de las autoras españolas más traducidas y leídas del mundo: *Ritos de muerte*, *Día de perros*, *Mensajeros de la oscuridad*, *Muertos de papel*, *Serpientes en el paraíso*, *Un barco cargado de arroz*, *Nido vacío*, *El silencio de los claustros*, *Nadie quiere saber* y *Crímenes que no olvidaré* (Premio Pepe Carvalho de Novela Negra 2015). Ha recibido los prestigiosos premios Grinzane Cavour en Italia y Raymond Chandler en Suiza. En 2015 fue merecedora del Premio Planeta por su nueva novela *Hombres desnudos* y del X Premio Pepe Carvalho por su trayectoria literaria en el género de la novela policiaca.

Para Casilda, una niña muy pequeña
que llegará a ser una gran mujer.

Muerte en el gimnasio

Cocido, el tipo estaba cocido. No quiero decir cocido o frito en el sentido coloquial de muerto, me refiero a cocido de verdad, cocinado, como pueda estarlo una langosta a la americana o un pollo a la papillote. Muerto también estaba, naturalmente, pero uno puede morirse de muchas maneras, y ésta era realmente inusual. Tenía los párpados contraídos y la piel... En fin, un espectáculo muy desagradable. Había pasado la noche entera encerrado en la sauna de aquel gimnasio con la temperatura a todo meter. La puerta, cerrada con llave desde fuera, y la llave puesta en la cerradura. ¿Un accidente, alguien cerró por casualidad? Improbable, mucho menos con el vapor graduado a aquellos grados insostenibles. El forense dijo que le había fallado el corazón, mejor para él. Me impresionó verlo al principio, después... todos los muertos tienen puntos en común, desde los que mueren por violencia hasta los que lo hacen tranquilamente en su cama. El tipo era feo hasta los tuétanos, supongo que igual que cuando estaba sin cocinar. De unos treinta y tantos, cetrino, con rasgos vulgares. Se llamaba Pepe Ruiz. Guardia de seguridad en una discoteca, «sinónimo de hijoputa», dijo el subinspector Garzón, «Los conozco perfectamente, tipos que se pavonean cuanto pueden, gallitos de pelea. Un uniforme vistoso, una pistola al cinto, todos se creen Gary Cooper o Superman. Especialistas en broncas y peleas, incluso en organizarlas cuando no las hay.»

La dueña del gimnasio confirmó semejante visión. «Un hombre difícil», se limitó a diagnosticar, pero luego fuimos tirando de la manta. Todos en el gimnasio estaban hasta las narices de él. Pendenciero, jactancioso, provocador... Incluso había tenido con los otros clientes algún altercado, alguna palabra malsonante. Al monitor de la sala le había lanzado una pesa en una ocasión. Se paseaba entre las mujeres mirándolas de arriba abajo con toda desfachatez. A nadie le caía bien y, para colmo, era siempre el último en marcharse. En fin, no se organizaría ningún responso fúnebre en su honor; pero de eso a que alguien se lo cargara... La dueña no había querido echarlo para evitar una mala impresión de cara al negocio, pero lo había amonestado más de una vez. Era lógico pensar que tampoco se hubiera atrevido a encararse con un tío tan animal. Todos atribuían su comportamiento a una cuestión de inteligencia, era casi un *borderline*. Garzón me pidió explicaciones sobre el vocablo. Fue fácil hacerlo: «Se trata de una palabra inglesa que sirve para no decir abiertamente que alguien es medio subnormal». Le encantó. Una lengua muy caritativa, el inglés. Un *borderline*. Mentes que están en la línea que separa la normalidad de la estupidez. Garzón me aseguró que iba a incluir la palabra en su vocabulario, hay mucho *borderline* por ahí.

El interfecto era soltero y vivía con su madre viuda. Nos acercamos a visitarla a su casa, un piso cutre cargado de flores secas y tapetes de ganchillo. Era una vieja y estaba hecha cisco, lo natural. Lloraba como una Magdalena, le habían matado a su *borderline*. Según su versión maternal, el *border* era perfecto. Un muchacho amable, trabajador, delicado. ¿Violento?, ¡jamás!, sólo que en su trabajo se veía obligado a meter en cintura a mucha escoria. Al final todo el mundo comprendía su buen fondo. No tenía novia porque se había dedicado en cuerpo y alma a cuidar de su madre. Era el mejor de los hijos. Estaba empezando a cansarme de verla llorar. No es plato de gusto ver llorar a una vieja, siempre produce asco o compasión. Me la quité de encima lo más pronto que pude. Me pedía justicia, como si eso se llevara en la cartera. Hubiera podido ofrecerle un cigarrillo, pero poco más. Sin embargo, Garzón la escuchó aún durante un buen rato.

—Una madre es una madre —me dijo después.

—Por fortuna, no hay madre que cien años dure —le respondí. Se escandalizó un poco, por no variar. Le resultaba inconcebible que yo, siendo una mujer, atacara ciertos conceptos. Le parecía una contradicción, o simples ganas de molestarlo, lo cual a veces era verdad.

Lo primero que había que considerar eran los elementos materiales del caso. A saber, la localización. Pequeña sauna situada en el vestuario de caballeros, provista de una llave capaz de cerrar por dentro y por fuera. Es evidente que cuando había alguien tomando un baño de vapor nadie cerraba por fuera. Ni una huella dactilar. Las damas contaban con otra sauna aparte. Un sistema tan amplio que nos llevaba a pensar que cualquiera de los hombres hubiera podido ser el asesino de Pepe Ruiz, si bien aquella posibilidad se hacía mayor cuanto más tarde se hubieran marchado del gimnasio. La señora de la limpieza empezaba a trabajar a las diez, pero no lo vio. Sólo arreglaba la sauna una vez a la semana, el resto del tiempo ni la abría. ¿No se fijó en que del cuartito salía calor? Greñuda, aún joven, no muy agraciada, presentaba el aspecto de tener sus propios problemas, quizá los principales de manutención. No estaba en sus costumbres andar perdiendo el tiempo ni permitirse excesos como la curiosidad. La dueña nos dijo que tenía cuatro hijos y un marido alcohólico. Comprendí su falta de intriga. La sauna se comunicaba con el exterior por medio de una ventanita acristalada colocada a una altura ligeramente superior a la de los ojos. Cualquiera hubiera podido asomarse para ver si la concha contenía caracol, pero nadie lo hizo. Tal cosa llevaba a conjeturar que la fechoría había partido de las últimas personas presentes en el gimnasio. Si hubieran encerrado a Ruiz a una hora temprana, alguien habría acabado por darse cuenta de que el pobre desgraciado estaba allí.

—Cuente usted además con la discreción —le objeté al subinspector—. Cuando uno sabe que hay una persona desnuda en una pequeña habitación, siempre es violento ponerse a mirar.

Garzón lo consideró despacio.

—Encima... —añadí—, tengo entendido que entre los caballeros hacer esas cosas comporta el riesgo extra de ser considerado sospechoso de afeminamiento, algo así como buscar plan.

—No se me había ocurrido, pero aun suponiendo que eso de la discreción fuera verdad, alguien hubiera podido necesitar la sauna, o extrañarse de verla tanto rato en funcionamiento. Es casi imposible que nadie lo hubiera advertido. No, a ese tipo lo encerraron al final de la tarde.

En ese caso estaba muy claro lo que sucedió: la víctima se había metido en la sauna por propia iniciativa dejándose las llaves insertadas por fuera. Una vez dentro se durmió. Después, alguien descubrió que el tipo estaba allí como un angelito, dio vuelta a las llaves, subió a tope la temperatura del vapor y se largó. ¿Por qué el *borderline* no chilló o intentó salir? Quizá por su propia estupidez, aunque sería más plausible pensar que, debido al calor, se desvaneció, de modo que pasó del sueño a la muerte con inconsciente placidez.

Tan claro como lo acontecido estaba lo que debíamos hacer. Ordené a Garzón que averiguara quién había entrado en el gimnasio a partir de las seis. Cometido bien fácil, una máquina electrónica se encargaba de marcar en el carné del asociado el momento de ingreso y lo mismo sucedía a la hora de salir. Estaba también la recepcionista, que se iba a las diez, una chica muy mona que lloraba todo el tiempo. Me sorprendió tanto que lo hiciera que le pregunté el porqué. «No me gusta que la gente se muera», fue su respuesta. Me conmovió, con sus ojos azules y grandes, la expresión juvenil... Eso me demostró que la piedad no la infunden la fealdad ni la vejez, y que se equivocan los que piensan que las miserias del mundo le importan a alguien realmente. Y bien, en cualquier caso el testimonio de la desconsolada recepcionista coincidió con el listado de la máquina: once socios masculinos habían ido la tarde de autos a partir de las seis. De ellos, siete salieron una hora después tras haber asistido a una clase común de gimnasia. Cuatro fueron por tanto los que quedaron en el gimnasio. Uno salió a las ocho, otro a las ocho y media y los dos últimos se fueron casi al mismo tiempo, a las nueve menos cuarto.

Descartamos para empezar a la tropilla de alumnos gimnásticos. Las siete de la tarde era una hora muy temprana para que su declaración sobre el estado de la sauna pudiera considerarse de interés. Iniciamos un interrogatorio cautelar dirigido a los dos penúltimos socios. El que salió a las ocho era un estudiante de bachillerato con la cara salpicada de pequitas. Creo que, en el cómputo total, él hizo bastantes más preguntas que Garzón. ¿Tienen algún sospechoso? ¿Creen que se trata de una venganza personal? ¿Conocen a los polis que arrestaron al violador del Ensanche? ¿Utiliza la policía el sistema internet? Muy espabilado, el chaval, quizá hubiéramos debido contar con él para llevar la investigación. Sólo que, llegado el momento de aportar algún dato, el muchacho se rajó. No recordaba si la sauna estaba funcionando, ni si había alguien dentro, ni vio aquella tarde al difunto, en fin, que como elementos clarividentes sólo contaba con su curiosidad. Le dejamos marcharse sin temores, aún hay pocos niños asesinos en España, hacen falta muchos años de civilización sofisticada para alcanzar cierto nivel en ese sentido.

El afiliado de las ocho y media era un luchador de karate que ejercitaba sus músculos cada día en sesión individual. Bajo, fornido como el contrafuerte de una iglesia románica, no tuvo inconveniente en mostrarle al subinspector algunos detalles de su ciencia. Primero, lanzó un puño al aire con tal velocidad que fue difícil saber si se había movido. Después dio unos pasos de baile en estado de total concentración y acabó la pirueta levantando la pierna por encima del hombro. Estuvimos a punto de aplaudir. No podía creer que dos policías como nosotros careciéramos de cualquier preparación en artes marciales. Para mitigar la sensación de inferioridad que nos recorría le contestamos que nuestras armas eran psicológicas. Aparentemente se conformó con esa explicación. Cuando le preguntamos si había tenido algún altercado con Pepe Ruiz, sonrió comprobando que no habíamos entendido nada.

—Los expertos en karate debemos evitar cualquier violencia o discusión. Si perdiéramos mínimamente el control de nuestros nervios podríamos matar a alguien de un solo golpe.

Él había presenciado a la víctima pavoneándose, hinchando bíceps ante mujeres, lanzando miradas altaneras a chicos más débiles y jóvenes. Por muy subnormal que fuera, se mostraba lo suficientemente listo como para no buscar gresca con aquellos que podían pararle los pies. Pues sí, parecía verosímil que un hombre como el karateca, metido por completo en la mística de su entrenamiento, no hubiera prestado demasiada atención a aquel matón de barrio y no tuviera por tanto ningún motivo para asesinarlo. De haber querido meterlo en vereda, le habría bastado con propinarle algún que otro fulminante mamporro oriental. Determinada la ausencia de móvil, sondeamos su memoria en busca de precisiones; y con buena fortuna, ya que recordaba que la sauna estaba funcionando cuando él salió. También se mostraba seguro de que no había dentro ningún afiliado. Él mismo tuvo el momentáneo pensamiento de tomar una sauna, pero después lo descartó.

—No es bueno el reblandecimiento de los músculos, ya sabe —dijo mirando a Garzón con complicidad. Mi subordinado le devolvió la mirada preñada de conocimiento, como si en realidad se hubiera pasado la vida entera atento a la textura de su masa muscular.

Pues, bueno, si aquel karateca no tenía razones para matar a nuestro muerto, tampoco las tendría para mentir, lo cual llevaba a partir de una base más sólida: el encierro se había producido en las últimas horas abiertas al público, es decir, entre las ocho y media y las diez. Porque, aunque los dos últimos socios se hubieran marchado a las nueve menos cuarto, aún nos quedaban como posibles sospechosos la señora de la limpieza y el monitor. Perfecto, el terreno se acotaba, así que decidimos organizar un nuevo interrogatorio con los dos últimos clientes del gimnasio. Sentí una punzada de pasión por saber con qué clase de caracteres nos encontraríamos. Me sucede siempre en momentos parecidos, también cuando abro el buzón de las cartas cada mañana. Es un ramalazo fugaz pero potente, como si las posibilidades de lo desconocido fueran a resolverse en fascinantes sorpresas que se opongan a la rutina de la vida habitual. Luego, lo más probable es que nunca se cumplan tales pálpitos, que los sospechosos resulten vulgares y aburridos, y que en el buzón sólo aparezcan notificaciones del banco y recibos de la luz. Como así ocurrió al día siguiente. ¿Vulgares y aburridos? Es demasiado decir, pensándolo con más detenimiento quizá no estuvieran tan mal.

Nos entrevistamos primero con Mateo Serrano, atareado ejecutivo de una multinacional. Glamuroso, distinguido, cuarentón, había conseguido a fuerza de gimnasio tener el vientre plano y unos pectorales abultados que hacían elevarse su corbata italiana de un modo llamativo. Se mostraba fastidiado y renuente. No creo que le hubiera impresionado la muerte de aquel lumpen, más bien se dolía de la pérdida de tiempo que comportaban los interrogatorios. Era como quien deplora que un suicida elija su tren para tirarse tan sólo por el retraso. También se quejaba de haberse apuntado a un gimnasio que admitía como socios a tipos como Pepe Ruiz. «Es que me coge cerca del trabajo», se disculpó. Cuando le hube dado margen suficiente para enumerar su lista de agravios hacia el destino, empecé a preguntar. A partir de entonces sus quejas se tornaron escándalos. ¿Hablar él con la víctima alguna vez? ¡Absurdo! ¿Un altercado? Me miró como si estuviera bromeando. De hecho, no era muy verosímil representarse a un hombre tan ocupado metido en discusiones porteriles. Probando que quizá dijera la verdad estaba su expresión cada vez que mencionábamos al muerto. En esos momentos se pintaba en su cara un rictus similar al que todos solemos poner en presencia de una araña, un reptil o cualquier otro animal menor. Y es sabido que uno no discute con arañas, se limita a apartarse de su camino o a darles un mandoble con el periódico, en este caso el *Financial Times*. Por supuesto lo había visto con cierta frecuencia, pero jamás habían entablado el más mínimo atisbo de conversación, ni tan siquiera un «hola». A la cuestión de si antes de irse pudo comprobar su presencia en la sauna, contestó con un lacónico «No me fijé».

Dimos provisionalmente por buena su declaración, y pasamos al siguiente sospechoso. Se trataba de una especie de reverso medallero del anterior. Treinta años, aspecto apacible, despacioso, tranquilo, barbado, misticoide y de ojos ingenuos. Psiquiatra de día en una institución hospitalaria. Anteponiendo mi ignorancia al deber, hice que me explicara la especificación diurna de su cargo. ¿Acaso el ser humano tiene distintas psicologías según sea de noche o haga sol? Sonrió comprensivo. No, «de día» sólo quiere decir que las consultas son ambulatorias. Debido a su juventud, aún no contaba con la experiencia necesaria para hacerse cargo de pacientes hospitalizados. Lo cual no significaba que de mentes humanas no supiera un montón. Realizó un cumplido retrato de la del cadáver.

—A las claras se notaba que era un hombre conflictivo y no muy inteligente.

—¿Un *borderline*? —interrumpió Garzón marcándose un tanto.

—Quizá es excesivo llamarlo *borderline*, pero sin duda tenía una limitada capacidad de raciocinio, así como también una mermada aptitud emocional. Con el comportamiento agresivo no hacía más que llamar la atención sobre su dificultad para relacionarse y ganar amigos. Apuesto a que no tenía novia, ¿verdad?

—Eso parece.

—Siempre suele ser así, individuos inseguros, pero conocedores de sus limitaciones. Si hubiera conseguido algún vínculo amoroso, hasta habría acabado avergonzándose de él. El miedo a ser heridos les lleva a atacar, es un modo de pedir ayuda.

—¡Joder! —exclamó el subinspector quizá un poco inconveniente.

—¿Y de la psicología del asesino barrunta usted algo? —inquirí.

—No tengo ni idea, si ustedes no me dicen quién es...

—Pues los americanos componen perfiles de posibles asesinos basándose en sus actos.

—Eso ya es para un sobresaliente, inspectora. Les aseguro que aquí la Seguridad Social no nos pide semejantes maravillas.

Estuve a punto de disculparme con humildad hasta que de pronto me percaté de que aquel tipo, psiquiatra o bombero, no estaba allí como experto sino como sospechoso. Cambié el tono de la charla y me dediqué a averiguar qué plausibles ofensas podía exhibir aquel hombre contra Pepe Ruiz. Todo fueron negativas. Su paciencia y pericia profesional le había mantenido siempre bien lejos de darle motivos al muerto para que no se enzarzara en ninguna discusión.

—¿Qué podía tener yo contra él? Al fin y al cabo, era el único en comprenderlo. Nunca se metió conmigo, y yo, fuera de saludarlo, jamás le hablé.

—¿Lo vio entrar en la sauna?

Hubiera sido demasiada felicidad. No, no lo vio, pero sí le dio la impresión de que se quedaba en la sala de musculación mientras él salía hacia las duchas. Aquel era un dato importante, sobre todo si resultaba verdad. Por fin alguien se había fijado en que Ruiz permaneció más allá de las nueve y algo haciendo gimnasia. Es decir, que si la versión no era interesada, tuvo que entrar en los vestuarios a partir de esa hora y, entre esa hora y las diez, ingresó en la sauna definitivamente para entregar su alma al vapor.

—¿Cree que miente el psiquiatra? —me preguntó mi compañero.

Nadie puede negar que un psiquiatra es la persona idónea para mentir: conocimiento de las reacciones ajenas, control de las propias... Lo malo venía al pensar en el móvil. Garzón convino conmigo en que nos movíamos sobre unas razones demasiado primarias para que casaran con la sofisticación que habían demostrado nuestros encartados. Semejante ejecutivo metiéndose en líos para devolver el agravio de un insulto o guantazo... Aquel médico joven cociendo débiles mentales... A no ser que el intríngulis recayera sobre la existencia de un móvil oculto. Variando esa premisa, algunas cosas siniestras podían aflorar; que el ejecutivo encubriera una relación homosexual con el muerto, que el facultativo lo hubiera tratado alguna vez como paciente y quisiera ocultar un episodio vergonzoso...

—Haga usted indagaciones sobre las vidas de esos dos hombres, subinspector.

Mientras se quitaba la tapa de las presuntas ollas podridas, debíamos seguir con los móviles más rudimentarios; es decir, la mentada de madre y el coscorrón. De entre el poco material sospechoso que nos quedaba, el auténtico rey de la bronca era el monitor. Él sí había mantenido encontronazos públicos con Ruiz, le había reconvenido por sus actitudes, en ocasiones le mandó callar, y, en aquella suprema trifulca que nos habían contado, fue el objeto de la agresión más bestia que la víctima se permitió: la pesa voladora de dos kilos. No ocultó su animosidad hacia el difunto.

—Estaba hasta los cojones de él —declaró desde el centro de las dos moles que eran sus hombros—. Aparte de estar siempre buscando pendencia, de molestar a la gente, de hacerse ver todo lo que podía, algunos días me tocaba salir más tarde por su culpa.

—¿Cómo es eso?

—A última hora hacen máquinas las chicas de un equipo de hockey, entrenamiento complementario. Se metía con ellas, en plan machista, las taladraba con los ojos. Llegaron a quejarse de que hasta había intentado fisgar en sus vestuarios. Las noches que estaba muy pesado yo solía quedarme hasta que ellas se iban.

—¿No entrenaron la noche del crimen?

—Sí.

—¿Y por qué no se quedó?

—Oiga, en realidad ellas nunca me pidieron ninguna protección, yo lo hacía porque quería, y no siempre. Aquella noche daban un buen partido de fútbol en la tele y como comprenderá...

Lo comprendí.

—Es decir, que las últimas en quedarse fueron las chicas.

—Sí, y ese cabrón, que ya nunca más salió.

Garzón le reprendió, formalista.

—Tenga en cuenta que hablamos de un muerto.

—Eso es verdad, cabrón muerto ya ni siquiera es cabrón.

Sentencia certera, aunque brutal; aquel músculo vivo no se andaba con ambages ni medias tintas. Tanto era así que no hizo con su testimonio más que dibujar llamativas flechas que lo señalaban como culpable. Siga la línea de puntos; al final, el asesino. Un móvil demasiado esquemático, a mi entender, también al de Garzón. Sin contar con que, de haber querido infligirle a Ruiz un escarmiento, con un solo golpe de su puño blindado habría hecho plegar velas al propio Goliat. No, a aquella mole de miembros eminentes no le hacía falta matar. Tampoco se adaptaba a su personalidad el sistema de la sauna, el lento cocimiento interior, las vísceras al *dente*, el progresivo chup chup.

Quedaba la asistenta, tan desasistida, tan acobardada, tan temerosa de todos, sobre todo de Dios, al que no paraba de citar.

—¡Ay, Dios mío, qué cosa más horrible! ¡Un hombre muerto! ¡Ay, Dios!

Pero Dios no parecía haberla tenido muy en cuenta a la hora de repartir la felicidad. A pesar de su relativa juventud, estaba casada desde hacía diez años y tenía cuatro hijos. Su marido era un albañil en paro, que para completar el cuadro zolesco le daba a la botella. Ni siquiera estaba en casa cuando ella volvía casi de madrugada, después de haber limpiado el gimnasio y un bar. Hay en la vida muchas historias así, lo sé. Sin embargo, cuando el catálogo de desdichas se hace desmesurado, tiendo a considerarlas ficción. Me suenan en exceso a folletín. Quiero creer que eso se debe a cierto sentido de la estética y no a mera insensibilidad. En cualquier caso, corté el aluvión de sus tribulaciones, notando en la mirada de Garzón que me lo recriminaba, y le pedí que se centrara en el caso del hombre asado. No sé si lo conseguí, porque entre precisión y precisión siguió invocando a la deidad y llorando lágrimas de lámpara antigua. Lo poco que aportó a la investigación fue decir que recordaba la sauna en funcionamiento mientras la limpiaba por fuera. No le extrañó porque eso sucedía algunas noches. La dejaban así de cara a su utilización inmediata a la mañana siguiente. No entró para hacer limpieza, sólo se baldeaba una vez a la semana. No se fijó en si había alguien en el interior. Sin embargo, sí pasó un paño impregnado de cera por la puerta, de modo que, como habíamos deducido, borró cualquier huella dactilar. ¿La llave en la cerradura? Sí, estaba. Cuando acabó su trabajo, cerca de las doce, no había nadie en el gimnasio, por supuesto, de modo que, siguiendo su costumbre, apagó las luces y cerró. ¿Y el chándal verde fosforescente colgado de una percha en el vestuario de caballeros? No le dio la menor importancia. La gente siempre deja cosas esparcidas por ahí. Si al cabo de dos días no las han recogido, pasan a un gran arcón de objetos perdidos hasta que alguien las reclame. La dueña nos confirmó esta explicación, nos enseñó el arcón atestado de pingos y se explayó sobre las típicas anécdotas de zapatos, dentaduras postizas, crecepelos y bebés de tres meses que parecen no haber pertenecido a nadie jamás.

Pues, bien, mientras aquella buena mujer adecentaba el lugar, cerca de sus manos, de su cuerpo, de su respiración, aquel pájaro había comenzado a estar torrefacto. Unas horas más tarde no sería muy diferente de una perdiz escabechada, un tordo en vinagreta, una codorniz al gratín. «Ave que vuela, a la cazuela», dice un salvaje proverbio español. En la vida del hombre pasa más o menos igual, en cuanto mueves las alas siempre hay un cazador dispuesto a dispararte. ¿En qué dirección pretendió remontarse Ruiz, cuál fue su error? La diferencia con otros avechuchos era que, de su muerte, probablemente ni un mal furtivo se aprovechó.

Unos días después, con el carro de las pesquisas embarrancado, Garzón apareció por comisaría llevando bajo el brazo un portafolios de piel. Lo abrió con gesto teatral y tiró sobre mi mesa dos hojas mecanografiadas.

—Esto es todo lo que he podido reunir sobre esos tipos.

Se refería al psiquiatra y al ejecutivo. Leí. De entrada, la vida de este último parecía limpia como el agua de una pecera. Era soltero. Ocupaba un piso del Ensanche donde recibía de vez en cuando la visita de alguna novia. Quizá en su fuero interno se ocultaran los rasgos de una bestia sanguinaria, pero nada había hecho hasta el momento que pudiera demostrarlo. Era de esperar, me habría parecido más interesante de haberse deslizado por dos vidas a la vez. En cuanto al psiquiatra, convivía con una profesora de universidad. Su única actividad infamante se reducía a frecuentar un bingo esporádicamente, lo cual ya era bastante delito tratándose de un tipo tan intelectual. ¿Deudas de juego con el muerto? ¡Ni hablar!, admitir tal extremo habría sido encaminarnos hacia la pesquisa-ficción. No, obviamente la cosa no iba por allí. Hasta el momento sólo habíamos encontrado una razón para que los sospechosos lo fueran: habían salido los últimos del vestuario masculino. ¿Podía considerarse suficiente? En ningún caso, porque para más abundamiento, no fueron materialmente los últimos en salir del gimnasio. Los listados concedían ese privilegio a las chicas del equipo de hockey.

—Pero está prohibida la entrada de mujeres en los vestuarios de caballeros —adujo con inocencia Garzón.

¿Estábamos fundamentando la base de la investigación en semejante prohibición convencional? ¿Acaso no está también prohibido matar? ¿Qué éramos, malditos policías suizos, *bobbies* que rescatan de un árbol el gato de una anciana?

Volvimos atrás, realizamos la consiguiente comprobación. Sí, el equipo femenino fue el último morador del gimnasio el día de la muerte. ¿Un móvil? El que habíamos estado barajando desde el principio: broncas con Pepe Ruiz. Y aún podíamos añadir a las broncas otro motivo muy de moda en el mundo moderno: el acoso sexual.

—¿Cómo puede acosarse a todo un equipo? —protestó, portador de la lógica, Garzón.

Pero no era tan impensable, podíamos llamarle provocación, exhibicionismo, deseo de intimidar..., nada que persiguiera un encuentro propiamente sexual como meta. Un día una chica, el siguiente la de al lado, miradas furtivas..., frases obscenas dichas en un susurro... Quizá no resultaba suficiente como para justificar un asesinato, pero ¿seríamos capaces de reconocer que existen motivos fundados para matar? Garzón siguió actuando como Pepito Grillo:

—Se mata en un momento de enajenación, pero un grupo entero no comparte un momento de enajenación.

No me pareció inconveniente razonable, hay otros extremos que afectan a la colectividad: la exaltación, la furia, la sugestión... Mi compañero no las tenía todas consigo, la hipótesis chocaba con su concepto idealizado de la mujer.

—Unas muchachas tan jóvenes, tan frágiles, enfrentándose a aquel tipo esquinado, la brutalidad de un asesinato... No sé.

—¿Ha estado usted en algún vestuario femenino? —le atajé.

—Jamás —respondió.

—Pues le aseguro que es un espectáculo digno de ver. Mujeres en pelotas paseándose sin ningún pudor, comentarios de todo pelaje, muchas veces sobre hombres... Hasta las damas más burguesas encuentran alguna malicia que decir. Ropa interior colgada de las perchas, alguien pide un támpax... Pero las más desinhibidas son las muchachas del ámbito deportivo, carne de gimnasio desde muy pequeñas. Concentraciones de equipos, cánticos picarescos en el autobús, franqueza sexual, carcajadas y juegos, guerra de almohadas en el hotel... No estoy diciendo que eso las convierta en asesinas, pero creo que pudieron entrar en el vestuario masculino con toda desfachatez pensando en darle un buen susto al *borderline*. Luego el plan pudo derivar hacia otros derroteros.

Garzón cabeceaba de modo absorto. Pensé haberlo convencido moderadamente, al tiempo que, moderadamente también, rompía su hermoso esquema de vestales que tocan la lira en los juegos olímpicos.

Abordamos el interrogatorio de las chicas con una táctica estudiada de antemano. Seguros ambos de que habían actuado según una dinámica de grupo, preparamos un interrogatorio colectivo con vistas a que otra dinámica parecida hiciera aflorar la verdad. Para evitar el «efecto Fuenteovejuna», no iniciaríamos las preguntas mostrándonos despiadados, sino que con calma filosófica daríamos por hecha su culpabilidad.

Las sospechosas eran siete, de no más de veinte años, todas vestidas con idéntico chándal azul. Se las veía escurridizas, nerviosas, descentradas, fijando cada una la vista en un punto diferente del suelo. Ataqué mi arenga, sintética y huérfana de pasión:

—Tenemos pruebas de que vosotras habéis matado a José Ruiz. Si alguien quiere contarme qué pasó, éste es el momento. Sois demasiadas y no resultará fácil enterarse de los hechos si no habláis, de modo que yo os acusaré en grupo al juez y él ya verá lo que hace.

Siguió un silencio candente, movimientos mínimos.

—Ya os imaginaréis que no pienso perder el tiempo; me importa poco quién de vosotras tuvo la idea, quién lo encerró y después le dio la subida al termostato; pero quiero daros la oportunidad de que lo digáis, sobre todo para ofreceros cierta ventaja legal. No es lo mismo confesar ante la policía que ser entregado a la justicia en estado de oposición.

Una de las chicas hizo un puchero evidente y se echó a llorar. Pensé que aquello sería la señal para que se precipitara sobre mí una catarata de mutuas acusaciones; pero me equivoqué. La capitana del equipo pertenecía al tipo bravío y solidario, de modo que no consintió que el grupo zozobrara. Levantó la voz decidida y clara.

—Yo encerré a ese hombre, todas las demás estuvieron de acuerdo —dijo.

El solo de llanto se convirtió en un pequeño coro de dos o tres plañideras. Luego añadió sin desmayar:

—Pero de ninguna manera subimos la temperatura de la sauna. Cuando nos marchamos del gimnasio, el termostato seguía normal.

Le pedí que me lo contara con más detalle. Entonces otras voces se unieron a la crónica, lo cual no logró sino dificultar su comprensión, pero, como tampoco se trataba de una novela de John Le Carré, la cosa se aclaró con celeridad. Las chicas habían aguantado de aquel tipo indeseable un montón de jugadas hasta que decidieron darle una lección.

—El plan primitivo era meternos en los vestuarios cuando todos se hubieran largado, sacar una navaja y amenazarlo con cortarle los cojones.

Garzón dio un respingo ante tamaña sinceridad verbal.

—Pero cuando entramos vimos que estaba en la sauna, y el muy gilipollas se había dormido. Decidimos encerrarlo. Lo más que podía pasar era que se quedara allí hasta que llegara la señora de la limpieza, poco para lo que se merecía.

Garzón dio unas cuantas vueltas alrededor de la portavoz.

—Entonces quizá después subisteis la temperatura casi sin daros cuenta.

La chica se revolvió al instante.

—Oiga, no somos bestias, sabemos hasta dónde puede llegar una broma.

—Pero si pensabais que la señora de la limpieza iba a librarlo...

—De todas maneras, a nadie le pasó por la cabeza subir la temperatura.

—Pero la temperatura estaba al máximo y la limpiadora no se dio cuenta, una fatalidad.

—¿Que no se dio cuenta, eso les ha dicho? ¿Ustedes se han fijado en cómo se pone la sauna de caliente por fuera cuando está al máximo? Bueno, nunca la enchufan a esos grados, pero nosotras, jugando, lo hemos probado alguna vez. El calor sube enseguida, y tanto que cuando tocas la madera casi te quemas.

Miré a Garzón y él, en el secreto de idéntica iluminación, me miró a mí.

Mandamos a casa a las jugadoras. Garzón se mostraba convencido de que, si llega a estar despierto Pepe Ruiz, quizá ahora seguiría vivo, pero el mundo contaría con un eunuco más. Aún no puedo comprender de qué modo pasó con tanta rapidez de considerar a aquellas chicas como ángeles de ala rosada a verlas en plan castrador. Pero Garzón siempre ha sido así, un tanto extremoso. El caso es que la hipótesis de la capitana estaba cargada de razón, si la sauna hubiera estado tan caliente, cualquiera habría podido darse cuenta. Preguntamos a la dueña del gimnasio quién había apagado la sauna a la mañana siguiente, y nos confirmó que fue ella misma al encontrar el cadáver de Ruiz.

—¿Y despedía mucho calor?

—Naturalmente, no en vano se había pasado toda la noche funcionando.

—¿No está tan caliente con menos tiempo?

Se rascó la base de un muy airoso flequillo.

—Pues, la verdad, no lo sé. A nadie se le ocurre graduarla a semejante potencia.

Bien, ahora ya estaba cantado lo que debíamos hacer. Nos dirigimos al vestuario de caballeros. Llevamos el indicador de temperatura de la sauna hasta su tope. Las jugadoras de hockey habían abandonado el gimnasio a las nueve. La asistenta llegaba a las diez. Nos sentamos a esperar. Encendimos un cigarrillo minimizando lo deportivo de aquel recinto.

—¿Usted lo cree? —preguntó de pronto Garzón—. ¿Cree que esas muchachas se hubieran atrevido a amenazarlo con cortarle los cojones?

—No veo por qué hubieran debido reprimirse. Él no las dejaba en paz.

—Pero, inspectora, obrando así se ponían a su mismo nivel.

—Bueno, pues en eso consiste la igualdad, ¿o usted creía que las mujeres sólo queremos igualarnos a los hombres en lo bueno?

—Eso pensaba yo.

—Pues lo pensaba mal.

Noté que me miraba de reojo mientras se aflojaba el nudo de la corbata. Al poco tiempo fui yo quien se soltó el fular. Y más tarde Garzón se abrió los botones superiores de la camisa al tiempo que mis mangas subían por encima del codo. No hizo falta que transcurriera una hora entera, ni que nuestro *striptease* llegara al desnudo integral, al cabo de un rato en la habitación no se podía resistir el calor. Me levanté y toqué la pared de la sauna.

—¿Pasaría usted un trapo de polvo por aquí? —pregunté a mi compañero.

Él negó con la cabeza, luego exclamó:

—Y si lo pasara, me chocaría tanto calor.

No incluir a la asistenta entre las posibles «víctimas»

de la brusquedad y el acoso de Pepe Ruiz había sido una ligereza. Antes de interrogarla, y para no volver a caer en errores de omisión, hice preparar una lista con las horas de salida del muerto durante los dos últimos meses. Hubiéramos debido pensarlo, Ruiz salió muchos días después de las diez. No podíamos saber a qué hora exactamente porque la máquina indicadora de paso había sido programada para no señalar los tiempos después del horario de cierre. En sus archivos mecánicos sólo quedaba escrita una frase que decía: «*After hour*» (la máquina era sueca). En cualquier caso, Ruiz había tenido ocasión de molestar más de una vez a aquella mujer; quizá con mucha más saña sabiendo que estaban solos en el local.

Esta vez me fijé bien en la asistenta. Ojos algo alucinados, manos agrietadas por la lejía, pelo estropeado por las permanentes, facciones que hubieran podido ser incluso hermosas de no gravitar sobre ellas el cansancio y la desilusión. Se sentó con los hombros derrotados por un peso recóndito. Tenía miedo, pero era como si aquel segundo interrogatorio no la hubiera sorprendido, quizá estaba habituada a esperar siempre lo peor. Se miraba los pies, calzados con zapatos vulgares. Busqué su nombre en mis papeles.

—Rosario... —le dije—. ¿La gente la llama Rosario?

—Charo —contestó.

—Charo, hay algo que no cuadra en su declaración. Verá, nos hemos dado cuenta de que la sauna debía estar muy muy caliente cuando usted la limpió. Es raro que no se fijara, que no la bajara, que no mirara si había alguien en el interior.

—No me fijé —dijo.

—¿No se dio cuenta de que estaba quemando?

—No.

—Pues no hay nadie que entrara o se quedara después de usted. Las puertas no están forzadas, ni tampoco las ventanas, así que ya me dirá cómo podemos explicarlo.

—Limpié la sauna por fuera y no me fijé en nada.

—¿Quiere que le demostremos que eso no puede ser?

Seguía con la mirada fija en su calzado barato. Hice una indicación a Garzón. Nos trasladamos los tres hasta el vestuario de caballeros. Le pedí a la sospechosa que se sentara, después se sentó Garzón. Puse la sauna en marcha a máxima potencia y fui junto a ellos a esperar. Ofrecí un cigarrillo a mi compañero, después a ella. Lo rechazó. Nosotros dos fumamos en silencio. La consigna era interrumpir el interrogatorio mientras estábamos allí, no hacer ningún comentario, no hablar. El primer cuarto de hora transcurrió con cierta calma. La mujer ni se movió, había encontrado una postura hierática que se esforzaba en mantener. El calor comenzó a notarse. Me desabroché el cárdigan que llevaba. A los veinte minutos Garzón me pidió escrupuloso permiso para quitarse la americana. Se lo concedí. Pasada media hora el vestuario era un horno. Por la cara de la asistenta corrían gotas de sudor. Continuaba en idéntica posición pero había apretado los puños. Yo estaba dispuesta a aguantar hasta el final. Me levanté despacio y, sin hacer ningún gesto de impaciencia, llegué hasta la pequeña sauna y la toqué. Aparté la mano en ademán de haberme quemado, quizá con cierta exageración. Entonces vi que los ojos de la mujer me miraban velados por el terror.

—Acérquese y toque esta pared, Charo, por favor.

Elevó la voz, alterada y titubeante.

—A lo mejor le di con el trapo del polvo al termostato, sin querer.

Negué con la cabeza.

—No, fíjese, la ruedecilla lleva un mecanismo de seguridad, hay que apretarla bien fuerte y luego girar. Es imposible pensar en un accidente de ese tipo. Le ruego que nos cuente ya lo que pasó, aunque si quiere esperaremos la hora entera.

Se echó a llorar convulsamente, tapándose la cara con las manos. Garzón, que sudaba como un boxeador, hizo ademán de levantarse para desconectar la sauna. Lo atajé con la mano.

—¿Va a hablar con nosotros?

Asintió. Entonces el subinspector salió disparado hacia la ruedecilla del termostato y la apagó.

—Creí que me daba un colapso —declaró en tono dramático.

¿Quién hubiera podido pensar en un crimen pasional? Mi madre solía decir que «siempre hay un roto para un descosido», y «cada cacerola tiene su tapadera» era lo que decía la madre de Garzón. Gracias a tanta sabiduría materna, pudimos hacernos a la idea de que aquel pobre, feo, pendenciero y vilipendiado retrasado mental había seducido a nuestra desdichada sospechosa hasta el punto de hacerla capaz de matar. La historia era sencilla, o quizá no; aunque al menos resultaba inteligible y coherente. Pepe Ruiz había hecho una excepción con Rosario, a ella no la molestó, no intentó intimidarla con bromas de mal gusto ni la sometió a ningún asedio sexual. Muy al contrario, se acercó a ella con delicadeza, la escuchó, intentó consolarla por los sufrimientos que ésta padecía en su matrimonio y, finalmente, le habló de amor. ¿Por qué este cambio en su personalidad? La asistenta era categórica al explicarlo.

—Yo, desde el principio, lo traté como a una persona, lo respeté. No crean que él no tenía sus motivos para ser bestia con la gente, ¿o se imaginan que era bestia porque sí? Todos lo miraban como a un bicho raro. Se apartaban o se burlaban. Miraditas de cachondeo, preguntas con retintín: «¿Cuántos kilos has levantado hoy, Pepe, tantos como pesa un camión?». Pensaban que era medio idiota, pero él se enteraba de todo, sabía que los demás lo despreciaban.

Se veían casi todas las noches en la soledad del gimnasio. Ella descargaba allí las tensiones de su vida miserable, él le prometía llevarla a hombros hacia un mundo mejor. Naturalmente, el fallo estuvo en prometer algo que estaba por encima de sus posibilidades: apartarla del marido, hacerse cargo de sus hijos... El error de ella fue mucho mayor, lo creyó capaz de algo así.

—¡La culpa la tuvo su madre! —nos gritó en la cara Rosario con increíble vehemencia—. Era como un niño y ella lo tenía dominado. Le contó que nos iríamos a vivir juntos. Entonces esa mujer se puso por las nubes y, no sé cómo, lo volvió en contra mía.

—¿Cambió Pepe de idea?

—Ni siquiera quería hablarme después de eso. Esa zorra le metió un montón de ideas malas en la cabeza. Que yo había querido aprovecharme de él, cazarlo, cargarle mis problemas... Lo que no podía soportar era que el hijo se le largara de las faldas.

—¿Y por eso lo mataste?

—No lo maté. La sauna ya estaba cerrada con llave cuando yo llegué. Además, hay un termostato también por dentro, hubiera podido bajar la temperatura.

—Pero estaba dormido.

—Habría podido despertarse con el calor.

—Todo son suposiciones, Charo; el caso es que no se despertó y que, debido a lo que tú hiciste, ahora está muerto.

—Debido a lo que hicieron las otras chicas también.

—Si eso te consuela...

—No soy una asesina, pero ojalá me lleven a la cárcel, así podré descansar de todo.

Estaba fuera de nuestras atribuciones determinar si la confesa era una asesina o no. Allá el juez con las leyes y su conciencia. Nuestro cometido, afortunadamente, acababa allí. Me sentí liberada al no tener que juzgar un caso de tal jaez. Los crímenes pasionales ya son de por sí un buen follón. Éste tenía encima connotaciones poco brillantes. ¡Menuda historia de amor! Los protagonistas no eran precisamente Romeo y Julieta, Dante y Beatriz. Dos tipos zurrados por la vida, tronados, puteados, olvidados, sin cualidades, sin belleza, sin suerte. Pero nadie podía dudar de que su historia fuera, a fin de cuentas, una historia de amor. Quizá se tratase de un amor astroso, de una pasión sin dimensiones épicas o poéticas, sin gracia, sin aliento divino, sin espíritu transgresor. Se encontraban en el gimnasio algunos días por semana, buscaban el cobijo de la sauna, del armario de escobas, de un banco, del potro para saltar. Se amaban y se hablaban, hallarían así cierto consuelo, digo yo. ¿Por qué el amor debe ser necesariamente hermoso, enmarcable en un cuadro, empaquetable en un libro, interpretable en una sinfonía? Ni hablar, hay amores que dan asco y que después acaban fatal. Yo, sin embargo, tiendo siempre a pensar que, por muy zarrapastrosa que sea su naturaleza, los amantes encuentran un segundo de gloria viviendo esa pasión. Puede que el subnormal acabara como una salchicha sobre una parrilla, pero en sus partículas asadas habría algo de polvo enamorado. En cuanto a la mujer, daría con sus huesos en la cárcel, donde, como ella muy bien había dicho, podría descansar. Sin duda, en esas horas de sosiego llegarían a su mente algunas palabras tiernas pronunciadas en el pasado y quizá las recordara como lo mejor que le había sucedido jamás.

Epílogo

—Literatura barata, inspectora —sentenció Garzón cuando le hice saber mis pensamientos filosóficos en torno al caso resuelto.

—¿Y qué consecuencia saca usted?

—Pues que las mujeres son de armas tomar.

—¡Vaya por Dios!

—A ese pobre diablo se lo han cargado entre mujeres demostrando bastante perversidad.

—Mire, subinspector, la perversidad femenina es una cuestión de actrices con boquilla de marfil. A las asistentas que tienen un marido alcohólico sólo les queda la desesperación.

—Todo eso está muy bien, Petra, pero no se puede matar.

Lo miré intensamente chasqueando la lengua.

—¿Qué va a hacer ahora, recitarme las Tablas de la Ley?

Se echó a reír.

—No pretendo ser Dios, aunque bien es verdad que puedo obrar algunos milagros.

—¿Como por ejemplo?

—Convertir el agua en whisky...

Me eché a reír yo.

—¿Qué le parece si dejamos esta pestilente comisaría y nos vamos al bar?

Naturalmente, accedí. Supongo que Garzón es un caso perdido para la causa femenina, si es que esa causa existe como tal. Supongo también que cada vez hay menos causas, y que cuantas menos hay, más perdidas están. De todas maneras, tampoco iba a montarle un numerito sufragista con sombrero de fieltro floreado y pasquín. Así que crucé la calle con él rumbo a La Jarra de Oro y nos bebimos un par de copas sin ánimo de polémica. Brindamos a la salud de las mujeres, de los hombres, de los amores cutres, de los débiles mentales y, cuando estábamos ya un poco achispados, brindamos por los mandamientos divinos y, finalmente, por Dios.

Barcelona, febrero de 1997

La voz de la sangre

I

No he estado nunca en la guerra, ni mi carrera como inspectora de policía es lo suficientemente larga como para haber presenciado demasiada atrocidad. Sí he visto una buena porción de cadáveres convertidos en tal por muerte violenta: estrangulación, apuñalamiento, herida de bala o simple mamporro de efecto letal. Creo, sin embargo, que hubiera sido necesario haber asistido a una batalla muy cruenta para presenciar algo de tal magnitud. Era una escena escalofriante en su estatismo, incluso bella, me atrevería a decir, como si la hubiera concebido un pintor loco o un director teatral partidario de provocar a los espectadores. Cuatro mujeres muertas en una misma habitación. Cuerpos de piel blanca, sin vida. Piernas dobladas sobre un sillón, brazos caídos de manos exánimes, ojos abiertos buscando inútilmente algo que enfocar. Una reunión de amigas que pasaron juntas al otro lado de la muerte. Amistad ahora eterna. Sangre en el suelo, sangre en la pared. Diversas tonalidades de la sangre, desde el rojo hasta el marrón. Y el olor inconfundible de los cuerpos muertos mezclado a los perfumes de moda, transformados ahora en líquidos de amortajar.

Eché un paso atrás de manera instintiva, me apoyé en el subinspector.

—¿Se va a desmayar? —me preguntó Garzón muy profesionalmente.

—Creo que no —respondí sin estar demasiado segura.

Una vez aclarado mi estado de salud, pudimos dar rienda suelta a nuestra reacción emocional.

—¡Dios! —exclamé.

—¡La hostia! —reincidió en los epítetos sacros mi compañero.

Después no encontramos gran cosa más que decir. Entramos en el pequeño salón y comenzamos a caminar por entre los cadáveres procurando no rozar nada. Vimos el cuadro desde distintas perspectivas, pero el resultado global seguía siendo el mismo, cuatro mujeres jóvenes acribilladas a balazos. Por sus posturas y ubicaciones se notaba que estaban charlando con tranquilidad cuando la muerte les sobrevino. Tres de ellas, sentadas. Una, tumbada en el suelo al lado de la puerta.

—Debía de estar de pie cuando le dispararon —determinó Garzón.

Asentí con el alma en un hilo, como si nuestras voces pudieran molestar a aquellos seres dormidos para siempre.

—¿Por qué? —musité, y noté que me faltaba el aliento.

Debí de tambalearme porque el subinspector llegó corriendo a mi lado y me sostuvo.

—Inspectora, vámonos a la calle a tomar un café.

—¿Está loco, Fermín? ¿Le parece el momento adecuado?

—Sí. Por desgracia las chicas no van a moverse. Mientras llega el forense y los de huellas, el fotógrafo, el juez... ¡Joder, tenemos tiempo hasta de trincarnos una paella!

La mención del plato regional hizo que el estómago se me removiera. Tuve una arcada.

—¡Inspectora, por favor, deje de hacerse la fuerte y salgamos de aquí!

—Los guardias dirán que tienen una inspectora con pocos arrestos.

—Bueno, pero al menos la verán todo el tiempo de pie.

Me empujó hacia el exterior del salón. Caminamos por el corredor oscuro y estrecho. Viniendo del fondo seguían oyéndose aquellos lamentos enloquecedores, como de un animal, una loba acosada, una ballena con el arpón clavado. En la puerta del piso un guardia custodiaba. Se quedó un tanto patidifuso al vernos salir.

—¿Se van, inspectora?

—Vamos a desayunar —contestó Garzón.

—¿Y la mujer?

—¡Coño!, ¿no hay dos guardias con ella?

—¡Pero es que no para de berrear!

—Mejor, así cuando tengamos que interrogarla ya se habrá desahogado.

Salimos al Ensanche barcelonés, que de repente me pareció amplio y alegre como una pradera. Garzón me empujó hasta un bar de aspecto anodino. Nos instalamos en la barra y él pidió por los dos.

—¡Un par de copas de coñac! —ordenó—. Después del coñac ya comeremos algo. Primero, la terapia.

—Ni lo uno ni lo otro. No me siento capaz.

—Perdone, inspectora, pero ahora las órdenes las doy yo. Tengo más experiencia en matanzas que usted.

—¿La de Texas, quizá?

—Cachondéese todo lo que quiera, pero es así. Una vez atendí a tres camioneros acribillados a tiros de fusil. Y en otra ocasión, en pleno campo salmantino, vi un rebaño de ovejas alcanzado por un rayo. Ni una viva quedó.

—¡Joder, Garzón, no sé si es afortunada la comparación de las ovejas!

—Deje, deje, la voz de la sangre habla siempre igual, con el mismo horror. Además, está lo de los camioneros.

—Bueno, eso sí.

—Pues entonces hágame caso, bébase la copa de un trago y en paz.

—Quizá sólo consiga ver las ovejas dobles, pero si usted lo dice...

Llevaba razón. Después de que el coñac me rascara el gaznate sin piedad y se instalara como una llama líquida en mis entrañas, me sentí más reconfortada. No tuve moral, sin embargo, de atizarme un bocadillo de atún análogo al que se cascó mi compañero. Pero ante el riesgo de que me ilustrara con más exterminios humanos o zoológicos, pedí un donut y lo mordisqueé.

—Es jodido —filosofó mi compañero entre migajas—. Pero el hecho de que este asesinato se haya cometido en un burdel parece que le quite hierro. No es justo, ¿verdad?

—¿Ese piso es un burdel?

—Eso dicen los vecinos, una casa de masajes.

—¿Y las chicas...?

—Sí, supongo que serán el personal de alterne.

—Entonces no será un caso fácil.

—Eso me temo yo también. Un cliente, un asunto de drogas, una venganza...

—Pero el hierro es el mismo, Garzón. Cuatro mujeres asesinadas, ésa es la única realidad, se trate o no de un burdel.

—Sí, cuatro mujeres jóvenes. ¿Se encuentra mejor?

—Mucho mejor.

—¿Capaz de enfrentarse con un rebaño de elefantes hechos trizas por un ciclón?

—Incluso con los niños cantores de Viena fusilados en grupo.

—Pues vamos allá.

El cálculo del subinspector había sido exacto. Cuando volvimos al lugar ya estaba allí toda la avanzadilla general más un grupo de curiosos en la calle que, sumados a los vecinos expectantes, formaban el paisaje habitual de un crimen.

El forense apenas levantó la vista de los cuerpos para saludar. Su trabajo era ingente en aquella ocasión.

—Todas a la misma hora, por supuesto —comentó quitándose el sudor de la frente—. Yo diría que sobre las tres de la mañana.

—¿Marcas de violencia?

—No, los tiros fueron suficientes. Nadie se resistió. Yo creo que ni siquiera reaccionaron.

—Iban a por ellas.

Me miró con la cara contraída por la tensión. Se encogió de hombros.

—Eso ustedes verán. Lo que está claro es que era un tipo sanguinario o que no quería fallar. Cada una lleva más de tres impactos de bala. No apuntó demasiado bien a los centros vitales, pero con tres tiros por barba ninguna podía sobrevivir.

Me estremecí. El fotógrafo se abría paso entre cuerpos tomando instantáneas. Era un macabro grupo fotográfico en reposo absoluto. Dos especialistas sacaban las huellas de los muebles y metían objetos en bolsas de plástico. Todos juntos en acción pergeñaban una coreografía de muerte que acrecentaba su habitual sordidez al ser tantos los cuerpos.

Salimos de allí, de poco servía nuestra presencia. Nos encaminamos a interrogar a la mujer, aquella generadora de berridos que al parecer se había callado ya. Según la información del subinspector, era la dueña del burdel, la *madame*, como antes se decía. Sufrí una fuerte impresión al verla. Su físico salía de los parámetros habituales de la gente corriente, incluso de las *madames*, si es que éstas en verdad presentan una pinta tipificada. Era alta, corpulenta, mayor, no menos de setenta años, llevaba los ojos profusamente pintados en color turquesa y emborronados por el llanto. El pelo, amarillo chillón, las manos cuajadas de anillos. Vestía un camisón rosa con más lacitos que un bebé decimonónico. De la misma manera que yo la estudié, ella me estudió a mí. Cuando ambas tuvimos una primera impresión mutua, yo sonreí por pura deformación educacional y ella se echó a llorar, supongo que pensando que era su deber. Haberla comparado con una ballena cuando la oía gritar desde el pasillo había estado bien. Ahora que tenía cerca los chillidos me pareció la mismísima Moby Dick.

—¡Éramos tan felices! ¡Mis niñas, mis pedazos de amor! ¡Esta casa era como un nido lleno de palomitas! ¡Mis niñas!, ¿quién me las ha matado?

—Señora, por favor —se esforzó inútilmente Garzón—. Le ruego que se contenga.

Un quejido profundo y visceral fue su única respuesta. Arreció en la letanía de sus palomitas muertas. Comprendí que una tempestad no podía ser contrarrestada con un simple paraguas. Berreé yo también.

—¡Basta ya o la detendré por obstrucción a la justicia!

Creo que pesó más el grito que la mención judicial, pero el caso es que funcionó. La dama en camisón se quedó callada al instante y me miró con curiosidad. Entonces pudimos empezar a entendernos.

—Dígame su nombre, por favor.

—Agripina es mi nombre de batalla.

—Mejor dejemos las batallas, ¿cómo se llama usted?

—Josefa Escudero, pero llámeme Agripina o no nos vamos a aclarar.

—Está bien. ¿Puede decirme qué ha pasado aquí?

—Anoche me acosté a la una. Esta mañana me he despertado, he pasado por el salón y...

La atajé antes de que plañera de nuevo.

—¿No había nadie en casa cuando se fue a dormir?

—Sí, estaban las chicas con algunos clientes. Cuando los clientes se van, ninguno se queda más allá de las dos, las chicas suelen charlar y relajarse un rato, sin prisas ni agobios.

—¿Nunca invitan a nadie a relajarse con ellas?

—Jamás, es norma de la casa. A las dos los clientes se marchan. Verán, aunque ésta sea una casa de alterne, somos muy miradas en el reglamento. Tendría que explicarles un poco mi historia para que lo comprendieran bien.

Y lo hizo, nos explicó su historia. Una historia a caballo entre Buñuel y los Álvarez Quintero que tanto Garzón como yo tardaremos años en olvidar.

2

La historia de Agripina se resume así. En aquel mismo piso, años atrás había sido propietaria de una casa de bordados. Pero ya se sabe cómo son los tiempos actuales con su economía globalizada y su desprecio por la tarea bien hecha y el detalle personal. Ya nadie mandaba bordar sábanas, ni camisas, ni ropa de dormir. Al borde del colapso financiero, Agripina se decidió por una reconversión total, ella lo dijo así. Los caminos de la vida la llevaron a pensar en una casa de citas, pero, y ahí estaba la diferencia según ella, una casa de citas a la antigua, llena de normas estrictas y de moralidad. Chicas sencillas, no manchadas por drogas ni delincuencia, clientes de confianza, servicios tradicionales que no incluían ninguna perversión, y horarios rigurosos. Era un modo de ahorrarse la presencia de ningún chulo. La mejor protección es la prevención, exclamó orgullosa de sí misma como empresaria.

—Sólo les diré, para que vean hasta qué punto las cosas iban bien, que un señor de Logroño que viaja a Barcelona por negocios hace diez años que viene siempre aquí. Eso lo explica todo, ¿o no?

—Sí —se precipitó a dar respuesta mi compañero temiendo algún capítulo extra más surrealista aún.

—Perfecto. En ese caso no tendrá usted ninguna dificultad para decirnos qué clientes de confianza estuvieron anoche aquí.

El turquesa violento de sus párpados contrastó con los ojos, que puso en blanco.

—¡Inspectora, por favor, no hablará en serio!

—Totalmente.

—Es como si yo le pidiera el nombre de sus contactos con el FBI.

—Yo no tengo contactos con el FBI.

—Pero es que aunque quisiera pasarle esos datos, resulta que no los sé.

—¿Cómo puede determinar entonces qué clientes le ofrecen confianza?

—Porque son siempre los mismos, y los nuevos vienen por la recomendación de los antiguos. Así de sencillo. Y estamos a tope, ¿eh? No vaya a creer que nos falta trabajo.

—Y las chicas, ¿toda su plantilla ha sido asesinada?

—Menos Aurora. Ella se marcha siempre a casa al acabar, sobre las dos. Verá cuando venga hoy qué impresión sufrirá.

—Agripina, necesitamos todos los datos de sus pupilas. Cómo se llamaban, sus domicilios, quiénes son sus familias.

—Tengo los que ellas me dieron, supongo que dijeron la verdad.

—Pasemos a anoche. ¿No oyó nada, no vio nada, nada le hizo sospechar algún movimiento poco habitual?

—En absoluto. Todo fue muy normal. No oí nada, ni ruidos ni voces. Aunque eso no es extraño, tengo muy buen dormir.

Estaba más tranquila después de haber hablado, pero las palabras que habían conseguido serenarla no habían hecho sino inquietarme a mí. Los frentes de búsqueda del asesino se multiplicaban de modo alarmante. Era alguien conocido de las chicas, de otro modo no le habría abierto la puerta ni lo habrían conducido hasta el salón, pero esa persona conocida extendía sus posibilidades de existir entre familiares o novios de las víctimas, entre los anónimos clientes, entre los enemigos de la propia *madame*. El mismísimo señor de Logroño podía ser el asesino, si bien ni se me ocurrió comentarle a Agripina esa opción potencial. Antes de acabar con la conversación la observé fijamente y pregunté:

—Agripina, si ha estado durmiendo toda la noche, ¿por qué no se desmaquilló?

Noté que su rostro acusaba un impacto inesperado. Podía deberse al hecho de haber sido cogida en falta o sólo al de recibir la primera pregunta que implicaba su posible culpabilidad. Tardó un momento en responder.

—Inspectora, no soy joven, como ustedes pueden ver. Para aguantar hasta las dos de la mañana a veces he de tomar algún estimulante. Un poco de whisky suele ser. La verdad es que estaba tan cansada que ni siquiera pensé en quitarme la pintura.

Sonrió como una de esas abuelas coquetas que dan por descontada nuestra complicidad.

—¿Qué le parece, Garzón? —pregunté al salir.

—No sé qué pensar. Yo no la descartaría de la lista de sospechosos.

—¡Ni yo, sobre todo contando con que no existe esa lista!

—Pero existirá. ¿Qué tal si le hacemos una visita a la tal Aurora? ¿Le ha dado la vieja la dirección?

Asentí con desgana. Mientras nos despedíamos del juez volví a experimentar la angustia inicial ante aquella matanza comunitaria. Miré de nuevo las palomas muertas. Allí había odio, nadie mata tanto ni tan a conciencia por dinero o por negocios. Afortunadamente, ya nada pintábamos allí. Completadas todas las diligencias y habiendo dado negativo el registro y el interrogatorio de los vecinos, dejamos al juez practicando el levantamiento de los cadáveres como una fúnebre halterofilia.

No fue difícil encontrar a Aurora Fernández. La dirección anotada se correspondía con la realidad. Estaba durmiendo aunque ya era mediodía. Nos recibió con incredulidad pero sin el menor recelo.

—¿Policías? ¿Y me quieren ver a mí?

Garzón le explicó la tragedia y ella apenas si supo reaccionar. Se colocó las manos en las sienes y apretó entrecerrando los ojos. Yo la observaba con auténtica avidez. Debía de tener unos treinta y cinco años. Era guapa. Morena, de rasgos para nada vulgares, manos blancas y largas, cierta elegancia en el porte.

—¡Dios mío, qué barbaridad, cómo ha podido pasar algo así!

Se tapó la cara y soltó un sollozo. La reconforté absurdamente propinándole palmaditas en el hombro.

—Tranquilícese, se lo ruego, necesitamos hablar con usted.

—¿Puedo tomar una copa? Me vendría bien algo fuerte.

Le di permiso comprobando que aplicaba los mismos remedios que el subinspector. Tomó un poco de whisky y el color volvió a su rostro pálido por la impresión.

—¡No puedo creerlo, y yo aquí! Yo siempre me largaba antes que las demás, supongo que eso me ha salvado.

—¿Por qué se iba antes?

—Bueno, yo entré a trabajar con Agripina después que las otras, hace poco más de seis meses. Las demás eran muy amigas entre ellas, yo no tanto, aunque me caían bien.

—Comprendo. ¿Qué hizo anoche a partir de las dos?

—Vine a casa. Me bañé, me preparé algo de comida. Oí un poco de música en la radio y me fui a dormir.

—¿Alguien la vio?

—Pues no sé, quizá, era muy tarde.

—Pero no puede afirmar que alguien pueda testificar que la vio.

—¡Ah, ya entiendo lo que quiere decir! No. ¿Qué pasa, creen que he sido yo la que se ha cargado a mis compañeras? ¡Vaya carrerón de asesina!, ¿no les parece?

—Nosotros no creemos nada aún. Usted está viva y las demás, no. Hay que investigar, por obligación.

—Me parece bien. Ojalá la investigación sirva para coger al hijo de puta que las mató.

—Para eso se investiga.

—Ya —contestó por lo bajo en un tono vagamente irónico.

No iba a ser fácil con ella, parecía una tipa baqueteada por la vida, desengañada y dura. Sin embargo, la necesitábamos para esclarecer las circunstancias personales de sus compañeras. Por muy poco que se trataran, Aurora sabría más cosas sobre ellas que la propia Agripina. Era lo normal. Procuré no ponerla en nuestra contra.

—Vamos a ver, Aurora, cuéntenos algo de sus compañeras.

—¿Qué quieren saber?

—Todo lo que usted sepa.

—No es demasiado.

Saqué mi lista con nombres y apellidos.

—Flora Domínguez.

—Era la mayor junto conmigo. No había tenido mucha suerte en la vida. Tenía un hijo de diez años que vivía con su familia en León. Casi nunca se veían, ella estaba avergonzada de lo que el niño pudiera pensar.

—¿Se drogaba, tenía problemas económicos?

—Bueno, nadie con la cuenta llena de fondos se dedica al alterne, inspectora.

—Hecha esa salvedad. ¿Sabe si el hecho de tener un hijo la obligaba más, tenía que hacer pagos, había contraído deudas?

—No creo, era una chica normal y corriente. Además, tener hijos no es nada extraordinario entre mujeres así. Los tienen, los dejan aparcados con la familia o con alguna vieja exputa y se desentienden sin más.

—¿Qué me dice de Lola Buendía y de Manuela Galván?

—¡Bah!

—¿Qué quiere decir «bah»?

—Eran dos tipas bordes, medio bobas, del montón. Una había estado casada. Manuela no, Manuela debía de haber sido puta desde que nació. Le gustaba ese rollo, lo pasaba bien.

Nos miró con una especie de desafío en los ojos. No parecía muy caritativa para con sus compañeras de profesión. Miré de nuevo la lista. Lo que leí me hizo dudar.

—¿Es cierto lo que pone aquí? ¿Pilar Salvat sólo tenía veinte años?

—Era muy jovencita, sí. Siempre pensé qué demonios pintaba en esa casa. ¿No tenía otro modo de ganarse la vida? Eso demuestra que hay muchas que no se lo piensan dos veces con tal de no trabajar.

—¿Y usted? —intervino de pronto Garzón.

—Yo, ¿qué?

—Usted critica mucho a las demás, pero tampoco se ha dedicado a las labores domésticas.

El odio se reflejó en sus pupilas duras.

—Sólo hace seis meses que estoy en esto y creo que lo voy a dejar. Es una mierda.

—¿Dónde trabajaba antes?

—Limpiaba bancos y oficinas.

—¿Por qué lo dejó?

—Estaba harta de pasarme de la mañana a la noche con el trapo en la mano por cuatro perras. Quise probar.

—¿Tiene usted familia?

—Mis padres murieron, no me quedó nadie más.

—¿Está casada, tiene novio?

—No, ni ganas.

Una media sonrisa indicaba hasta qué punto todo aquel interrogatorio le inspiraba un desprecio profundo. Despreciaba a las otras mujeres, despreciaba nuestro trabajo, quizá también se despreciaba a sí misma. Y lo más terrible era que probablemente no le faltaban razones para que el mundo le pareciera un lugar muy poco respetable. Había conocido a otras personas así. Uno se pregunta de dónde sacan los ánimos para seguir vivos. Garzón no estuvo de acuerdo conmigo. Podía tratarse de una vividora, de una simple resentida contra los demás. En lo que ambos coincidimos por completo era en lo que emanaba de su carácter, una dureza sin concesiones, sin esperanza, sin ilusión.

—Será jodido tratar con ella.

—¿Haber quedado viva la convierte en sospechosa?

—Me temo que no. Si siempre se iba antes...

Preguntamos a los vecinos. Una señora corroboró su versión. Había oído música alrededor de las tres de la mañana en el piso de Aurora. El volumen era alto. Estuvo a punto de subir a pedirle que lo bajara, pero sintió pereza. Una hora después, ya cerca de las cuatro, la música cesó. Era una coartada mínima, pero una coartada. De cualquier modo, ¿qué motivo tenía aquella cínica mujer para cargarse a unas compañeras con las que casi no había tenido ninguna relación?

El informe de balística llegó al día siguiente. Los disparos habían sido efectuados con una Beretta del 22, un modelo que se encontraba en el mercado negro con cierta facilidad. Resultaría bastante difícil seguirle el rastro. Aun así, pedimos una investigación especial que se extendiera por los posibles compradores en el barrio del crimen, también en el mundo de la prostitución.

—Por probar que no quede —dijo Fermín demostrando con el comentario su falta de fe.

Para completar las pesquisas obligadas pero dudosas, solicitamos un informe sobre drogas que interesaran a todas las víctimas y otro que aclarara si habían recibido algún préstamo, por vía de usura o legal.

Nosotros, por nuestra parte, intentaríamos saber algo más sobre las infortunadas mujeres a las que por fin el juez había dado permiso para enterrar.

3

La semana siguiente fue tiempo de entierros. Acudimos a los de las cuatro mujeres asesinadas para ver si se presentaba alguien que no estuviera en el escaso censo de familiares con el que contábamos. La experiencia fue inútil y un espectáculo bastante desolador. Al entierro de Flora Domínguez sólo fue su hermana; la única de su familia que pudo perdonarle el pasado borrascoso. Al de Manuela Galván asistió su madre y un inconsolable grupo de travestis. Al de Lola Buendía acudieron sus amigas, todas con pinta de ejercer en el mismo negociado que la muerta. Por último, en el de la jovencísima Pilar Salvat no vimos a nadie, exceptuada la muy afectada *madame*, que honró con su presencia las pompas fúnebres de sus pupilas al completo. En todos los casos lloró, con el fino estilo que ya le conocíamos, es decir, intercalando un alarido aquí y allá. En el de la veinteañera tomó protagonismo al estar sola y sus aullidos lograron reparar la ausencia de más deudos. Un solo operístico que el cura estuvo a punto de aplaudir.

¿Por qué aquella triste chica había sido incapaz de reclutar con su muerte a ningún ser humano? No era nada extraño. En sus antecedentes no figuraba familia alguna. Había sido criada en los servicios sociales de la ciudad, de donde salió a los dieciocho pretextando un contrato de trabajo. Y en el fondo la excusa se convirtió en realidad. Agripina la acogió y empezó a trabajar en su casa de putas, incluso vivía allí. La *madame* nos confesó que le daba pena verla tan desasistida.

—¡Era como una hija para mí! ¡Por las mañanas me entraba el café con leche a la habitación! Nunca me repondré de esa pérdida, jamás aunque llegue a cien años.

Le seguimos la pista a la huérfana. En los archivos de los servicios sociales figuraba como niña abandonada. La encontraron en casa de una vieja que murió. Cuidaba a cuatro o cinco niños más, todos hijos de prostitutas. Cuando los encontraron, los pequeños presentaban síntomas de desnutrición. La vieja se fue al otro mundo sin decir quiénes eran las madres de los chavales. Pasaron a la tutela del Estado. Algunos fueron aceptados en casas de acogida y más tarde adoptados. A Pilar nadie la reclamó. Quedé impresionada.

—¡Vaya vida miserable!

—¡Hay mucha gente que vive cosas parecidas! Y antes era aún peor, ¡no había servicios sociales! Cuando yo empecé en la profesión, una vez encontramos a una niña que trabajaba de esclava en una fonda. Tenía nueve años, dormía en un jergón y la mataban de hambre. Tenía las piernas delgadas como alambres.

Al subinspector Garzón le gustaban las historias truculentas, por lo menos contármelas a mí. Sabía muy bien que soy de estómago delicado y que detesto los folletines y los cuentos de horror. Intenté contrarrestar.

—¡Magnífico, Fermín!, ¿y no había en esa fonda ninguna oveja achicharrada por los rayos? Digo yo que hubiera completado muy bien el cuadro de la niña famélica.

—A veces, inspectora, pienso que no tiene usted corazón.

—Más me vale para enfrentarme a toda esta miseria moral.

Me miró de través y cabeceó como un sacerdote que deplorara la inconsciencia.

Las vidas del resto de las víctimas no eran mucho más edificantes; hubieran constituido un buen filón para Dickens u otros autores decimonónicos. Nadie hubiera podido decir que en plena era de internet tanta gente viviera aún en los aledaños de la marginación más clásica. A una de las chicas la habían echado de su casa. Otra había rodado por todos los oficios más tirados hasta llegar a la prostitución pura y dura. La que había estado casada fue abandonada por el marido, que no le pasó ni un duro jamás. En resumidas cuentas, un mundo feliz del que daba gusto formar parte. Y había tenido que suceder algo tan terrible como un crimen para que aquellas historias sórdidas salieran a la luz. Los periodistas estaban encantados. La matanza de la calle Ausiàs March empezó a ser seguida por miles de lectores en los periódicos. Afortunadamente, el propio comisario Coronas se erigió en portavoz oficial de las pesquisas, de modo que no nos vimos obligados a huir cada vez que veíamos a alguien con una cámara en la mano.

Una mecánica cien veces ensayada se repitió una vez más. Los familiares de las chicas, que habían sido remisos a hablar con la policía, se mostraban encantados de charlar por los codos en las informaciones de actualidad después de ser untados con algo de dinero por su cooperación. En cualquier caso, no contaban sino mentiras y anécdotas banales. Garzón y yo intentamos mantenernos al margen de aquel circo inmundo sin conseguirlo del todo. De vez en cuando pescábamos un cabreo monumental cuando algún testigo nos soltaba que ya había dicho todo lo que tenía que decir en exclusiva para la revista X. En otras ocasiones los periodistas abrían fuentes de investigación. Ése fue el caso del exmarido de Lola Buendía. Estaba resultando bastante difícil localizarlo. Nosotros mismos y también un grupo especial estábamos tras su pista cuando lo vimos aparecer en un programa de televisión. Nos alertó el subinspector Muñoz, y nos pasó el vídeo que había grabado. Lo contemplamos mudos de espanto en la sala de audiciones de comisaría.

Se trataba de un tipo aún joven, chulesco, repeinado, con actitud de estar por encima de la media nacional. Llevaba una cadena de oro con un enorme medallón y miraba a la cámara directamente, sin el menor embarazo. Soltó una serie de frases inconexas, todas como salidas de un infame culebrón, acerca de su exmujer. Había ido por el mal camino, él se lo advirtió cien veces, había sufrido mucho junto a ella, era una buena mujer pero débil de carácter... Sentí que la sangre se me agolpaba en la cara poniéndola al rojo. Él había rehecho su vida junto a una auxiliar clínica y habían tenido dos hijos. Jamás hubiera podido pensar en llevar una vida tan normal junto a Lola. Pero así era, ella nunca se había dejado ayudar.

Salté en mi asiento como bajo una descarga eléctrica.

—¡Maldito cabrón!, cuando acabe contigo a ti sí que no van a poder ayudarte. Te destrozaré, diré a todo el país que eres un canalla redomado, que nunca le pasaste ni un céntimo. ¡Te acusaré de asesinato!

Llegado a este punto, mi compañero se alarmó.

—Calma, cualquiera que la oiga puede pensar que habla usted en serio.

—¡Y en serio hablo, no lo dude!

—¡Pero si no sabemos si dice la verdad!

—Ningún exmarido ni exmujer dice nunca la verdad. Parece mentira que le fallen las reglas más sencillas, Fermín. Llame usted inmediatamente a esa mierda de programa y que le digan dónde han encontrado a semejante chulo barato.

—Como usted diga, inspectora.

—Y felicítelos de mi parte por la labor social que hacen con sus informaciones.

Asintió sin aprobar ni un pelo mi arrebato. Tanto peor, eso es algo que no puedo remediar. No sé qué me pone más fuera de mis casillas, si ver a un chulo intentando hacerse perdonar o comprobar que la gente lo perdona sólo por aparecer en televisión. No me importaba la censura de mi compañero, ni que me acusara de subjetividad, un arrebato de vez en cuando da ánimos para seguir y eleva la moral.

Lo localizamos. Trabajaba como controlador de tiempos en una fábrica. Ni se le había ocurrido presentarse por sí mismo ante la policía para declarar, pero sí había contactado con los periodistas.

Garzón, nada seguro de que yo fuera a obrar correctamente durante el interrogatorio, me pidió llevar la voz cantante. Accedí, tampoco me apetecía demasiado dirigirle la palabra a aquel individuo repugnante. En cuanto nos presentamos se puso en guardia; era consciente de no haber obrado bien y empezó a excusarse con torpeza. No había sabido cómo abordarnos, pensó que su testimonio carecía de interés policial... El subinspector lo atajó de raíz.

—Limítese a contestar a nuestras preguntas.

—Bueno, ¿qué quieren saber?

—¿Cuándo vio a Lola por última vez?

—Hace por lo menos dos años.

—¿Con qué motivo?

—Quería dinero, como siempre. Esa mujer siempre necesitaba más. No me dejaba en paz, me perseguía...

—¿Tanto como para que usted decidiera matarla junto a todas las demás?

De pronto se dio cuenta de que lo que dijera frente a nosotros tendría una trascendencia inmediata. Se mordió el labio imperceptiblemente, empezó a sudar.

—Oigan, hace dos años que no sabía nada de ella. Cuando se convenció de que no me sacaría ni un duro, ya no volvió a molestarme.

—¿Le pasó usted dinero alguna vez?

—Sí, alguna vez.

—¿Y después dejó de hacerlo?

Cualquier cosa que contestara perjudicaba su situación. Era pura carne de sospechoso.

—Nunca le pagué cantidades fijas al mes como hacen otros maridos. Esa tomadura de pelo no está hecha para mí.

Me había comportado muy bien guardando silencio absoluto, pero ahí ya no pude contenerme.

—¡Fantástico, y a lo mejor esa tomadura de pelo la había sentenciado el juez y tú te la pasaste por la pierna! Incluso puede ser que Lola decidiera no denunciarte por impago tal y como hacen otras mujeres con sus maridos.

—Oiga, otras mujeres no se meten a putas.

—Claro, y a ti eso te vino muy bien como excusa para no darle nada. ¡Menudo cabrón estás hecho!

El tipo empezó a mirar al subinspector como a una tabla salvadora.

—Oiga, dígale que no me insulte. Yo soy un ciudadano que paga sus impuestos.

Garzón se encogió de hombros.

—No puedo decirle nada, es mi jefa.

Lo agarré de las solapas con toda la violencia de la que fui capaz.

—¿Dónde estabas a la hora del crimen, mamón que pagas tus impuestos?

Francamente asustado respondió:

—Durmiendo, en casa, con la mujer y los niños. Llegué a casa a las nueve, el vecino de enfrente se lo puede confirmar. Estaba enfermo y me pidió que le comprara el periódico, se lo llevé.

—Lo comprobaremos, comprobaremos hasta la última cosa que hayas hecho en tu puta vida y te aseguro que a la mínima sospecha vas a pringar.

Tenía la esperanza de que aquel pequeño vapuleo sirviera para impedirle seguir haciendo el pavo real en la tele. Pero, naturalmente, el subinspector no lo aprobó.

—Dígame qué le interesa más, inspectora, que ese hombre declare cosas interesantes o que a usted le concedan la medalla al feminismo radical. Porque le aseguro que el estado de nervios en que lo ha puesto no era el ideal para una confesión.

—No creo que haya sido el culpable. Hubiera escogido un momento en el que Lola no estuviera con gente, ¿para qué cargar con tres cadáveres más?

—¿Y si actuó movido por el odio y la obcecación?

—¿Le parece ese tipejo capaz de sentimientos extremos? Yo creo que todos sus actos tienen el sello de la vulgaridad, y el que buscamos no es un asesino vulgar. De todos modos, investíguelo todo sobre él, hasta de qué color es su pijama, y si no me gusta la ropa con que duerme lo empapelaré.

—¡Dios nos libre de las mujeres airadas!

—Y también de las asesinadas, Garzón, que son cuatro en este caso, recuérdelo.

Suspiró profundamente al estilo del santo Job.

4

Los amigos travestis de Manuela Galván eran simpáticos y estaban bien dispuestos a hablar. Demasiado, probablemente. Llenaron mi despacho de alegres trinos unidos a súbitas explosiones de dolor con llamamientos directos a los poderes supraterrenales, la Virgen y el Altísimo en concreto. Resultaba un poco difícil coordinar sus declaraciones, pero mi ayudante y yo acabábamos cogiéndoles el tranquillo. Todo consistía en dejarlos exclamar y renegar sobre la injusticia del mundo hasta que no se les ocurría nada más. Luego venían las precisiones.

—¿Tenía algún novio Manuela Galván?

—¿Manuela?, ¡ni hablar!, no se fiaba de los hombres, que son un espanto. ¿Por qué cree que nos tenía a nosotros como amigos? —contestó un jovenzuelo vestido con una túnica oriental.

—Pero hay que añadir que tampoco le gustaban las mujeres, de las que se fiaba menos aún. A nosotros sí nos tenía confianza, supongo que porque no somos ni carne ni pescado.

Un coro de risas, gritos escandalizados y protestas estalló como un castillo de fuegos artificiales.

—¡Señores, por favor, que estamos en comisaría! —les reconvino Garzón.

—Calle, calle, agente, no nos lo recuerde. Me pregunto qué hacemos aquí.

—Ayudarnos a esclarecer un crimen, señores. Y para eso necesitamos que sean sinceros y digan la verdad.

El de más edad, que se había erigido en una especie de portavoz, se puso muy serio y con ademán vagamente teatral se encaró conmigo.

—Dígame todo lo que quiera saber y yo se lo contaré.

—Somos conscientes de que querían ustedes mucho a la muerta, de que era su amiga, pero deben confesarnos cuáles eran sus debilidades.

—¿Debilidades?, ¡todas! Los que vivimos... como vivimos siempre somos los más débiles de la sociedad. Cualquiera nos puede ofender, ridiculizar, matar...

Un silencio frío invadió la habitación. Se habían acabado las bromas.

—Me estoy refiriendo a sus puntos flacos. Si tomaba drogas, si dependía de un chulo, si se había metido en algún asunto feo, si debía dinero...

Meditó su respuesta antes de soltarla. Miró furtivamente a los demás.

—No dependía de nadie; en eso, trabajar con la vieja Agripina le venía bien. No debía dinero, que yo sepa. Tenía bastante para vivir y para pasarlo bien, que era lo que le gustaba de verdad, la juerga y el cachondeo. En cuanto a las drogas..., en fin, algún canutillo, alguna raya... pues como todo el mundo. Estoy seguro, inspectora, usted que parece una mujer moderna, estoy convencido de que también se hace una raya de vez en cuando, ¿o no?

—Dejemos tranquila mi modernez. ¿Cree usted que algún camello pudo cobrarse una deuda llevándosela por delante, a ella y a todas las demás?

—No, imposible, seguro que no. Nos habríamos enterado de algo así, antes de llegar a ese punto habría recurrido a nosotros.

—Entonces, desde su punto de vista, ¿quién pudo matarla?

—¿De verdad le interesa mi opinión?

—Por supuesto.

—Yo creo que fue su madre.

—¿La señora que estaba en el entierro?

—No se deje engañar por su pinta de beata y de mosca muerta. Era una arpía, una bestia, un horror. Se avergonzaba de su hija, la llamaba por teléfono para decirle que se condenaría e iría al infierno. La odiaba. Era una integrista católica igualita que los talibanes, cada uno en su campo, desde luego.

La nutrida claque travestida estuvo a punto de aplaudir. Y ya no pudimos sacarlos de esa hipótesis. La señora Galván, una viuda de casi setenta años, apareció pintada con todos los colores del espanto. Tanto fue así que cuando el grupo se hubo marchado, le pregunté a Garzón:

—¿Qué le parece a usted?

—¿A mí?, pues una carallada de esta gente, inspectora, no puedo pensar otra cosa.

—Un asesinato de inspiración religiosa coincidiría con el hecho de que sea una masacre; suelen ser así.

—Sí, Petra, ya veo, descartado el exmarido machista, un crimen religioso es lo que más le gustaría, ¿verdad? ¡Sus dos principales bestias negras puestas en solfa!

—¿Está insinuando que me dejo llevar por mis obsesiones privadas en esta investigación?

—¡Hombre, inspectora, si ya sólo le falta acusar a un neonazi para que toda su ideología quede en exposición!

—Se equivoca como de costumbre, mi querido subinspector, si los testimonios nos alejan una y otra vez de los tópicos usuales como las drogas o el dinero, habrá que buscar otros motivos de enjundia, ¿no? Y una madre talibana bien podría liarse la manta a la cabeza.

—¿Y comprar una pipa en el mercado negro? ¡Vamos, inspectora, no me haga reír!

—Cosas más raras se han visto. Llame a la madre y

dígale que iremos a verla. Quiero interrogarla y registrar su casa.

—Le va a dar un infarto a la pobre mujer.

—¡Con la voz de la sangre hemos topado!, ¿no es cierto, Garzón? ¡Quién habló de bestias negras! ¿Una madre es demasiado para usted?

—¿Para mí?, ¡como si quiere que le traiga a la sagrada familia en pleno! ¿Siempre tiene que devolverme la pelota tan pronto?, ¿no puede esperar?

—Mi sentido de la justicia es implacable.

—No se esfuerce en explicarlo, ya lo sé.

Fuimos a casa de la madre en cuestión, la cual vivía en un pequeño piso de Poble-sec. Viendo la pobreza en la que se movía comprendí que intentara encontrar consuelo en la religión o en cualquier otra cosa que buscara explicación para lo inexplicable. Lo primero que dijo nos hizo pensar que se había trastornado levemente.

—Mi hija está muerta para mí.

—Sí, señora, y para todos los demás —respondió al vuelo un Garzón muy poco amigo de sutilezas.

—Lo que quiero decir es que para mí ya estaba como muerta antes de que la mataran.

—¿Le hizo a usted algún daño? —tercié.

—¡Era prostituta!, y eso Dios lo castiga.

—A su hija ya la ha castigado, ¡qué más castigo quiere que ser asesinada!, supongo que no querrá castigarla usted también.

—Me daba igual lo que pudiera pasarle. Por lo menos ahora ya ha dejado de pecar.

—¿Dónde estaba usted la noche en que mataron a Manuela?

—En mi casa durmiendo, como todas las mujeres decentes.

—¿Alguien puede testificar que eso es verdad?

—Pregúntele a Paquita, la tengo recogida desde hace seis años sólo por caridad.

Que alguien en sus circunstancias se pusiera a practicar la caridad me pareció bastante improbable, pero pedimos hablar con la tal Paquita y la mujer nos condujo a su habitación. Al contemplarla, tanto el subinspector como yo quedamos conmocionados. Yacía en la cama con cara de ida y debía de ser coetánea de Noé. Sin duda atisbó algo en la penumbra y mirándonos esforzadamente preguntó:

—¿Ya es hora de cenar?

Resultaba ridículo intentar comprobar la coartada y la dimos por buena. En un último intento desesperado, Garzón practicó un registro del piso mientras la madre y yo esperábamos sentadas cara a cara. En ningún momento se me ocurrió iniciar una conversación que podía acabar como el rosario de la aurora. Tras veinte minutos reapareció mi compañero portando una fotografía en la mano. Se dirigió a la mujer.

—¿Ésta es su hija cuando era más joven?

Lanzó una mirada de soslayo y musitó:

—Sí, ella es.

—Creí que ya no existía para usted.

Con la expresión fría como un témpano arrebató la foto de la mano de Garzón y la rasgó en varios trozos.

—Ahora ya ha dejado de existir.

De vuelta a comisaría, Garzón me dijo:

—Muy dura la señora, ¿verdad?

—Como el pedernal. Si yo hubiera tenido una madre así, no sólo me habría dedicado a la prostitución, sino que además habría empleado mis ratos libres en el tráfico de drogas.

—Es posible, pero ella no la mató. No creo que haya visto de cerca una pistola.

—No, si la hubiera tenido se habría suicidado.

—O le habría pegado un tiro a ese pingajo de Paquita alguna noche que le pidiera dos veces de cenar.

—Es usted bastante bruto, Fermín. Y luego se permite la osadía de decirme que no tengo corazón.

—A lo mejor es que ningún policía tiene corazón.

—Pues es obvio que no somos los únicos.

No, no lo éramos. La hermana de Flora Domínguez, la única de sus familiares que se había desplazado desde León para el entierro, tampoco parecía compungida. En su caso, la piedra de toque no era la religión, sino la responsabilidad. Flora había sido una inconsciente y una mala mujer por haberles dejado a su hijo en León y no haber vuelto jamás. Por lo visto, les pasaba dinero cada mes, pero nunca se había acercado a visitar a aquel pobre niño sin madre.

—¿Ustedes la hubieran recibido en caso de ir?

—No. Era un mal ejemplo para ese chico.

—Pues entonces...

—Uno siempre debe cumplir su obligación independientemente de lo que hagan los demás.

Ni clemencia ni perdón, ése era el ambiente con el que podían contar aquellas chicas en la sociedad. Poco más añadió la hermana sobre Flora Domínguez. No sabía gran cosa de ella. No le constaba que hubiera estado enganchada a las drogas ni que hubiera tenido conflictos que llegaran a trascender hasta León. Pero de haberlos tenido le daba igual. En realidad, yo no llegaba a comprender para qué buscábamos al asesino. Si lo encontrábamos, igual entre todos los familiares desearían rendirle un homenaje. Era bastante desmoralizante comprobar que es necesario cumplir las leyes de la moral, de la familia, de la sociedad, de la religión, de todo lo teóricamente sensato para que los demás te den al menos la posibilidad de empezar a aceptarte. Me pregunté si valía la pena, aunque estaba segura de que aquellas chicas de la calle Ausiàs March tampoco habían llegado a su infamada profesión por esta vía filosófica.

En cualquier caso, la línea de amigos y familiares se nos había agotado, tanto en el apartado de sospechosos como en el de posibles generadores de información.

—Falta la jovencita —dijo mi compañero.

—No tiene familia —le recordé.

—Su familia fueron los servicios sociales, habrá que investigar por ahí.

—No será fácil.

—Nunca pensé que se arredraba ante lo difícil.

—Arredrarme no me arredro, pero me cabrea un montón todo este asunto. Después de bregar con la familia tradicional sólo nos falta el Estado.

—Lo soportaremos, para algo somos los mejores.

—¿Lo somos?

—Yo siempre lo he creído, inspectora.

—Pues siga así, Garzón, siga así.

5

Los Hogares Mundet, ésa había sido la sede familiar de la joven Pilar Salvat hasta los dieciocho años. Después había cambiado el hospicio por el burdel.

—¿Qué le parece? —le pregunté a Garzón cuando nos encontrábamos frente a las puertas de la antigua institución.

—Creí que ya no existían los orfanatos con tanto empaque.

—Pues ya ve, a lo mejor no es tan malo haber crecido en un lugar con esta solera.

La directora nos recibió con ciertos resquemores, era obvio que no le gustaba ver policías preguntando por sus acogidos. En cuanto supo que la persona por la que nos interesábamos hacía tiempo que había salido de allí, se tranquilizó, y se mostró aún más participativa cuando le dijimos que no era ningún sospechoso de haber cometido un delito, sino sólo una víctima. A pesar de su buena disposición, enseguida nos advirtió de que nos veríamos en dificultades para encontrar información sobre Pilar. Ninguno de los funcionarios que estaba de servicio veinte años atrás ocupaba su puesto de antaño. Unos se habían jubilado, otros estarían en distintos destinos tras sufrir traslados o haber abandonado la profesión.

—Además, hay que empezar diciendo que veinte años atrás nada era lo mismo en servicios sociales. En aquellos tiempos el funcionamiento se regía por reglas un tanto... ¿cómo expresarlo?... anticuadas, más propias del siglo XIX que del actual.

—¿Por ejemplo? —preguntó el subinspector.

—Bueno, todo estaba más masificado, menos documentado, menos legal, si me permiten la expresión.

—¿Cualquiera venía con un bebé bajo el brazo y lo soltaba aquí? ¿O se los encontraban en una cestita como a Moisés?

La mujer miró a mi compañero con bastante sorpresa y un punto de curiosidad.

—Eso es lo que se llama una libre interpretación. No, no era exactamente así. El bebé se inscribía y, si se sabía quiénes eran los padres, se apuntaba también su nombre y su dirección. Aunque les aseguro que muchas veces eran falsos y no servía para nada. Hoy en día se lleva mucho más control. Además, en la actualidad los chicos pasan a familias de acogida tras un tiempo, por lo que su estancia en la institución no se hace demasiado larga, y...

La languidez de nuestros ojos debió de demostrarle que las implicaciones del tema social no nos interesaban en exceso porque hizo una breve pausa que aproveché para preguntar:

—¿Podemos ver la ficha de Pilar Salvat?

—Desde luego. Habrá que bajar a los archivos porque en su época no estábamos informatizados aún. De cualquier manera, en cuanto tengamos un poco de tiempo libre queremos meter también en el ordenador las fichas antiguas. Pero ¿cuándo será eso? El tiempo libre apenas si se conoce en esta casa. ¿No les pasa a ustedes igual?

—Igualito —respondí sin ganas de cháchara.

Nos condujo por corredores interminables que, si bien habían sufrido una modernización, seguían ostentando la frialdad desasosegante de los hospicios clásicos.

En el archivo nadie había intentado siquiera la fase

de modernización. La humedad de los años se acumulaba en el aire haciéndolo denso y mareante. Observé los viejos archivos en los que dormían las historias de tantos hijos de la nada. Un amplio material fabricado con anonimato, con pobreza, probablemente con dolor.

La directora se había colocado las gafas en la punta de su fina nariz, que arrugaba por efecto del asco al tocar aquellos papeles amarillos, escritos a mano. ¿Tan atrasadas estaban las cosas hacía sólo veinte años? Supuse que todos los adelantos con los que contamos son aplicados en último lugar al estrato benéfico y social. Es el signo de los tiempos, o quizá en todos los tiempos ha sucedido así.

—Aquí está —dijo la directora sacando un expediente.

—Fue inscrita en el verano del setenta y nueve, el 7 de agosto. Figura como hija de Agustina Ferreiro, de cuarenta años, natural de Lugo. Su dirección es: calle de Perot lo Lladre, 12, tercer piso. Ella misma la depositó aquí en persona. Nunca la visitó, pero ingresó regularmente treinta mil pesetas para ella en la cuenta de los Hogares Mundet. Pilar salió hace tres años de la institución con un contrato de trabajo en la empresa Bordadoras Reunidas. No hay más.

—¿Cómo se efectuaba el ingreso de dinero?

—Por transferencia bancaria.

—¿Por medio de qué banco?

—Por medio de la Caixa.

—¿No figura nada más?

—No, nada más.

—No es gran cosa como resumen de toda una infancia.

—Ya les previne. Hoy en día se apunta hasta cuándo tienen las paperas los niños. Todo se ha humanizado una barbaridad. Ahora los muchachos son muy felices entre nosotros.

Saliendo por los amplios jardines le pregunté a Garzón:

—¿Cree que es verdad?

—¿Que recibía treinta mil pesetas al mes?

—No, que ahora los chicos huérfanos son muy felices aquí.

—No sé, ¿usted es feliz?

—A veces sí y otras no.

—Pues lo mismo debe de pasarle a ellos, ¿no le parece? ¿O es que por ser huérfanos están hechos de otra pasta?

Nadie como el subinspector para una desmitificación de urgencia. Y muy posiblemente llevaba razón, nadie puede asegurar dónde reside la felicidad ni cuáles son sus grados de intensidad. Encima, teníamos otras cosas en las que pensar. ¿Cómo abordar el pasado de la chica con aquellos datos? Mi compañero contestó mi pregunta mental como si la hubiera percibido.

—Vamos a la dirección de esa mujer, y si no la localizamos habrá que recurrir al banco.

—Sí, pero todo esto sugiere preguntas, ¿verdad? Por ejemplo, el que saliera con un contrato de las Bordadoras, ¿por qué la sacó Agripina de ahí? Eso no nos lo contó. Dijo que la había acogido después de salir. Y la edad de la madre, cuarenta años, no es la habitual en estos casos. La niña no proviene de un tropezón juvenil del que no se sabe cómo salir.

—De acuerdo, pero no es significativo. Podría tratarse de una mujer con pocos recursos y un montón de hijos, también de una prostituta que no podía cargar con la cría.

—¿Y las treinta mil pesetas al mes?

—Tendría mala conciencia.

—En ese caso descarte a la mujer cargada de hijos. Si tenía para mandarle dinero no la habría abandonado.

—No sé, Petra, el corazón humano es inescrutable.

—Está usted muy filosófico hoy, y muy bíblico, me gustó mucho la alusión a Moisés, y por la cara que ha puesto, a la directora también le gustó. Por lo menos logró sorprenderla.

—Para una vez que hago una cita cultural se me pitorrea usted.

—Nada de eso, ha estado muy bien; incluso serviría para un *spot*: «Si Moisés volviera a ser abandonado, lo llevarían a los Hogares Mundet».

Puso el coche en marcha con cara de escepticismo. Me dejaba por imposible, aunque en el fondo le hacía gracia que me metiera un poco con él, lo justo para no caer en el tedio que acecha a cualquier pareja, ya sea matrimonio de toda la vida, o simple dúo policial.

Como era previsible, en la dirección de la ficha no vivía ninguna Agustina Ferreiro ni la habían oído nombrar jamás. Hubo que recurrir a la sucursal de la Caixa donde efectuaba las transferencias y bregar con las reticencias del director para obtener finalmente su nuevo domicilio. Sólo ante la palabra asesinato dio éste el brazo de su discreción a torcer.

En la calle Progrés, ahí tenía su nueva casa la madre desnaturalizada tras la que andábamos. Mirando la fachada, Garzón comentó:

—No parece que el nombre de la calle haya influido lo más mínimo en esta señora. Su casa anterior estaba más nueva.

Aquella frase podía aplicarse a todo lo demás. No sé cómo sería Agustina Ferreiro años atrás, pero el estado en que la encontramos no sugería ninguna mejora. Vieja, desarrapada, sucia y oliendo a alcohol nos franqueó la entrada de su vivienda miserable con cara de no haber visto jamás a un ser humano.

—¿Qué quieren?

—Hablar con usted, somos policías.

—Bueno, pasen, ustedes verán, pero yo no tengo nada que decir, ni a la policía ni a nadie. A no ser que esos jodidos de los vecinos se hayan quejado por el olor de mi casa. Pero me da igual, yo vivo como quiero y con el olor que me da la gana.

No era extraño que hubiera habido quejas, aquel piso apestaba. La ropa sucia y los restos de comida se veían tirados por todas partes, pero lo que abundaba más eran las botellas vacías de vino peleón y de aguardiente. De hecho, al poco de hablar con Agustina comprendimos que andaba bastante bebida.

—Seguramente ya sabe usted que su hija ha sido asesinada.

—¿Mi hija?, ¿qué hija?, yo no tengo ninguna hija.

—Su hija Pilar Salvat.

—¡Ah, sí, esa hija! ¿La han asesinado? Ya no se puede pasear por la calle en paz, todos los barrios de Barcelona están llenos de chorizos, y ahora de asesinos también.

—Su hija ejercía la prostitución en una casa de la calle Ausiàs March, mataron también a tres compañeras suyas.

—Bueno, y a mí qué me cuenta de eso. Yo hice lo que tenía que hacer. Pagué siempre hasta el último céntimo, lo que pase después ya no es asunto mío.

Garzón me lanzó una mirada de estupor. Se acercó a la mujer y, venciendo su repugnancia, la cogió por un brazo.

—Pero era su hija, ¿no?

—¡Y yo qué sé, supongo que sí! Hace mucho tiempo de eso, ya no me acuerdo.

La zarandeó con cierta violencia.

—¿Cómo que no se acuerda?

—¡Eh, suélteme! Era mi hija, sí, bueno, ¿y qué?

Deduje que por lo que el subinspector llamaba la voz de la sangre poco íbamos a obtener. Intenté caminos más directos.

—¿Cómo tuvo usted esa hija?

Esbozó una sonrisa horrorosa, de borracha irredenta, llena de dientes amarillos y mellas oscuras.

—Pues follando, como todo el mundo tiene los hijos.

Garzón saltó sobre ella como un gatopardo.

—¡Basta de tonterías! Díganos quién era el padre, en qué hospital nació la niña.

—No sé quién era el padre. Si lo hubiera sabido, se la habría cargado a él, y la niña no nació en ningún hospital. Nació en casa.

—¿Qué médico la atendió en el parto?

—¡Ningún médico! Me atendieron unas amigas, antes se hacía así.

—¿Por qué le mandó dinero durante todos estos años?

—Era mi obligación.

—¿Cómo se enteró usted de que había salido de los Hogares Mundet?

—Me escribieron una carta.

—¿A esta dirección?

—No, a la de antes. Hace poco que vivo aquí.

—¿Conoce usted a la mujer que le dio trabajo a su hija?

—No.

—¿No ha oído hablar de Bordadoras Reunidas?

—No. Oigan, ¿por qué no me dejan en paz? Soy una pobre vieja enferma, tengo ya sesenta años, vivo de una pensión. ¡Vayan a buscar a asesinos o a chorizos, seguro que encuentran a unos cuantos!

—Recibirá una citación para declarar en comisaría. Le sugiero que el día que venga no beba nada, ¿de acuerdo?

Cabeceó a derecha e izquierda como un elefante en un circo. Asqueados e incluso algo apiadados por el espectáculo, salimos de allí.

6

Tras aquel infamante interrogatorio, exclamé:

—¡Al sabio Salomón quisiera yo ver en semejantes circunstancias! A ésta le presentan el cadáver de su hija partido por la mitad y les mete bronca por ensuciar el suelo con la sangre.

Garzón se rió por lo bajo. Luego asintió con gravedad.

—¡Dios nos libre de la humanidad, Petra! Cualquier animal, cualquiera, desde una gata hasta una cierva, tiene una idea más auténtica de la maternidad.

—Sólo los animales machos muestran la misma insensibilidad que esta vieja.

Volvió a reír.

—Seguramente espera que entre al trapo enseguida, ¿no?

—Pues, sí, para algo le provoco.

—En esta ocasión va a quedarse con las ganas, Petra. ¿Qué me dice de una cervecita en ese bar en vez de enzarzarnos en polémicas estériles?

—Ni hablar. Tenemos que interrogar a Agripina de nuevo.

—Me lo imaginaba. ¿Y qué vamos a preguntarle?

—Vamos a preguntarle por qué no nos había contado que contrató legalmente a Pilar Salvat para que saliera de los Hogares Mundet.

—En fin, supongo que ante esa pregunta la cerveza puede esperar.

Agripina puso cara de póquer cuando le formulamos la pregunta en cuestión. Luego fue presa de un histrionismo súbito y confesó lo que, según ella, se había callado hasta el momento.

—La madre de esa chica me pidió que la acogiera en mi casa para que pudiera salir del hospicio.

—¿Conoce a Agustina Ferreiro?

—Sí, es una pobre mujer. Nunca se hubiera hecho cargo de la chica ella misma, pero los remordimientos la martirizaban. Me lo pidió y yo lo hice.

—¿Le pagó por ello?

—No.

—Pero usted supo sacarle rentabilidad al asunto colocando a la chica entre sus pupilas.

—¡Alto ahí! Pilar estuvo un año en esta casa sin hacer nada más que comer y dormir. Tras ese tiempo ella misma me pidió dedicarse a los clientes. Yo no tengo nada que ver.

—¿Se da cuenta de que podemos acusarla de corrupción de menores?

—Hagan lo que tengan que hacer. A estas alturas ya todo me importa muy poco.

No pudimos sacarla de ahí. Aquel desmedido culebrón empezaba a convertirse en un rompecabezas. Tanto Garzón como yo estábamos convencidos de que la solución del crimen estaba allí. O bien Agustina Ferreiro había decidido desembarazarse al fin de aquella hija que minaba su conciencia o quizá Agripina estaba pidiéndole dinero para mantenerla, o... La perspectiva de entrevistarnos de nuevo con aquel ser hediondo de la Ferreiro no nos alegraba el corazón, pero era imprescindible, a lo mejor el final del embrollo.

La suerte no estuvo de nuestra parte. Agustina Ferreiro estaba como una cuba cuando nos recibió. Abrió la puerta, dio tres pasos hacia el interior de su piso y se desplomó sobre el sofá. Me quedé algo patidifusa, pero Garzón no se inmutó. Se dirigió a la cocina, buscó un vaso entre el pestilente berenjenal de cacharros sucios, lo llenó de agua y se la lanzó a la mujer en plena cara. Reaccionó, juró, se incorporó mínimamente y, sin dar síntomas de habernos reconocido, exclamó:

—¿Qué coño queréis?

Garzón graznó rojo de ira:

—Tú mataste a la chica, ¿verdad? Nunca te ibas a librar de ella y decidiste sacarla de tu conciencia y del mundo. ¿Quién te ayudó a hacerlo?

—¡Bah, vete al carallo! —estropeó la vieja aquella brillante intervención del subinspector.

—¡Contéstame!

La mujer abrió los ojos, se removió en su incómoda postura, clavó la mirada en mí y dijo:

—Agripina la mató, tenía sus motivos, preguntadle a ella. Yo estoy bien segura de eso.

Después cayó en un sueño etílico profundo, del que ya no pudimos despertarla.

—Que la detengan —ordené—. Aunque hayan de llevarla en camilla.

Nos enfrentamos Garzón y yo.

—¿Cómo se come esto, inspectora?

—Ni idea, pero hay que asegurarse de que el conejo del guiso no eche a andar y se escape.

—¿Detenemos a la otra también?

—Por supuesto. Haremos un careo cuando a la gallega se le pase el colocón.

—Creo que por ahí vamos bien. ¿O sigue pensando que el asesino ha sido el exmarido de Lola Buendía?

—Lo hubiera preferido. Puestos en folletines familiares, prefiero los de carácter matrimonial, aunque el de la integrista católica también me tentaba.

—Es usted inefable, inspectora. ¿Atacamos esa cerveza?

—¿No ha tomado buen ejemplo de los efectos perniciosos del alcohol? Sigamos currando, Garzón, siempre hay tiempo para degradarse.

—Con esta ley seca nuestra moralidad no corre peligro, tranquilícese.

La estrategia con la vieja *madame* no era otra que la presión. Cuando se produjera el careo con su extraña comadre, Agripina debía haber quedado como un limón tras un refresco, sin jugo en las venas. Reconozco que la intimidación de los sospechosos dista mucho de ser mi especialidad, de modo que cedí todo el protagonismo al subinspector, que en cuestión de presiones se comportaba como un perfecto exprimidor.

Para empezar, la citamos en comisaría, nada de acudir complacientemente a su *meublé*. Después, todo consistía en embestirla de frente dejándole claro que no teníamos ninguna duda sobre su culpabilidad. Eso siempre impone mucho, algo saldría de allí.

Garzón lo hacía perfecto. Admiré su estilo de predicador crepuscular con tintes quevedescos. Nadie en todo el cuerpo de policía representaba mejor ese papel. Entró a saco desde el principio.

—Usted las mató, Agripina, las mató a todas ellas porque su mente está enferma y no podía soportar por más tiempo tanto deshonor. Sabemos que alguna de las chicas la amenazó con decir a la policía que estaba usted convirtiendo a niñas en pelanduscas. Era usted consciente de la condena que eso puede representar, y, en vez de matar a una sola, organizó una masacre que despistaría completamente la investigación, aparte de eliminar testigos.

—¡No! —aulló la mujer.

—Es inútil que lo niegue, alguien ha confesado que le vendió una pistola —mintió mi compañero.

—Tengo enemigos, cualquiera ha podido querer acusarme. Pero les daré una buena razón para que vean que no he sido yo. ¡La prueba absoluta!

Se puso la mano en el pecho y suspiró como preparándose para algo terrible.

7

Garzón y yo la miramos tensos y esperanzados. Quizá de allí iba a salir algo por fin.

—Yo no he podido matar a esas chicas por la simple razón... por la simple razón de que Pilar Salvat era mi hija.

—¡Joder! —exclamó el subinspector desde el fondo de su alma.

—Lo sospechaba —apunté—. ¿Va a contarnos la historia completa o tendremos que rogarle?

Entre lágrimas e hipidos, contó la historia que se veía venir.

—Hace más de treinta años tuve una hija. Yo era muy joven, muy loca. La entregué a los servicios sociales. Nunca más supe de ella, nunca, pero los remordimientos no me dejaron vivir. Cuando volví a quedar embarazada casi ocho años después, me sentí morir. Nació Pilar. No podía hacerme cargo de ella, no en mis circunstancias. Entonces decidí dejarla en los Hogares Mundet. Pero esta vez lo hice bien. Le pedí a Agustina Ferreiro, mi amiga entonces, que la inscribiera como su hija. No quería que nadie pudiera ni siquiera sospechar que la madre era yo. Le pasé treinta mil pesetas al mes sin fallar nunca. Luego la reclamé para que pudiera salir de allí. La tuve en casa, la disfruté, ¡era tan cariñosa!

—E hizo que la chica le pagara el favor empleándola como prostituta.

—¡No es cierto! Sólo se ocupaba de pequeños recados cuando entró. Más tarde decidió por propio gusto meterse en el negocio y yo no se lo negué. ¡No había sido tan malo para mí!

—¿Le confesó alguna vez a Pilar que usted era su madre?

—¡Jamás!, seguramente me habría odiado, y eso no habría podido resistirlo.

—¿Por qué la inscribió con el apellido Salvat?

—Era la editorial de unos fascículos sobre bordados que yo coleccionaba. Y para que vean que digo la verdad, les confesaré que nunca he tenido una casa de bordados, pero me hubiera gustado, eso sí es verdad. ¡Encuentren al asesino, encuéntrenlo, quiero justicia! ¡Ah, mi palomita!

Lo demás fueron gritos, lamentos, berridos de dolor cuya intensidad ya conocíamos. Nada más que fuera inteligible. De nada sirvió preguntarle quién era el padre, si había habido conflictos con otro familiar durante aquellos años. Aquella alcahueta deshecha en lágrimas no pensaba cambiar de versión.

Cuando a la gallega se le pasó la melopea corroboró la historia de la niña punto por punto. Cojonudo, todas aquellas piezas encajaban muy bien y hubieran dado mucho juego a un buen escritor. Sin embargo, seguíamos igual. ¿Quién asesinó a las cuatro prostitutas de la calle Ausiàs March? Ni móviles ni sospechas surgían más allá del drama materno-filial que se había planteado.

El comisario Coronas se puso como una fiera cuando le contamos el punto en el que se encallaba la investigación.

—¡Coño, señores!, ¿y cómo me presento yo ante los periodistas que me están acosando con ese folletín lacrimógeno más anticuado que el mantón de Manila?

Contraataqué tamaña injusticia.

—¡Carajo, comisario, ya sabemos que sería mejor un

crimen con drogas de diseño al estilo de Nueva York, pero la criminalidad de este país da para lo que da!

—De acuerdo, pero en cualquier caso no tenemos al culpable.

—Hemos pensado en una estrategia que vamos a aplicar. No se inquiete, en un par de días, asunto solucionado.

—¡Cómo se nota que ustedes no tienen que enfrentarse con la prensa!

—La historia les proporcionará material para varios días, no se preocupe, nos dejarán en paz.

No fue en absoluto así. Casi la totalidad de los titulares coincidía en señalar: «La policía se ve incapaz de desentrañar el último misterio que encierra este violento drama familiar con connotaciones de novela seriada». Luego se extendían con placer evidente en los detalles de la maternidad, de los abandonos, de los hijos no deseados. Por último venían las estadísticas, el elevadísimo número de niños que aún hoy en día son dejados en instituciones sociales por sus padres en España, etcétera, etcétera. El acoso se hizo más intenso aún.

—Bueno, finalmente han sabido sacar tajada.

—Era de esperar. Para ellos es la situación ideal: carnaza al lector y palo a la bofia. ¿Qué me dice de nuestra estrategia, Petra, esa que tenemos en el congelador?

—No se me ocurre otra estrategia más que la de encerrarnos a pensar, Fermín.

—Sí, y cerrar la puerta con llave por si llueven las hostias.

—De repeler las agresiones se encargará usted.

Mi casa solía ser el lugar ideal para las concentraciones *in extremis*. Preparé una cena fría, abundante café, y dejé el alcohol fuera del menú para que no hubiera distracciones. Garzón trajo consigo todos los informes del caso que habíamos ido elaborando y nos pusimos a trabajar entre bocado y bocado.

—Oiga, Petra, ¿y si estamos dándole vueltas al drama familiar y la cosa va de drogas y dinero como creíamos al principio?

—De eso nada, Fermín, hemos interrogado a todos los amigos y familiares con igual resultado: las chicas estaban limpias de droga. Además, el caso no da para nada el perfil de delito por interés. En este lío de familia se encuentra el meollo del asunto, estoy segura.

—Ninguna de esas dos viejas que tenemos imputadas se cargó a las muchachas, eso es bien evidente.

—Pues habrá que buscar otros elementos del embrollo. Por ejemplo, el padre de Pilar Salvat.

—El padre, el padre... quizá.

—O el marido de Agustina Ferreiro.

—La Ferreiro no tiene marido. Además, ¿por qué querría un hipotético marido liquidar a esas mujeres, a las que ni siquiera conocía?

—Pues será la abuela de la chica, su tío o cualquier familiar que...

El fogonazo mental que sentí me impidió por completo seguir pensando. Un nerviosismo asombroso hizo presa en mí. Me levanté galvanizada por un impulso que me llevaba hacia delante. Fui hacia la salida sin pronunciar palabra y cogí mi gabardina, le alargué la suya a Garzón, que me observaba perplejo.

—Garzón, ella tiene diez años más, es ella, yo creo, casi con toda seguridad...

—¿Qué coño dice, inspectora?

—Vámonos, rápido, vámonos.

—¿Y los canapés?

—¡Olvídese ahora de los canapés!

—Pero ¿qué pasa?

—Ya se lo contaré por el camino. Y conduzca deprisa, por favor. Yo estoy demasiado alterada para coger el coche.

Llamamos varias veces a la puerta sin obtener contestación y, sin embargo, en el interior del piso se oían ruidos y se veía luz.

—¿Cómo entramos, subinspector?

—Puedo pegarle dos tiros a la cerradura.

—Pues proceda, no hay tiempo que perder.

Me tapé los oídos con las manos pero, aun así, el impacto de las balas sobre el metal me taladró los tímpanos. La puerta se abrió y entramos precipitadamente.

Aurora Fernández se hallaba de rodillas en medio de su exiguo salón, rodeada de un charco de vómito que olía a whisky. En su mano, que descansaba sobre el regazo, vimos una pistola Beretta con el silenciador puesto. Garzón se abalanzó quizá innecesariamente sobre ella y le arrebató el arma. No se resistió. Nos miró como si fuéramos de otro mundo. Estaba blanca y sus ojos casi en carne viva demostraban que había permanecido mucho tiempo llorando. Mi corazonada había sido exacta.

—¡Ah, son ustedes! No es fácil suicidarse, ¿saben? Ni dándose ánimos con la bebida.

—¿Es más fácil disparar a los demás?

Con un hilo de voz temblorosa y casi infantil respondió:

—Sí.

La ayudé a levantarse y la alejé del pestilente líquido. Nos sentamos junto a la ventana, alrededor de una pequeña mesa camilla.

—Usted también es hija de Agripina, ¿verdad, Aurora?

Estalló en un lamento que ponía los pelos de punta.

—¡Yo no sabía que esa chica era mi hermana, no lo sabía, se lo juro, no lo sabía! ¡Oh, Dios mío, es horrible!

—Pero ¿por qué?, dígame, ¿por qué las mató?

Se recompuso mínimamente, aunque seguía hablando como en una alucinación.

—Ella me abandonó, me dejó tirada, me despreció. Una chica de los servicios sociales me dijo un día quién era mi madre, ¡y era una puta, joder, una puta! Sólo una puta dejaría así a su hija. Me juré a mí misma que algún día de mi vida la mataría. Lo planeé bien. La localicé. Trabajé de puta con ella durante seis meses. Compré la pistola a un tipo. Sabía que las chicas se reunían un rato después del trabajo. Me largué a mi piso a buscar la pistola, no hubiera sido seguro tenerla en casa de Agripina, las chicas siempre lo miraban todo, registraban los bolsos, cogían mis cosas de maquillaje. Puse la radio en marcha por si algo fallaba, así la vecina declararía que la había oído. Volví a la casa, llamé al timbre, les dije a las chicas que lo había pensado mejor, que me apetecía entablar un contacto más íntimo con ellas y que por eso pasaría la velada allí. Así me aseguraba que declararían que estuve en su compañía. Nadie sabría quién había matado a la vieja cuando la encontraran al día siguiente. Dije que iba al lavabo. Entré en la habitación de Agripina, coloqué el silenciador, dispuesta a quitarla de en medio para siempre... pero no pude, no pude disparar, fui incapaz de hacerlo. ¡Todos aquellos años esperando aquel momento y no tuve fuerzas! Salí de allí llena de rabia. La estúpida de Manuela Galván se cruzó en mi camino, me hizo entrar en el salón. Empezaron con sus bromas vulgares, bromas de putas, yo misma me había convertido en una puta más, y total para nada. De repente se me hizo insoportable todo. Hija de una puta, siempre sola y aperreada, y ahora vivía entre putas, por siempre jamás. No sé qué me ocurrió, pero se me nubló la vista, saqué la pistola del bolsillo y empecé a disparar. ¡Dios mío, y esa chica era mi hermana, un ser como yo, inocente, abandonado! ¿Cómo podía saberlo?

Estalló en sonoros sollozos. Le hice una seña a Garzón con la cabeza. Éste se acercó a la mujer, se quitó la gabardina y se la echó por los hombros. Luego la ayudó a levantarse. Yo, mientras tanto, fui a buscar el coche para llevarla a comisaría. Llamé a uno de nuestros psicólogos para que al llegar se hiciera cargo de ella. Consideré que era necesario.

Bueno, finalmente todo el mundo tenía su parte en aquel botín. Los periodistas se pusieron las botas con la escabrosidad de la noticia. El comisario quedó bien frente a la opinión pública y nosotros habíamos resuelto el caso. ¡Felicidad para todos! ¿Para todos? En fin, yo no lo sé de primera mano, pero me han contado que la funesta Agripina, auténtica ogra del cuento, se retorcía como una hidra furiosa cuando supo de la pequeña tragedia griega que se había montado a su costa. ¡Sangre de mi sangre!, gritaba en su fino estilo melodramático. Y es que el asunto de la sangre y la consanguinidad, la maternidad, la filialidad y demás lazos hemoglobínicos no deja de estar demasiado mitificado.

—¿No le parece, Fermín?

—¡Bueno, inspectora!, ¿qué quiere que le diga? Una madre es una madre.

—Y dos madres son dos madres, pero aun así.

—En este momento me interesan más otro tipo de líquidos que la sangre.

—¿La cerveza, por ejemplo?

—¡Acertó!

Y no pudiendo hacer nada para evitar el regusto amargo que nos había dejado un caso tan terrible, decidimos mezclarlo con el de una buena cerveza fría. Así se notaría menos, o no se sabría á qué atribuirlo con exactitud.

Vinaroz, julio de 2001

El caso del lituano

I

Casi siempre me divierten las bromas de Garzón. Suele hacerlas, con humor descarnado y burlesco, sobre los casos que llevamos entre manos. Nada que objetar. Si ya no hay conceptos sagrados en el mundo, tampoco tiene por qué serlo el dichoso ejercicio profesional. Sin embargo, en los primeros pasos de un homicidio y con el muerto aún tendido en el lugar del crimen, a veces sus ironías me resultan incómodas. Será que él tiene más experiencia y, por lo tanto, la piel más dura.

Aquella mañana, mirando el pasaporte del tipo que acabábamos de encontrar, se le ocurrió decir:

—¿Rimantas, Rimantas es un nombre? ¡Qué barbaridad!, ¿se imagina que le hubieran puesto ese nombre en España, inspectora? No habría ganado para bromas: ¡Rimantas, eres un manta!, ¡Rimantas el «esgarramantas»! Hubiera sido un cachondeo continuo.

Sí, me lo imaginaba, habría sido el cachondeo que él mismo acababa de empezar aún con «el manta» de *corpore insepulto*. Leí los datos del muerto esperando que la socarronería de mi subordinado acabara ahí: «Rimantas Laztdelis. Natural de Lituania, nacido el 20 de julio de 1967». Miré el cadáver. Era un hombre rubio, delgado, de complexión atlética, que iba vestido con ropa deportiva y calzaba mocasines. Los rasgos de su cara no podían apreciarse bien porque la bala que lo había matado le había destrozado parte de una mejilla y la nariz. En su mano derecha, rígida como un garfio, se encontraba una pistola.

—¿Y bien? —me preguntó Garzón para que le contara mis primeras impresiones.

—Bueno, todo parece indicar que intentó asaltar a alguien arma en mano, hubo un forcejeo y el tiro acabó en las narices del agresor.

—Correcto, y ese alguien se dio a la fuga, con lo que queda demostrado que su conciencia no estaba tranquila. No se trataba de un ciudadano normal que se vio sorprendido.

—¿Los ciudadanos normales tienen la conciencia tranquila?

—Lo suficiente como para llamar a la policía y relatar el suceso. Si a uno intentan robarle, le ponen delante una pistola y tiene los arrestos de intentar arrebatársela al asaltante, lo más lógico es que después denuncie el hecho.

—O sea que son los ciudadanos con arrestos los que tienen la conciencia tranquila.

Me pegó una mirada de través.

—Querida jefa, no me haga hablar demasiado, usted sabe perfectamente lo que quiero decir.

—¿Y no será que la nacionalidad del muerto, seguramente un inmigrante del Este, le hace pensar ya en asuntos turbios y ajustes de cuentas? Es decir, ¿no estará usted aplicando prejuicios xenófobos a sus deducciones?

—¡Oiga, Petra, no empecemos! Si Balística lo confirma, este angelito ha sido asesinado con su propia pistola, y alguien que lleva una pistola, venga del país que venga, tiene una historia detrás.

—Todos llevamos una historia detrás, y a veces es más turbia que el peor ajuste de cuentas.

Rebufó con inquietud. Me encantaba sacarlo de quicio, era tanto un deporte como el método ideal para que bajara sus humos cuando se mostraba tan seguro de algo. El forense, que manipulaba el muerto a nuestro lado, asistía a la conversación presa de cierto estupor. Levantó un dedo para pedir la palabra.

—Si han dejado ya de discutir, me gustaría decirles que este hombre murió hacia la una de la madrugada. Que el tiro que le ha volado media cara se hizo casi a bocajarro, por lo que seguramente ésa fue el arma homicida, y que hay signos de lucha, pero debió de ser una lucha muy corta o muy ligera. Todo esto en una primera inspección, los resultados de la autopsia se los pasaré dentro de una semana. Ahora, si quieren, pueden seguir filosofando.

Estaba claro que nuestro pequeño debate deductivo le había parecido una gilipollez, y no se recató en mostrarnos su desprecio. Pero ya se sabe lo intolerantes que son los forenses, algo típico de quien trata con pacientes que no pueden protestar.

Dimos una vuelta por la calle, una lateral de la avenida Diagonal, territorio de oficinas. Prácticamente no había viviendas. El cuerpo estaba a unos veinte metros de un aparcamiento público subterráneo. Un guardia de seguridad, de servicio en el momento de los hechos, no vio nada, ni oyó nada, ni se percató de que algún coche abandonara el aparcamiento cerca de la hora del crimen. Estaba dando una vuelta por las plantas inferiores para cerciorarse de que todo iba bien. ¡Vaya usted a saber! Según la versión del subinspector, incrédulo hasta la médula, probablemente dormía como un bendito en el interior de su propio coche. Nos incautamos de la cinta de vídeo que grababa todos los movimientos de la salida. Si el asesino había estado en aquel aparcamiento antes de ser agredido por Rimantas, su coche aparecería allí.

La fortuna nos sonrió al presentarse una testigo. Dolores Ortega, empleada de limpieza en un edificio de seguros, se acercó hasta nuestra pequeña parada policial para informarnos de que, sobre la hora del crimen, había oído un par de ruidos sordos que identificó inmediatamente como dos tiros.

—¿Salió usted a la ventana para mirar?

Sus ojos cansados cobraron vida para mirarme con incredulidad.

—¿Yo?

—¿No dice que estaba segura de que eran tiros?

—¡Justamente por eso! No soy tan curiosa como para arriesgar la vida. ¡Y menos mal que no miré, porque si hubiera visto al asesino ahora tendría que declararlo y a lo mejor me perseguía para pegarme dos tiros más a mí!

Aquella réplica dejaba bien claro dos cosas. Primera: que el subinspector no llevaba razón. Muchas veces, ante un delito, un ciudadano normal tiende a huir para no buscarse complicaciones. Segunda: el pueblo español ve demasiadas películas americanas en la televisión.

En cualquier caso, el testimonio estaba allí: dos tiros. Una de las balas se hallaba alojada en la cabeza de aquel lituano. ¿Y la otra? ¿Salió el asesino herido de allí? Eso nos hubiera facilitado extraordinariamente las cosas, porque si hay heridas suele haber hospitales, y desde los hospitales se avisa a la policía. Garzón corrió a pedir información hospitalaria mientras yo ordenaba a los especialistas una segunda batida del lugar en busca de la bala perdida. Una hora después llegó Garzón, desanimado. Ningún dispensario había dado cuenta de un herido por arma de fuego. Hubiera sido demasiada felicidad. Pero no hay desdicha completa ni eterna, dos horas más tarde nuestros rastreadores dieron con la segunda bala. Se había incrustado entre la acera y la calzada, a pocos centímetros de un imbornal. Manipulándola con la delicadeza con que se trata a un bebé recién nacido, la metieron en un tarro. Balística tendría cosas que decir sobre ella.

Bien, el pequeño caos que sigue al descubrimiento de

una víctima de asesinato empezaba a ordenarse. Los proyectiles disparados estaban listos para su estudio. El dictamen médico, en curso. Las pruebas y los testimonios, recolectados. Sólo faltaba el levantamiento del cadáver, que ordenó el juez cuando ya empezaba a amanecer. Vimos cómo lo metían en una ambulancia.

—¡Adiós, Rimantas, carretera y manta! —dijo el subinspector poniendo un chusco punto final.

2

Aquél resultó un caso difícil, lo recuerdo perfectamente; y, sin embargo, contábamos con pruebas de las que partir. La autopsia confirmó las primeras impresiones del forense y que la bala que Rimantas tenía en el cráneo fue disparada por la pistola que llevaba en la mano. El otro proyectil, encontrado en la calle, también procedía de allí. Los expertos hallaron en él restos de pintura negra, por lo que dedujimos que chocó o atravesó la carrocería de un coche antes de quedar alojado en el asfalto. Para colmo, el vídeo del aparcamiento había grabado un Golf GTI oscuro saliendo por la rampa unos minutos antes de la una, hora en que el lituano falleció. No se apreciaba la matrícula en la cinta, ni tampoco al conductor. La reconstrucción mental de los hechos que hice junto a Garzón no admitía dudas ni posibles variaciones. El muerto estaba en la calle cuando el coche salió, seguramente esperándolo. No se trató de un asalto casual. El conductor llevó el coche a unos veinte metros de la puerta del aparcamiento, donde estaba Rimantas. Paró y salió del vehículo, la trayectoria de la bala en la cara del cadáver demostraba que el disparo se había producido de pie. Lucharon brevemente, con escasa intensidad, y en la refriega la pistola se disparó dos veces, la segunda acabó con la vida de Laztdelis. Después, el agredido y presunto asesino huyó. No había más huellas en el arma que las que estaba produciendo la mano del lituano al agarrarla, señal inequívoca de que el asesino las borró antes de huir. De otro modo, si no suyas, habría habido huellas del propio Rimantas en otros lugares de la pistola.

—¡Joder! —dijo el subinspector—. Esto va a ser coser y cantar, inspectora.

—Pues lamento decirle que yo desafino, y en cuanto a coser..., ¡qué le voy a decir!, me negaría a hacerlo aunque supiera, es una actividad demasiado doméstica para mí.

—No entiendo adónde quiere ir a parar.

—Sólo quería decir que puede ser más complicado de lo que parece.

—Intentaremos localizar el coche.

—Olvídelo, no es un Rolls Royce de los que debe de haber cuatro en Barcelona, sino un coche de serie, y de un modelo un tanto antiguo, además. Y no me diga que vamos a preguntar en todos los talleres de la ciudad por si han llevado uno a arreglar con un orificio de bala.

—No pensaba decírselo, sé que es inabarcable, pero tengo la esperanza de que, si lo llevan a arreglar, un mecánico de conducta intachable avise extrañado a la poli.

—Ya, uno de esos ciudadanos de conciencia tranquila.

—Que los hay, aunque usted no lo crea. También puede ser que el asesino se haya desembarazado del coche, con lo que deberíamos ir a las tiendas de segunda mano.

—¿Para qué molestarnos en ir? Ya vendrá el encargado de conciencia tranquila a avisarnos.

—¡Muy bien, inspectora, de acuerdo!, ¿qué quiere que le diga, que éste va a ser un caso irresoluble, que la gente es mala por naturaleza o algo así? Como es usted tan ceniza, a lo mejor eso le parece estupendo.

—Digamos que tengo más fe en que las huellas del muerto correspondan a alguna ficha policial.

—¡Bueno, eso sí que sería coser y cantar!

—¡Qué manía con la costura!

—¡Vamos, inspectora, seguro que nunca lo ha probado!, y estoy convencido de que se le daría bien. Mañana le traeré una camisa para que me reponga los botones, ¿o quizá le haría más ilusión zurcirme un calcetín?

—¡No me joda, Garzón!

Se reía bajo el bigote como un mal actor haciendo de villano. Él también sabía cómo buscarme las cosquillas, y cuando lo conseguía, se veía invadido por una oleada de placer. Éramos como niños algunas veces, nada parecido a lo que se espera de dos bragados luchadores contra el delito.

No zurcí el calcetín de Garzón, pero no pude evitar cantar victoria cuando nos dijeron que Laztdelis estaba fichado. Tal y como hacía sospechar su pasaporte en regla, había entrado legalmente en el país, tres años atrás. La profesión que figuraba en sus datos hizo que me estremeciera. Era un mercenario y había participado en varias guerras a lo ancho de varios continentes. Tal y como dijo Garzón nada más verlo: «un angelito». Lo habían trincado hacía dos años por un asunto leve de drogas. Cumplió una condena de tres meses en la Modelo y después no volvió a tener problemas con la ley. Figuraba como trabajador en una empresa de reparto de mercancías y también se facilitaba su domicilio.

—Empezaremos con una visita a su hogar.

—¡Se lo dije, inspectora, se lo dije, esto va viento en popa!

Agradecí mentalmente que Garzón hubiera cambiado la aguja costurera por el símil naval, siempre sería más llevadero.

El hogar de nuestro soldado de fortuna estaba en el Raval, y era el piso de una viuda, Matea Domínguez, convertido en pensión, seguramente fuera de toda normativa legal. Tenía cinco destartaladas habitaciones que ella alquilaba a inmigrantes. Nos recibió con tal recelo que enseguida comprendí hasta qué punto las cosas debían de ser irregulares allí. Recordaba perfectamente a Rimantas.

—Sí, estuvo aquí seis meses. Al principio era bastante pobre, tardaba unos días en pagarme a fin de mes. Pero luego debió de encontrar un buen trabajo o algo así y cada día tenía más dinero, lo notaba yo. Al final se marchó, claro, supongo que a un piso para él solo. Siempre pasa igual, los blancos, estos chicos rusos, polacos o lo que sean, se saben buscar la vida muy bien, prosperan. Los morenos ni hablar, aquí los tengo yo: negros, moros... Son un desastre.

La indignación me nubló la vista durante un instante. Me contuve, preferí esperar.

—¿Qué vida hacía Rimantas Laztdelis?

—Normal, se iba por la mañana y venía por la noche. Era tan honrado que me confesó que había estado en la cárcel, pero que había sido un fallo que no le volvería a pasar.

—¿Veía a alguien?

—No.

—¿Le llamaban por teléfono?

—No, y no sé nada de él, ni tampoco adónde se fue a vivir. Era muy reservado.

En el mismo tono con que la había interrogado le ordené de repente:

—Enséñeme las habitaciones de sus huéspedes.

Tardó un buen rato en reaccionar, casi tanto como Garzón, que me miraba con ojos sorprendidos.

—Es que... —rezongó.

—No se preocupe, las encontraré yo sola. ¿O quiere que pasemos por la pamema de la orden judicial?

Me encaminé al pasillo y fui abriendo puertas. Tal y como había pensado, estaban llenas de ruinosas literas en las que podían hacinarse varias personas. Algunos magrebíes que dormían se sobresaltaban al verme entrar. Me encaré con la vieja.

—Esto no sólo es inhumano, sino también ilegal.

Se puso en jarras y me respondió con fiereza:

—¡Pues hay quien les alquila camas por horas, hasta balcones les alquilan, y mi pensión tampoco es ninguna maravilla, saco para vivir. Si eso es ilegal que me den una pensión como Dios manda!

Al salir de aquel antro le espeté al subinspector de mal talante:

—¡Ahí tiene a otra ciudadana de pro!

Él, sabiendo que me encontraba deprimida de verdad, sólo dijo:

—Olvídelo, Petra, sigamos con la investigación.

3

En el coche, camino de la empresa de transporte donde había trabajado el lituano, casi no intercambiamos una palabra. Después de la visita a aquella miserable pensión clandestina me sentía fatal. Garzón se daba cuenta, me conocía muy bien. Seguramente intentando animarme, propuso:

—¿Por qué no para ahí y tomamos una cervecita?

Acepté. Nos sentamos el uno frente al otro y yo seguí guardando silencio. Garzón me tanteó.

—Le ha fastidiado lo que hemos visto ahí, ¿verdad?

—No sabe hasta qué punto. No hay nadie persiguiendo esos abusos, los dejamos pasar.

—Si quiere, cuando volvamos a comisaría damos parte de esa mujer.

—No, es igual, no serviría de nada, habrá otra al lado que haga lo mismo. Si lo que me jode más es el género humano, Garzón.

—Ya. Pues eso tiene mal arreglo, a no ser que le escriba a Dios...

—Le he escrito muchas veces, pero no sé adónde mandarle la carta.

Sonrió con cierta tristeza, probablemente él también habría escrito en su vida alguna carta a los poderes divinos que no sabría adónde enviar. Levantó su jarra de cerveza y me propuso acabarla de un trago. Mentiría si dijera que, a pesar de que el género humano no había tenido tiempo de variar mientras bebía, cuando dejé el vaso vacío me sentía bastante mejor.

La empresa de transporte donde Laztdelis trabajó era una importante multinacional. El lituano había sido contratado como conductor de una furgoneta que hacía diez veces diarias el trayecto entre la terminal de paquetería de la casa central y el aeropuerto. Siempre viajaba solo. Depositaba la carga y volvía de nuevo. La persona que le había contratado y había hablado con él era la jefa de personal. Le pedimos al director que nos había atendido que nos dejara hablar con ella. No se opuso en absoluto, no le importaba que indagáramos y metiéramos las narices en su organización; al fin y al cabo, lo primero que nos dijo fue que Rimantas hacía seis meses que ya no trabajaba allí.

La jefa de personal se llamaba Carmen Ventura. Era una glamurosa mujer de unos cuarenta años y la segunda persona que conocíamos que había tratado con el muerto. Nada que ver con la bruja de la viuda. Era amable, educada, políticamente correcta. Sobre su mesa se veía una fotografía de ella, su esposo y sus tres hijos frente a una bonita casa adosada de notables dimensiones. Todo un estereotipo de la nueva ejecutiva.

—Rimantas Laztdelis, me acuerdo de él incluso sin mirar en los archivos. Me llamó la atención el nombre.

Buscó entre un nutrido fichero un número que había mirado en el ordenador. Nos sacó una ficha en la que estaba grapada una fotografía del muerto. Pude verlo por primera vez con la cara sin desfigurar. Tenía una expresión de reto impertinente, era bastante guapo. Le pedí que nos prestara la foto, era la única con la que íbamos a contar.

—¿Le llamó la atención algo más, aparte del nombre?

—Pues no demasiado, la verdad. Me pareció un

hombre muy seguro de sí mismo. Pensé que sería un buen trabajador, y por lo que veo en su ficha, no me equivoqué. Su rendimiento era bueno y no dio ningún problema.

—¿Por qué se marchó?

Miró de nuevo en los papeles.

—Por voluntad propia, dijo que había encontrado un trabajo mejor remunerado. Me temo que el sueldo que le correspondía no era nada del otro mundo.

—¿Entrevista usted a todos los aspirantes a un trabajo en su empresa?

—Sólo a los de gama profesional media-alta. De los de gama baja se ocupan mis ayudantes, pero de vez en cuando escojo alguna ficha al azar y me ocupo de ella. Es un modo de control. Para esos trabajadores es como si les hubiera tocado la lotería.

—O una inspección de Hacienda.

Rió con desparpajo.

—No, les aseguro que suelo ser más blanda que mis subordinados. Tengo en cuenta aspectos humanos que ellos suelen ignorar, naturalmente en el cumplimiento de su deber. Por ejemplo, leí en su ficha que ese hombre tenía antecedentes penales y, sin embargo, no me dejé impresionar negativamente. Le aseguro que ellos hubieran sido más taxativos.

¿Y bien?, quizá la incultura y la pobreza crean miseria moral. Aquella efectiva mujer se mostraba bastante más humana que la vieja de la pensión. No me hacía gracia reconocerlo, pero era así. Nos despidió con elegancia y salimos de allí con una fotocopia del expediente de Rimantas y, lo que era más importante, con su fotografía, que muy bien nos podría servir.

Nos sirvió, porque nada más traspasar la puerta de la empresa, Garzón dijo:

—Ya que las fuentes más obvias han dado poco de sí, creo que es hora de que conozca a Dalmacia Sirvent.

—¿Qué es eso, una marca de anís?

—No, querida inspectora, es una de nuestras confidentes, una auténtica especialista en asuntos del Este. No hay ruso o polaco que se le resista.

—¡Vaya, no sabía que había tanta especialización en cuestión de confidentes!

—Ése es un mundo que a usted se le escapa, Petra. Creo que en el fondo lo encuentra demasiado vulgar.

—¿Me está acusando de clasista?

—Como usted sabe bien, acusar es cuestión de fiscales.

Garzón había aprendido tanto sobre mi manera de ser que ahora tomaba la iniciativa para meterse conmigo. Hacía bien, sabía que sólo era cuestión de tiempo que yo me metiera con él.

La historia de Dalmacia Sirvent me fascinó. Según me contó el subinspector, el auténtico confidente era su marido, Pascual Sánchez. Pero el pobre hombre había sufrido una apoplejía hacía dos años. Entonces, fue ella quien le sustituyó aprovechando sus conocimientos.

—Me parece alucinante —le dije.

—Pues no sé por qué. ¿No ha visto que las mujeres de taxista se ponen al volante cuando es menester? Pues con los confidentes pasa igual. Cualquier cosa antes de perder la licencia.

—Sigue pareciéndome increíble.

—Petra, despierte, estamos en la realidad, que siempre supera a las películas. Este matrimonio, que tiene ya cierta edad, regenta un bar de mala muerte en el barrio chino; le aseguro que los ingresos que les pasamos de vez en cuando les vienen muy bien. Prefieren hacer eso que meterse en alguna actividad ilegal. Y le aseguro que la tal Dalmacia es más lista que el hambre, no desmerece nada de su marido.

—Es una especialista como él.

—Ríase todo lo que quiera, pero en toda actividad

moderna se requiere una especialización. Pascual Sánchez tuvo la vista de meterse en asuntos poscomunistas. Confidentes sobre drogas o tráfico de armas los hay a patadas.

Nunca me acostumbraría a ese submundo de la actividad policial, los soplones, los acuerdos infamantes con abogaduchos de medio pelo... Garzón estaba en lo cierto, era una fauna a la que nunca hubiera invitado a tomar el té. Aunque después de conocer a Dalmacia cambié de opinión, aquella confidente consorte era un caso realmente especial.

4

Dalmacia «conducía el taxi» de su marido con una eficacia que yo misma pude comprobar. En cuanto mi compañero le citó el nombre de Rimantas, la expresión de su cara demostró que no le era desconocido.

—Vaya nombrecito, ¿no?

El subinspector empleó el tono rudo habitual para con los confidentes, fueran especialistas o no.

—Dalmacia, tenemos prisa; si nos haces perder el tiempo, el acuerdo al que lleguemos bajará por cada minuto desperdiciado.

—Ahí iba yo. Porque a mi marido le han tomado ustedes el pelo toda la vida, es demasiado bueno, pero lo que es yo..., a mí ya se me hace una propuesta antes de empezar a hablar. Y exprésese en euros, por favor, que las pesetas han quedado anticuadas.

—Vale, te propongo una inspección de permisos en tu bar y luego te pagamos una cuarta parte de la multa que te caiga.

—¡Cómo abusa usted de una débil mujer con el marido enfermo!

—Al grano, débil mujer.

—Está bien, algo sé y algo puedo averiguar. Mil por lo que sé y mil cuando tenga algo más que contar.

—Seiscientos, ni uno más.

—Setecientos cincuenta.

—Hecho, canta de una vez. Y si lo que dices no tiene valor, ni un duro; o ya que eres purista, ni un céntimo de euro.

—Hecho. El tal Rimantas venía alguna vez por el bar, aunque hace casi seis meses que no lo hemos visto. Solía aparecer con una chica, extranjera como él, rusa quizá. No sé el nombre ni quién era. Guapa, rubia, llamativa.

—No sé si eso vale setecientos cincuenta.

—Sé que Rimantas vivía en una pensión miserable del Raval, perteneciente a una viuda. Sé que hace más o menos seis meses, justo antes de dejar de venir, se cambió a un apartamento.

—Eso también lo sabemos nosotros. La viuda se llama Matea Domínguez. ¿Ves como no es nueva tu información?

—Pero es que yo sé dónde está su nueva dirección. ¿Saben ustedes eso?

—Se nos ha olvidado, ¿cuál es su nueva dirección?

—Eso sí vale los setecientos cincuenta, ¿no? Pues quiero verlos ya.

Garzón sacó su cartera y le puso el dinero en la mano. Ella lo contó sin ningún embarazo.

—Calle Princesa, 56, tercer piso, letra B. El tipo se lo apuntó a la rusa en una servilleta de papel, sentados los dos en la barra. Yo me acerqué a servirles una cerveza y, casualmente, lo vi.

—La casualidad siempre está de tu parte, ¿verdad, Dalmacia? ¡Eres genial! Pero hay una parte del trato que no te he contado. Si dentro de una semana no nos llamas para decir que has averiguado algo nuevo, naturalmente no habrá ni un euro más, pero no sólo eso, sino que puedes estar segura de que te enviaré una inspección, ya pensaré si laboral o sanitaria, seguro que cualquiera de las dos dará resultados interesantes. Quiero saber quién es esa chica y en qué tipo de asuntos andaba Rimantas.

—Eso no es justo.

—La justicia va en contra de aquellos a los que siempre beneficia la casualidad, por eso es justicia.

Salimos del bar. Yo no había abierto la boca en todo el tiempo, a no ser de sorpresa. El subinspector se había manejado con maestría.

—¿De verdad va a cumplir esa dura amenaza, Fermín?

—No lo sé, supongo que no. Pero a los confidentes hay que dejarles siempre la impresión de que la pasma somos más hijos de puta que ellos. Si no, pedirían todos la entrada en el cuerpo, y con lo listos que son nos quitarían el trabajo en cuatro días.

Aquello había sido una comprobación de que la fe del subinspector en el género humano tenía sus lagunas en cuanto a la propia policía. Aprecié el detalle, ser autocrítico es la base de toda sabiduría.

Nos pusimos en marcha para la visita reglamentaria a casa del muerto. Necesitábamos orden judicial y una patrulla para que nos franqueara la entrada y después precintara la puerta. También llevaríamos un fotógrafo y un equipo de búsqueda de huellas. Era imprescindible no dejar ningún cabo suelto. Mientras esperábamos que estas diligencias estuvieran listas, Garzón tarareaba con cierta euforia.

—Todo va bien, Petra, este caso va a estar chupado dentro de nada, ya lo verá, más chupado que un suculento plato de caracoles.

Nadie podía negarle a mi compañero que no fuera variado en materia de símiles: costura, navegación, gastronomía... Otra cosa es que sus comparaciones no resultaran un tanto pedestres o manidas, pero, en fin, el aliento poético no es una cualidad fundamental en un policía.

Entramos, por fin, con toda la parafernalia habitual, en casa del difunto Rimantas. No estaba nada mal. Mientras los expertos sacaban huellas de todas partes, podían encontrarse las de alguien que estuviera fichado, Garzón y yo dimos una vuelta por el amplio piso.

—Bueno, no es el Taj Majal, pero es obvio que el tipo progresó considerablemente en los últimos tiempos —exclamé.

—Tanto progreso viene del mundo de la droga, Petra, estoy casi seguro. Habrá que darle un toque a un confidente especialista en narcóticos que me conozco.

—No se precipite, a lo mejor ese empleo tan lucrativo que consiguió está relacionado con las armas. Recuerde que el tipo era un soldado.

—Demasiada categoría para el tal Rimantas, créame. Seguro que se convirtió en un camello adelantado. Si al final todo se resuelve de la manera más tópica, inspectora, siempre pasa lo mismo.

—Calma, Fermín, calma.

Pero no había quien le calmara, se movía de una habitación a otra del amplio apartamento como una enloquecida lanzadera espacial. Buscamos papeles, si bien el lituano no parecía muy aficionado a la escritura. Sus objetos personales tampoco lo connotaban especialmente. Eran de lo más vulgares: fotografías de películas bélicas americanas, revistas del *National Geographic*, varios juegos de mancuernas y un buen surtido de botellas de alcohol. Por fin, en un cajón, apareció algo de valor: una pistola de un modelo tan fácil de encontrar en el mercado negro como aquella que lo había matado. No era nada especial que poseyera dos armas tratándose de un mercenario.

—Les diré a los hombres que busquen bien, debe de haber dinero escondido en alguna parte.

De pronto me fijé en la pared. Cuatro pequeños orificios indicaban que algo había sido fijado allí con chinchetas tiempo atrás. Teniendo en mente el tamaño del hueco intentamos encontrar ese algo. Una hora después apareció entre los elegantes pijamas del lituano. Era la foto de una hermosa mujer rubia que exhibía otros cuatro orificios en sus esquinas. Habíamos encontrado a la rusa a quien la confidente se refirió. Garzón soltó un eufónico:

—*Cherchez la femme!*, como dijo el profeta, ¿o era el poeta?

—Me temo que ninguno de los dos —respondí.

5

Aparecieron unos miles de euros bajo el televisor. Una buena confirmación de que aquel trabajo tan lucrativo que había ejercido el lituano durante seis meses no había sido algo legal. ¿Teníamos acaso alguna duda? No, pero el ejercicio de una investigación necesita pruebas que acumular, y aquel dinero pasó a ser una de buen calibre.

Garzón y yo empezamos con el habitual juego de deducciones, ese que según el manual del policía perfecto nunca se debería hacer sin contar con una base mayor.

—O eran drogas o armas, inspectora, no hay más. Por ahí deberíamos empezar a hurgar —afirmó el subinspector.

—Tratándose de un inmigrante con antecedentes policiales, ésa es una afirmación excesiva. Usted sabe muy bien que podía estar contratado ilegalmente por algún empresario de buena reputación en alguna actividad normal: una fábrica, un puesto de vigilante... Los empresarios a veces son así, cualquier cosa con tal de ahorrarse la seguridad social de un trabajador.

—Sigue usted considerando a los ciudadanos como sospechosos, ¿verdad? Pues le diré que en este momento quien tiene poca fe en ellos soy yo. Veamos, inspectora, ¿usted cree que los empresarios sin escrúpulos pagan a sus ilegales como para montarse un garito así?

—¡Hombre!, si les hacía de matón...

—¡Joder, Petra, eso más que un empresario sería un padrino! No, España es mucho más cutre que todo eso.

—Le advierto que hemos avanzado mucho, en cuestión de delitos nos estamos poniendo a nivel internacional.

—Hágame caso: o éxtasis o pipas. Y si usted me da su permiso, voy a ponerme en contacto con los dos departamentos correspondientes para que nos busquen información.

—Muy bien, proceda. Mientras tanto, yo intentaré ver si tenemos esta bella cara de mujer en los archivos.

—¿Por qué quitaría su foto de la pared?

—No sé, quizá una ruptura sentimental.

—Pues espero que esa ruptura no se haya producido hace mucho, porque entonces la rubia ya no sabrá nada de él.

—Eso presupone que la encontraremos, ¿no, subinspector?

—Ya sabe que yo soy optimista a carta cabal.

Siguieron tres días de parálisis absoluta que estuvieron a punto de dar al traste con el optimismo de mi compañero. De ninguna tecla que pulsábamos salía sonido alguno. Estupefacientes no tenía fichado a Laztdelis, y nadie en toda la policía española había oído hablar de él con relación a la venta de armas. Las huellas del apartamento del lituano no figuraban en archivo alguno, ni de las pistolas intervenidas se pudo rastrear el origen. Para completar la sequía de aquel desierto total, tampoco la fotografía de la mujer hizo que surgiera un poco de agua clarificadora de ningún ordenador. Mi mal humor iba en aumento, lo que parecía ser un caso más o menos resoluble empezaba a tomar visos de galimatías total. Había pistas y cabos de los que estirar, pero todos se estrellaban contra una misma pared: desde hacía seis meses las huellas de Rimantas desaparecían.

Afortunadamente, no me cebé en el subinspector

asaeteándolo con bromas sangrientas sobre su cabal optimismo, porque al cuarto día de casi desesperación llamó a mi despacho Dalmacia Sirvent. Tenía algo en el saco que quería comentarnos, pero exigía una cita, nada de información telefónica, el saco vacío de datos debía volver a su casa lleno de euros. Quedamos con ella en un bar del Paralelo. Le pagamos discretamente y sólo entonces cantó.

—Mis contactos me dicen que este tío no andaba en drogas ni en tráfico ninguno. Vaya eso por un lado. Por el otro les diré dónde pueden encontrar a la rubia casi con toda seguridad.

—¿Su casa?

—No, un locutorio de teléfono en la calle Valencia, al final, de ésos adonde van los inmigrantes. Suele pasarse casi cada día por allí. También sé su nombre: Elena Vitova, rusa de nacimiento, y está limpia, no la busquen en sus fichas porque no la encontrarán.

—¿Es ésta? —preguntó Garzón sacando la foto.

—Sí, ésa es. Y ahora me voy, señores, que va a dar la hora de comer y he de preparar las tortillas de patatas para el bar. Ya saben ustedes que la vida es dura para quien trabaja.

Salió escapada de allí, y nosotros lo hicimos un segundo después, y no menos deprisa que ella. El locutorio de la calle Valencia se había convertido en un destino de vital importancia.

En cuanto entramos, Garzón le enseñó la foto al encargado del local. Éste asintió, sí, aquella mujer iba casi cada día por allí a llamar a su país. No, aquel día no se había presentado aún. Después de esa respuesta supimos que el coche iba a convertirse a partir de aquel momento en nuestro hogar. Como era previsible, en el locutorio no guardaban ningún dato de los usuarios, por lo que sólo quedaba esperar. Y esperamos, casi hasta el desespero, hasta la extenuación. Cuando, pasadas varias horas, no se había presentado, pedimos la asistencia de dos hombres más que, provistos de la foto, vinieran a sustituirnos para poder descansar. Pero era un descanso relativo, por lo menos en mi caso, porque la imagen de la rusa seguía rondándome incluso durante el sueño.

A las once de la mañana del tercer día apareció. Había deseado tanto verla que me dio la impresión de un fantasma alejado de cualquier realidad. Pero era ella, Garzón lo corroboró cuando recurrí a la brusquedad de un codazo, muda como estaba por la emoción. Bajamos del coche, dejamos que hiciera su llamada para después comprobarla y la abordamos cuando se disponía a salir.

Era hermosa, pero cuando le revelamos nuestra condición de policías su rostro caucásico adquirió la inexpresividad de una máscara. A nuestras primeras preguntas contestó negativamente: no conocía a Rimantas Laztdelis y, por lo tanto, nunca había tenido ninguna relación sentimental ni de otro tipo con él. Pero la reacción ante una brutal frase del subinspector desmintió por sí misma sus falsas respuestas.

—Rimantas ha muerto, lo han asesinado, ¿lo sabía usted?

En ese momento se echó a llorar. Tuvimos que dejar que se serenara para continuar el interrogatorio. Por fin accedió a hablar. Había sido la amante del lituano durante casi un año. Aunque vivían por separado, se veían diariamente. Todo iba bien hasta hacía ocho meses. Entonces él, un buen día, le dijo que había dejado de quererla y la abandonó. Ni siquiera supo su nuevo domicilio.

—¿En qué asuntos andaba Rimantas?

—No lo sé.

—Vamos, Elena, se trata de averiguar quién lo ha asesinado. Hable, por favor.

Montó en cólera inesperadamente.

—¡Le digo que no lo sé! Algo pasó dentro de él.

—¡Queremos saber qué pasó fuera!, con quién se veía, en qué tipo de trabajos se metió.

—¡Trabajos! Mientras vivía de manera salvaje todo fue bien, las cosas empezaron a estropearse cuando encontró un trabajo honrado, como la policía le recomendó al salir de la cárcel. Fue a esa empresa de paquetes para una entrevista, yo también había mandado una solicitud para entrar y me entrevistaron, queríamos llevar una vida tranquila, pero a él lo aceptaron y a mí no. Yo tuve que ponerme a trabajar en otra parte, muchas horas, muchas horas él también, nos veíamos poco, la cosa dejó de funcionar. Luego, un buen día, me abandonó.

6

En aquel momento del interrogatorio, sentí una clarísima punzada de alarma. Garzón iba a preguntarle algo, pero movida por un fuerte impulso, le pedí con un gesto que me dejara a mí.

—¿Quién la entrevistó para ese trabajo?

—Una mujer.

—¿La jefa de personal?

—¡Una maldita puta! Fue mala suerte, no entrevistaba a todo el mundo, pero a mí me tocó. Otra gente me dijo que si ella te entrevistaba no había nada que hacer, era dura, sin el menor sentimiento por nuestras condiciones difíciles. Pero no hice caso y le conté la verdad pensando que tendría pena de mí. Pero no la tuvo, no, los demás llevaban razón.

—¿Y cuál es la verdad?

—Tengo un hijo de tres años en Rusia. Le dije que quería traerlo conmigo y entonces me echó. Contestó que no podían permitirse empleadas con hijos sin padre. Demasiadas faltas al trabajo, demasiada inseguridad.

—¿Puede describirme a esa mujer?

—Era alta, bastante guapa. Tenía una foto con su marido y sus propios hijos sobre la mesa; pero que yo quisiera vivir con el mío no le importó.

Pedí que la rusa quedara retenida cautelarmente e

interrumpí la sesión de preguntas. Al subirnos en el coche empezaron las de Garzón.

—¿Qué le preocupa, inspectora, que esta chica optara a un trabajo en la misma empresa que el muerto?

—Me preocupa que la única persona que me había parecido decente fuera una borde total. Debíamos haber sospechado de que alguien se mostrara comprensivo con el débil, Garzón.

—¡Cómo es usted!

Carmen Ventura nos recibió tan sonriente como la primera vez.

—¡Ustedes dirán! —Ofreció su cooperación abriendo los brazos en un gesto de acogida.

—Señora Ventura, mi pregunta será muy concreta: ¿tiene usted un Golf GTI negro, un modelo de hace unos cuatro años?

Su boca se tensó mínimamente.

—Bueno, ya no. Lo tuve, sí, pero me compré otro hace poco. Usted sabe que algunos cargos exigen cierta representatividad, el Golf ya estaba muy viejo. Ahora tengo un pequeño Audi, va muy bien.

—¿Dónde está ese Golf?

—No la entiendo. Pues me deshice de él, lógicamente.

—¿Lo vendió?

El labio superior había empezado a temblarle. Rió tontamente.

—Pues no, la verdad, el caso es que decidí dejarlo en el garaje de una finca que tengo. La heredé de mis padres, pero no vamos casi nunca. A veces voy yo sola con los niños y pensé que, en esos casos, tener un coche allí me vendría bien.

—O mucho me equivoco o hizo usted un viaje hace quince días expresamente para dejarlo allí.

De pronto le temblaban las manos también.

—Inspectora Delicado, todo esto es absurdo, de verdad, yo...

—Señora Ventura, ¿nos obligará a ir hasta su finca? ¿Tendremos que hacer todos la pantomima de ir hasta allí justamente para encontrar lo que estamos buscando: un Golf GTI negro con un orificio de bala calibre 357 magnum en la carrocería? No nos obligue a hacerlo sin haber confesado antes, será mejor para usted.

Balbuceaba espasmódicamente, ya sin control de sí misma.

—Yo... verán...

—Usted, señora Ventura, entrevistó para un trabajo a Rimantas Laztdelis. Y le dio el puesto que solicitaba porque le gustó. Se estableció entre ustedes una relación sentimental. Fue su amante. Tanto es así que para evitar recelos o sospechas, él abandonó la empresa poco después. A partir de ahí empezó a extorsionarla sistemáticamente con la amenaza de hacer público su *affaire*. ¿Me equivoco?

Lloraba sin hacer ruido.

—Se equivoca. Yo estaba enamorada, él también lo estaba de mí, pero le obligué a dejar su trabajo y tenía que ayudarle.

—Le ayudó mucho, eso es verdad. O también ha heredado una pequeña fortuna de sus padres o quizá si investigamos las cuentas de su empresa aparezca un desfalco por ciertas cantidades, ¿no es así?

Negó con vehemencia.

—¡No, no, nunca he tocado nada! Yo tenía un fondo de dinero, todo iba saliendo de ahí.

—Hasta que se acabó. Entonces su amante le pidió más, y cuando le dijo que era imposible conseguirlo, usted lo mató. No le quedaba otra alternativa para evitar el escándalo. Sabía perfectamente qué clase de tipo era él, muy capaz de cumplir sus amenazas.

Golpeó histéricamente con ambos puños en la mesa.

—¡No, no, le digo que no fue de esa manera! Durante los ocho meses que estuvimos juntos, él nunca me exigió ni un céntimo. Yo se lo di. Estábamos enamorados realmente. Sólo después, bueno, él entonces sí me amenazó, se había acostumbrado a vivir bien, yo no quería abandonar a mi familia aunque él me lo pedía... si quizá yo...

—De acuerdo, varía la historia en su versión, usted la conoce mejor que yo. Pero el final es el mismo. Telefoneó a Rimantas y le dijo que le daría una entrega de dinero que había logrado sustraer de su empresa. Lo citó en una calle llena de oficinas donde usted sabía bien que nunca pasaba nadie a aquella hora. Metió el coche en el aparcamiento para que nadie la viera aguardando en la calle. Haberlo citado en un sitio más aislado o extraño le hubiera hecho sospechar. Salió del aparcamiento, paró el coche y se apeó. Se acercó a él y abrió los brazos para recibirlo. Usted sabía perfectamente que siempre iba armado y dónde llevaba la pistola. La tomó con toda facilidad y, tal como él le había enseñado en alguna ocasión, quitó el seguro y le disparó dos balas, una salió desviada, la otra a bocajarro. Luego lo arañó un poco y le desarregló la ropa para dejar alguna señal de lucha. Limpió la pistola de huellas y la puso en su mano. Muy simple, muy rápido, nadie la vio. Todo limpio. ¿Quién iba a sospechar de una ejecutiva respetable como usted? Nadie. Él tenía una biografía lo suficientemente turbia como para que las pesquisas fueran en otra dirección.

Tenía la cara tapada con las manos. Los sollozos ahogados la hacían estremecerse. De pronto Garzón intervino.

—¿Por qué no lo mató en casa de Rimantas?

—Nunca quise ir allí. No quería arriesgarme a que nadie me viera. Nos encontrábamos en hoteles, uno diferente cada vez. ¡Tenía tanto miedo de perder a mi familia... y ahora, ya ve! Pero él me quería, o por lo menos me quiso antes de perder la cabeza.

—La creo. Dejó a su antigua novia por usted.

—¿Eso es verdad? Nunca le creí cuando me lo contaba.

—Sí, es verdad. Ya se lo explicaré si le interesa, pero en otra ocasión. Ahora tiene que acompañarnos ante un juez.

Fuimos a tomar una cerveza con Garzón. Caso cerrado.

—Se ha apiadado de ella, ¿verdad, Petra?

—¡Bah, un detalle de magnanimidad! No podía soportar haber sido engañada. Chantajeada, sí, pero sin el más mínimo amor... Pero lo que en verdad pienso es que el tipo era un simple cabrón que vio la posibilidad de vivir sin trabajar.

—¡Nunca sé lo que piensa en realidad!

—Mejor así, Fermín, mucho mejor.

En ese momento brindamos afablemente, una vez más.

2002

Petra en Navidad

Ese tipo de cosas puede pasar. Cierto es que pasa raramente, una vez en la vida, quizá dos, pero puedo atestiguar que pasa porque a mí me pasó. Ni yo misma acababa de creérmelo, pero allí estaba: una Nochebuena en el hospital de Vall d'Hebron, el mayor centro público de Barcelona, un edificio mastodóntico de la época franquista, en la que se planeaba la sanidad con cifras y tamaños descomunales, siempre a la mayor gloria del dictador. Nada que ver con los pequeños lugares que hoy se recomiendan para conseguir una mayor humanización del trato con el enfermo. Ni hablar, monumento al régimen, el Generalísimo descubriendo la placa de inauguración y los periódicos publicitando el evento. En fin, ideas absurdas que me venían a la mente mientras recorría los kilométricos pasillos, convocadas sin duda por mi pésimo humor. Pero ¿podía ser de otra manera, acaso debo ser yo el colmo de la virtud laboral? ¿Quién no estaría renegando como un carretero embarrancado en un lodazal si lo enviaran a trabajar cuando ya había iniciado su cena navideña? Nadie, por supuesto, nadie que fuera medianamente normal.

—Ya sabe que tenemos pocos efectivos en una noche así —me había dicho el comisario como toda demanda de excusas—. Además, se trata sólo de interrogar a dos sospechosos, luego puede marcharse. Ni siquiera va a llevar el caso usted —continuó. Y cuando me mostré remisa y de mal genio, concluyó con más contundencia—: Que le ha tocado, Petra, y no hay más cáscaras.

Entendí a la perfección lo de las cáscaras, pero lo que me supo peor fue aquella despedida cínica que se marcó Coronas:

—Le deseo feliz Nochebuena, inspectora. Justamente se me había olvidado felicitarla; al menos así he podido quedar bien.

Lo hubiera estrangulado con mis propias manos.

Sobre las paredes de los pasillos lúgubres, poco transitados a aquellas horas, rebotaban mis pensamientos sin dejar la menor huella, sin causar la menor impresión. «Unidad de Radiología», «Sala de espera», «Sala de enfermeras»... Yo iba delante, procurando minimizar la sensación de extrañeza que sentía en un lugar así. En el fondo da igual, me dije a mí misma procurando conformarme, al menos no había ingresado en aquel centro por una urgencia médica, aquejada de alguna grave enfermedad: fiebre amarilla o pelagra, que no tengo ni idea de qué pueda ser pero suena terroríficamente. Si bien lo pensaba, proseguí en mi intento de resignación, siempre había detestado esas cenas festivas. Cuando era pequeña me divertían, pero después... familiares a los que detestas y que se sientan a tu lado, comida copiosa de la que estás segura que va a sentarte mal, brindis absurdos, recuerdos del pasado que te asaltan con su melancolía, ridículos deseos de felicidad... un asco. Aquella noche la estaba pasando con Marcos y los chicos, lo que no estaba mal; pero a la cena se habían añadido una tía de Marcos, solterona, y su hermana menor, mi cuñada, que para seguir con la tradición familiar, estaba divorciada un par de veces. Ya habíamos comido los entremeses cuando el deber me llamó.

—Un asesinato en el hospital de Vall d'Hebron. Un mafioso ruso que estaba internado, al parecer.

Los niños se animaron al oír esto, naturalmente, y el pavo que había acabado de salir a la mesa quedó arrumbado como un trasto viejo. Sólo la tía soltera de Marcos le prestó atención, creo que no es aficionada a las novelas de crímenes.

—¿Ha sido con metralleta?

—¡Por Dios, Hugo, no estamos en Chicago!

—¿Con una inyección letal?

—Tampoco en una película de espías, Teo.

—¿Hay sangre en la habitación?

—¡Marina! —gritó Marcos—. ¿Os parece que esta conversación es la indicada para una cena de Navidad?

—Pues yo empezaba a pasármelo bien —dijo su hermana Pepa.

—El pavo se va a enfriar —apuntó la tía soltera.

Al final, y antes de que la situación degenerara en una bronca, cosa por otra parte muy corriente en cualquier cena navideña, me levanté y fui a por mi abrigo.

—¿Te esperamos? —dijo Marcos.

—Ni hablar. Aunque no tardaré. Yo no voy a ocuparme del caso, sólo me necesitan para unos interrogatorios de descarte, tienen poca gente en una noche así y no quieren perder el tiempo en tonterías. Guardadme pavo.

—¡Y turrón! —exclamó Marina.

—Por supuesto, mucho turrón, del pegajoso y amazacotado, es el que me gusta más.

Torcí un recodo y vi a dos policías. Había llegado. Un laboratorio de análisis servía de sala de reunión. Dentro estaba Ernesto Quiroga, inspector de la brigada de Homicidios. Lo conocía, era buen tipo, y trabajaba bien.

—¡Qué noche la de aquel día! —comenté.

—Ni te cuento. Un follón de cojones. Había un ucraniano ingresado por un accidente de coche, se presentan dos tíos, se saltan todos los controles de seguridad del hospital y le pegan un tiro entre los ojos, con silenciador. Si esto no es mafia rusa que venga Dios a verlo.

—¿Hay testigos?

—¡Qué va! Andamos interrogando a todo el personal que estaba de guardia. Pero había dos personas que no pertenecen al hospital.

—¿Sospechosos?

—No creo, estaban en misión solidaria o una coña por el estilo. Interrógalos, se encontraban cerca de la habitación. Igual han visto algo y no se atreven a hablar. Luego te largas, que tampoco es cuestión de que nos jodamos todos. ¡Si hasta el juez ha salido pitando en cuanto ha podido!

—¿Y tú? A ti te han enganchado bien.

—No te preocupes. Total, para cenar con mi suegra y mi cuñado... El cabrón siempre quiere tener la última palabra. ¡Y sabe de todo!, es como los siete sabios de Grecia pero en uno y con bigote.

Me reí.

—Vamos allá —comenté.

—Métete en aquel cuartito, que es el de la limpieza. Por lo menos no tienes a la vista todos estos artilugios. ¡Dan una grima!: tubos de ensayo con sangre, agujas intravenosas... Si vuelvo a nacer no me hago policía otra vez, pero médico tampoco, te lo juro.

Bueno, todas aquellas teóricas facilidades que me había planteado mi compañero seguirían siéndolo hasta que supiera de verdad a qué debía enfrentarme. Entré en el cuartito preparado para los interrogatorios. Era exiguo, pero estaba ordenado y olía bien. De la pared colgaban escobas y mochos de fregar en perfecto estado de revista. En una estantería se apilaban botellas de lejía y de jabón. Habían preparado dos sillas y una mesita minúscula, al frente de la cual me senté. El primer testigo tardó casi diez minutos en aparecer, pero la espera hubiera podido ser mayor, dada la categoría y la idoneidad del personaje que tenía ante mí: se trataba del mismísimo Papá Noel. Mentiría si afirmara quc no me sorprendió. Pero cuando te dispones a interrogar a alguien, debes controlar cualquier atisbo de curiosidad que se asome a tu rostro, aunque se presente frente a tus ojos el papa de Roma disfrazado de *majorette*. Yo tuve que dejar mi cara paralizada, porque las preguntas que se me agolpaban en la mente la habría deformado en mil muecas, de las que no estaban exentas las propias de la risa. ¿Quién demonio era aquel condenado mamarracho con las cejas pobladas de algodón en rama, la panza toscamente abultada gracias a la ayuda de un evidente cojín y unas botas de aspecto militar que nada tenían que ver con el nórdico calzado de Santa Claus? Antes de que el trasgo navideño se arrancara con las estridentes risotadas de rigor, le ordené como la cosa más normal del mundo:

—Siéntese.

Me obedeció sin abrir boca. Yo ocupé la otra silla, lo miré, pero la profusión de falsos pelos sobre la cara me impidió cualquier conjetura sobre la personalidad de aquel bufón.

—Quítese todo eso.

—¿El traje también? Pues no tengo otro, le advierto.

Tenía una voz juvenil, un acento marcadamente cheli, vulgar. Hubiera podido quedarse con todo puesto, la palabra sigue siendo el mejor indicador de las circunstancias de un ser humano.

—Todo lo de la cara, y esa panza también.

Empezó a despojarse del ridículo gorrito encarnado. Debajo, la cabeza la llevaba casi rapada. Luego estiró del elástico que sujetaba la falsa barba. Pude ver el mentón redondeado, un pendiente de oro en la oreja derecha. Renegando por el dolor, se arrancó las cejas algodonosas, que llevaba pegadas sobre las propias. Al fin contemplé los rasgos de un chico de veinte y pocos: nariz pequeña, mirada penetrante, expresión poco amable... uno de tantos chicos de barrio como hay en Barcelona, quizá un habitante de algún pueblo cercano a un polígono industrial. Sacó un cojín hortera de debajo de la casaca.

—¿Nombre?

—Sergio Peláez Carrión.

—¿Profesión?

—Agente comercial.

—¿Lugar donde trabaja?

—Ahora mismo estoy en paro.

—¿Lugar donde vive?

—En Badalona. ¿Le digo la calle? Antes ya di la dirección.

—No es necesario ¿Qué estás haciendo aquí vestido de Papá Noel, Sergio?

En la boca se le dibujó una sonrisa sarcástica.

—El imbécil, ya ve.

—¿Puedes especificar qué tipo de imbecilidad?

Tomó aire, como si se dispusiera a hacer una inmersión en el agua, o a correr. La piel empezó a teñírsele levemente de carmesí.

—A mí esto no vuelven a hacérmelo más, ¿comprende?, nunca más. Porque una cosa es que seas buena persona y estés dispuesto a hacer el bien, y otra que te tomen por el pito del sereno. Lo he pasado fatal, y encima esto. Una Nochebuena metido en el hospital y con la poli tocándote las bolas, con perdón. Y es que con las tías siempre es así, hagas lo que hagas, sales escaldado; ¿comprende?

—Ni una palabra, pero si me lo explicas despacio y bien es posible que capte algo.

—¡Vaya, es graciosa la comisaria!

—Inspectora, inspectora Petra Delicado. Adelante, te escucho.

—Mi novia me convenció. Venga darme la vara: todos esos pobres críos, con cáncer, metidos en el hospital en plena Navidad, ¿qué te cuesta, hombre?, puede ser divertido. Yo enseguida le dije que no, que yo no tengo ninguna culpa del cáncer de los críos, que no, y que mi vieja me había dicho que quería este año hacer cena especial, con su hermana, mis primos..., el copón. Así que le digo que no y ella seguía: los pobrecitos, es una obra de caridad... ¡Una obra de caridad! A ver quién tiene caridad conmigo, que llevo en el paro dos años. Si yo estuviera en el hospital nadie vendría a verme, ni a darme regalos. Ni mis viejos, que él siempre está de mala hostia porque tiene que trabajar hasta las tantas. Y mi vieja tampoco, que está hasta el moño de que viva con ellos y siempre me anda echando directas para ver si me largo ya. ¡No te digo nada si encima tienes que vestirte de adefesio y hacer el gilipollas! «¡Buenas noches, pequeños, soy Papá Noel! ¿Os habéis portado bien?» Y la depresión que me ha dado, inspectora, con todos esos canijos en la cama, sabiendo que tienen un puto cáncer y pelados como monos. Ya me dirá usted si eso es agradable para una Navidad.

Ante semejante géiser verbal, opté por dejarlo continuar. No podía tratarlo como a una escoria, ni siquiera estaba allí en calidad de sospechoso. Además, debo reconocer que me hacía gracia lo que decía, también su lenguaje inculto y soez.

—No —respondí—. Se me ocurren otros muchos planes mejores para una noche de Navidad. Claro que practicar la caridad por estas fechas es todo un clásico.

—¡La que me faltaba por oír! Ella me dijo algo parecido. ¡La caridad! Pues yo tengo muy claro que la caridad tienen que hacerla los señorones a quienes les sobra el dinero, los banqueros y tal. También esas mujeres que hacen fiestas para recaudar fondos y salen en las revistas con trajes de diseñadores famosos. Pero ¿yo? Pero si yo soy más desgraciado que un montón de mierda en un rincón.

—Modere su lenguaje, por favor.

—Es verdad, lleva razón. Pero usted ya me entiende

lo que quiero decir: yo no tengo ni un céntimo, vivo de un subsidio social que no me llega ni para las cervezas, no encuentro trabajo aunque le juro que lo busco, mis viejos están de mí hasta el nabo, mis hermanos son unos plastas... Lo único es ella, la novia, que en eso sí que he tenido mucha suerte. ¡Nada más que por darle gusto estoy aquí! A ella se le ocurrió esta coña de las caridades. ¡Y vaya cojones que tienen los del hospital!; pensé que por lo menos nos darían unos euros para los gastos de la cena y del autobús. Algo, lo que se dice una propinilla para el bocata; ¡pues ni hablar! Las gracias, y vas que ardes, y mucho rollo, claro está: «Habéis hecho felices a unos niños, es una auténtica obra solidaria, sois unos Papás Noel maravillosos». Y después ¡hala, a la puta calle!, vístete de gilipollas, carga con los juguetitos de los nenes, jódete una noche entera, agárrate una depresión de caballo y después: «Gracias, habéis hecho algo fantástico». ¡A la puta calle, que te follen, ni una birra para refrescarnos! Así hago yo caridades a punta de pala, en hospitales y hasta en el fin del mundo.

—Hasta en la leprosería del padre Damián, hubiera podido decir.

Se quedó parado, me miró sin entender nada, torció el gesto.

—¿Se está cachondeando de mí, inspectora?

—No, simplemente le brindaba una posibilidad dialéctica, como veo que le gusta hablar...

—Sí, ya sé que me enrollo mucho, pero es que este asunto me ha puesto de los nervios; y encima ahora con el asesinato del mafioso...

—¿Cómo sabe que es un mafioso?

—Sé lo que les he oído a las enfermeras.

—Pero siga, siga contándome. Dice que fue su novia quien le indujo a venir aquí para hacer caridad.

—Fue ella, sí; pero es que el nuevo cura de la parroquia la tiene camelada. Bueno, a todos los ha camelado.

Es joven, así como enrollado, sale de paisano por la calle, habla con los chavales, no va de historias de misa y de oraciones. Ha organizado un equipo de baloncesto, da permiso a la gente joven para que haga reuniones en el almacén de la parroquia... ¡y hasta les deja fumar y todo! Así se ha ido ganando a todo el mundo, y sigue organizando meneos. A Sandra la ha metido en un rollo que es dar clases de conversación en español a inmigrantes. Va todos los jueves por la tarde, ¿se lo puede creer? Sale de la zapatería donde trabaja como dependienta a las ocho y media y para allá que se va, sin pereza ni nada. Yo es que alucino, créame. Y después de vez en cuando le tocan extras: que si visitar a viejos en un asilo, que si hoy lo de los Papás Noel en el hospital... ¡La hostia! Así que hace un rato le dije: «A mí es la primera vez que me cazas para una mierda de éstas, pero también va a ser la última. Y se lo dices al cura, que hacer caridad con otros poniendo la jeta por ti es muy fácil». Entonces va y me suelta: «¿No te ha gustado ver la cara de alegría que ponían esas pobres criaturas cuando nos acercábamos con los regalos?». Y yo, que ya iba caliente, le contesto: «¿Cara de alegría? ¡Pero si ya están medio muertos: blancos, chupados, con unas ojeras que les llegan a la barbilla como si se hubieran chutado caballo! ¡Y por cierto, para ellos bien han comprado regalos los del hospital; pues tampoco les costaba tanto tener un detalle conmigo: una sudadera de marca, o por lo menos una botella de whisky!». Entonces Sandra, en vez de pescarse un cabreo, va y me dice con cara de santurrona: «A lo mejor eso que has hecho ha salvado tu alma, ya ves. A lo mejor es una de las pocas cosas buenas que haces en tu vida». Ahí ya me pongo bravo y le pregunto: «Oye, ¿y a ti qué coño te ha dado con esa historia del salvamento del alma, no será que te hace tilín ese jodido cura?».

—¿Y ella qué le respondió?

—Me dijo que era un pedazo de animal.

—Ya; pero no se inquiete, debía de tratarse de una licencia poética.

—Oiga, inspectora, si sigue intentando tomarme el pelo, le diré que tengo muy mala leche.

—¿Sí? ¡No me diga eso! ¿Hasta el punto de llegar a ser violento y matar a alguien?

Sus ojos se aceraron con la mirada de un halcón ligeramente majara. En ese momento llamaron a la puerta; era mi compañero Quiroga.

—Petra, ¿puedes salir un momento?

Quiroga se había quitado la corbata que antes lucía, y los cuatro pelos que tenía sobre la cabeza se veían revueltos y alterados. Me llevó hasta un recodo.

—¿Cómo va Papá Noel, te ha traído algún obsequio?

—De momento le dejo hablar; si ha visto algo se le escapará, porque larga como una cotorra. Cuando pierda fuelle y haya ganado confianza conmigo, le soltaré una batería de preguntas.

—Yo, de ti, cambiaría de táctica. Acaban de decirme que tiene antecedentes penales.

—¡No me jorobes!

—Nada espectacular, un robo menor, pero lo llevó a cabo con intimidación.

—¿Una pistola?

—Navaja. De eso hace cinco años y no hubo nada más. Pero, por si acaso, dale un poco de caña a ver por dónde sale.

—¿Quieres que te lo pase?

—Ni hablar. Yo voy de culo. Hemos identificado a la víctima. Intuición confirmada: mafia rusa de poca categoría. Sigue tú y luego me cuentas.

—¿Vamos a considerarlo sospechoso?

—No creo, pero tú verás.

—Necesito un café. ¿Está abierta la cantina?

—Me temo que no. Pero en el segundo piso el personal se tiene montado un garito: café de máquina y galletas, algo es algo.

Me encaminé hacia el ascensor. En el segundo piso había vida humana. Enfermeras y auxiliares se paseaban de habitación en habitación con bandejitas. Debía de ser la hora de la medicación. Nadie me preguntó quién era, ni qué hacía allí. Sabía que en la entrada del hospital un servicio de seguridad interceptaba a cualquiera que no tuviera justificación escrita para estar allí. Sin embargo, se me antojó que un hospital tan grande es un buen lugar para cometer un crimen.

Las puertas de las habitaciones estaban abiertas, fui entreviendo los interiores. Quedé horrorizada; estaban habitadas por viejos, viejos casi agonizantes, con alguna enfermedad terminal, quizá sólo la consunción de la vida. Me paré un instante frente a un hombre, apenas un trazo horizontal y mínimo sobre la cama. Los rasgos del rostro borrados por el tiempo; las manos, dos sarmientos añosos sin movimiento. Gemía levemente, como para sí mismo. Aceleré el paso, con algo apretándome la garganta. El olor a café me llevó hasta el fondo de la planta, una puerta entreabierta permitía ver el garito prometido. Había una joven médica sorbiendo una taza.

—Soy la inspectora Delicado, de la Policía Nacional. Me han dicho que su hospitalidad me brindaría una taza de café.

—Nada mejor que un hospital para brindar hospitalidad —jugó ella a las palabras—. Sírvase. Es un café espantoso, pero está calentito.

Me acercó un vasito de plástico, señalándome un azucarero con un gesto de la cara.

—¿Cómo van las investigaciones, inspectora?

—No lo sé. He venido de refuerzo nada más. ¿Y las curaciones, cómo van las curaciones de esta planta?

Se echó a reír con ironía.

—Ha visto a los enfermos, ¿no?

—No me ha parecido que estuvieran en el camino de la recuperación.

—Son pacientes muy viejos.

—¿Vienen aquí a morir?

—¡No crea!; a veces se rehacen de lo que quiera que tengan, regresan a sus casas... pero al cabo de un tiempo los familiares vuelven a traerlos: se han roto la cadera en un traspiés o han vuelto a recaer en su enfermedad. A la gente le horroriza tener la muerte cerca. Nos parece terrible que en la India la gente vaya a un lugar santo para dejarse morir mansamente, pero aquí es poco más o menos igual, el lugar santo es el hospital, la única diferencia es que nosotros no buscamos la mansedumbre, sino aparentar que batallamos contra la muerte hasta el mismo final.

—No sé qué es mejor.

—Yo sí —musitó—. ¿Estoy consiguiendo deprimirla?

—Si es eso lo que quiere, va por muy buen camino.

Volvió a reír, me miró con simpatía, sin un ápice de gravedad.

—Estoy segura de que si usted me contara sus casos policiales, yo me deprimiría también.

—No lo creo, el delito es una excepción, mientras que la vejez y la muerte...

De repente me dio una palmada en el hombro como si nos conociéramos de toda la vida, tiró a la papelera los restos de su ágape e hizo un gesto de despedida.

—Me tengo que ir. Buenas noches, le deseo mucha suerte en la investigación.

Salió y, un segundo más tarde, asomó la cara de nuevo por el quicio de la puerta.

—Inspectora, me olvidaba: ¡Feliz Navidad!

—¡Feliz Navidad, doctora, feliz Navidad!

¡Joder con la médica!, pensé, había conseguido dejarme más triste que una viuda pobre. Salí procurando no mirar a ningún lado, y cuando estuve de nuevo en el ascensor, me pareció un lugar funcional y maravilloso, en el que incluso se podía quedar uno a vivir para siempre: moderno, tecnológico, aséptico y útil, un auténtico hogar.

Le pregunté al guardia que había vigilado al medio testigo, medio sospechoso:

—¿Alguna novedad?

—Ha pedido agua; le he dicho que cuando usted regresara iría a traérsela.

—El bar está cerrado, que beba del grifo, ahí dentro hay uno.

—Ya se lo he dicho, pero dice que quiere agua embotellada.

—Claro, y con hielo y limón. ¿Tiene alguna preferencia de marca?

—¿Voy o no voy, inspectora?

—Ni hablar, quédese donde está.

Sergio me miró con impaciencia en cuanto estuve a su altura. Por primera vez reparé en lo joven que era.

—¿Puedo marcharme ya?

—No, parece que aún no.

—Tengo sed. Le he pedido al guardia ése que me traiga una botella de agua.

Tomé un vasito de plástico de los que vi apilados en un rincón, fui hasta una pileta y lo llené de agua, se lo tendí.

—Nunca bebo agua del grifo, inspectora; dentro puede haber cualquier virus, además sabe a lejía.

Dejé el vaso sobre la mesita, me senté, crucé las piernas despaciosamente.

—Ésa es toda el agua que hay.

—Inspectora, usted no puede tratarme de cualquier manera; no soy un sospechoso, soy un testigo, y además me han encontrado en este hospital porque estaba en una misión solidaria, así que...

—Ésa es toda el agua que hay —repetí en idéntico tono a la vez anterior.

—Vale, pues voy a pasar de ella. De todas maneras, no pueden tenerme aquí más tiempo sin la orden de un juez. No le puedo contar nada de este crimen porque no he visto nada y ni siquiera sé de qué me está hablando.

—Sabes muy bien la teoría, Sergio. Veo que de justicia andas muy fuerte. Te supongo entonces enterado del tema: un testigo con antecedentes penales que se halle en el lugar de un crimen pasa a ser inmediatamente un sospechoso.

En silencio, empezó a pasar la vista por las paredes como si entrara por primera vez en la sala de un museo. Luego, renegó en voz baja frases incomprensibles. Al fin explotó.

—Yo no he hecho nada, y si ustedes fueran buenos policías ya deberían saberlo. ¿En qué cabeza cabe que yo conozca a un mafioso ruso?

—Los caminos del Señor son inescrutables.

—¿Qué? Si estoy detenido quiero un abogado de oficio.

—No estás detenido, de momento, y un abogado de oficio en Nochebuena te aseguro que tardará en llegar. Así que lo más práctico sería que me dijeras todo lo que sabes. ¿Conocías a la víctima? ¿Por qué estabas justamente esta noche en el hospital?

—¡Joder, inspectora! Pero ¿usted no me escucha? No conozco a ninguna puta víctima, y estaba aquí haciendo el gilipollas disfrazado de Papá Noel.

—Te lo preguntaré de otra manera...

El repiqueteo de unos nudillos en la puerta me interrumpió.

—Adelante —levanté la voz. Entonces mis ojos se redondearon con la sorpresa y aun levanté las cejas para poder abrirlos más. Garzón, el mismísimo Garzón, ocupaba el vano de la puerta. Imponente, vestido con un elegante traje gris marengo, llevaba una sonrisa amplia y obsequiosa pintada en el rostro, como si fuera el propio Santa Claus.

—¿Puede salir un momento, inspectora?

Me puse en pie con el brío y la fuerza de un militar. Ya en el pasillo, lo interpelé antes de que dijera ni una palabra.

—¿Se puede saber qué demonios coronados hace usted aquí?

—¡Ja, vaya sorpresa!, ¿eh? Pues como para este caso han pedido una consulta de antecedentes penales, resulta que de guardia está Juan Requejo, que ya sabe usted lo buen tipo que es. Entonces se le ocurrió llamarme y me dijo: «Tenemos a tu compañera, la inspectora Delicado, en problemas, a la pobre le han jodido la noche de Navidad». Entonces yo, por un deber de solidaridad...

—¡Ni mencione esa palabra en mi presencia!

—Como quiera. Entonces yo, pensando que podía echarle una mano..., bueno, la verdad es que esperé hasta que sirvieron el cochinillo, con manzana en la boca y todo. En realidad no debe preocuparse, mi mujer había invitado a su hermana a cenar, a su novio el juez y a una serie de vejestorios profesores de la universidad viudos o desparejados que me estaban arreando una murga... Largarme ha sido como una bendición.

—¡Usted ha bebido, Fermín!

—¡Bah, cuatro copas de acompañamiento!, nada que me impida ponerme a trabajar.

—Pero no puede entrar en un caso como Pedro por su casa, el inspector a cargo...

—¿Me toma por un párvulo policial? Ya he hablado con el inspector a cargo. Por cierto, me dice que la ayude en el interrogatorio. Y me ha puesto al día, ya sé que la víctima ha sido identificada como Leo Domaievsky, con antecedentes en Rusia por pertenencia a la mafia. Es obvio que se lo cargaron para que no hablara, no sabemos sobre qué. Están intentando averiguar a qué grupo mafioso pertenecía. ¿Hay algo más que necesite saber? A lo mejor es usted quien no se ha enterado de que en la calle estrecha junto al hospital hay un bar abierto. ¿Qué le parece, eh?

—¿Es necesario aplaudir o bastará con unas cuantas exclamaciones de admiración?

—No se inquiete, es evidente que soy perfecto. ¿Ha interrogado a la chica ya? También sé que los testigos ajenos al hospital son dos, uno con antecedentes.

—No, sigo con el tipo, y estoy cansada. Entre usted solo y le pega un repasón, ya que se encuentra aquí...

—Eso es pan comido. Allá voy.

Me senté en un banco del pasillo a esperar. El subinspector entró en el cuartito como un general dispuesto a fijar estrategias de batalla. Allá él. ¿Estaba contenta de que hubiera venido? No lo sabía, en cualquier caso su presencia me daba que pensar. No era casual que él y yo fuéramos policías. El trabajo policial no respeta la privacidad ni las fiestas hogareñas, en cualquier momento te atrapa entre sus garras y debes olvidar que tienes una vida doméstica, una familia, una cena de Nochebuena que exige tu presencia, tu participación activa, tu comprensión hacia todos los miembros del clan, sean los que sean. Pues, bien, era obvio que ni Garzón ni yo soportábamos estar censados entre las buenas gentes que trinchan el pavo y brindan con cava por la paz en el mundo. Yo, por mi parte, debía reconocerlo así, y sólo después de haber visto a mi compañero era capaz de admitir ese sentimiento en toda su amplitud. Sí, una cosa era tener seres queridos con los que más o menos convives en armonía, y otra distinta verte a ti mismo dentro de un rito común a la sociedad en el que debes repetir una serie de acciones a las que no concedes importancia alguna. Aquello de la cena de Navidad era una farsa, un coñazo, un absurdo total. Sentada a la mesa con un traje elegante, había llegado a sentirme como una gallina estabulada en un corral. Era como anunciar tu domesticidad a los cuatro vientos, como dejar constancia de que nada quedaba de tu fuero interno, tan rebelde y solitario, tan atractivamente montaraz. Garzón debía de pensar lo mismo y sólo aquel pobre lechoncillo que se zampó lo mantuvo sentado al pie de la mesa y del cañón. Después le faltó tiempo para hacerse solidario y huir de allí. Pensé que también hubiéramos podido dedicarnos ambos a cualquier otra actividad que contemplara estar de guardia y salir corriendo: médicos, bomberos, farmacéuticos... Poco importaba el matiz, siempre que la profesión comportara no estar del todo asentado en una sociedad con compartimentos cerrados.

Como suele sucederme cuando filosofo con intensidad sobre las aristas de mi modo de ser, me entró un sueño morrocotudo. Sin embargo, no quería librarme al instinto y dejar todo el trabajo en manos del subinspector, no tenía sentido. Golpeé la puerta con los nudillos y entré. Sergio estaba derrumbado sobre la mesa, la cara apoyada en los codos, los ojos perdidos en la inmensidad de la desesperación. Reaccionó al verme como si yo fuera su salvadora.

—¡Menos mal que ha vuelto! Dígale a este tío que yo no conozco a ningún mafioso, y menos ruso, dígale por qué estoy aquí, a lo mejor a usted le hace caso.

—Este tío, como tú dices, es subinspector de la Policía Nacional y podría ser tu padre, de modo que muestra un poco de respeto.

—Pero ¿a cuántos policías han traído a este hospital? ¡Seguro que en el resto de la ciudad están cometiendo delitos a punta de pala, y ustedes aquí dando la vara a un pobre chico inocente!

—Oye, chico inocente, deja de preocuparte por el bien de la comunidad, y contesta. ¿A quién has facilitado la entrada al hospital para que se cargara a Leo Domaievsky?

—¿A quién ha dicho, a quién? ¿Y quién es ése, un nuevo fichaje del Barça?

Garzón me hizo una señal con la cabeza para que saliéramos. De nuevo en el pasillo bajó la voz.

—Este tío es un desgraciado, inspectora, no me parece que dé la talla para ser el contacto nacional de una panda de mafiosos, ¡y menos rusos!, como él mismo dice.

—Si es el enlace, la panda debe de ser muy cutre, porque, efectivamente, a mí este chico también me parece un imbécil.

—¡Ah, y por cierto, muchas gracias por decir que yo podría ser su padre! Sólo de oírlo se me han puesto los pelos como escarpias.

—Sólo era un modo de hablar.

En ese momento apareció el inspector Ernesto Quiroga caminando a toda máquina. Nos hizo un gesto imperioso con el dedo para que nos acercáramos. Su rostro estaba orlado por una grave expresión.

—Señores, esto se anima. Hemos vuelto a interrogar al vigilante de la puerta y, echando cuentas y revisando horarios, hemos llegado a la conclusión de que en el edificio entraron cuatro Papás Noel en el plazo de una hora.

El silencio fue nuestra única respuesta. Continuó:

—Como se había dado la orden de dejar entrar a una misión humanitaria de la parroquia, vestida de Papá Noel, a nadie se le ocurrió contarlos. Pensaron que llegaban de dos en dos.

—Eso significa que sólo hemos cazado a la mitad —dijo tontamente Garzón.

—Eso significa muchas más cosas. Los asesinos entraron disfrazados, se movieron por el hospital con toda facilidad, asesinaron a Leo y se quitaron las vestimentas. Con traje de calle les resultó muy fácil salir.

—También significa que los asesinos sabían que habría una visita humanitaria al hospital —apunté.

—Y el día y la hora también.

—¿Cómo dieron con la habitación en la que estaba la víctima? —preguntó el subinspector.

—Probablemente de la manera más civilizada: preguntando en recepción. Están localizando a las recepcionistas de guardia y no creo que tarden en llegar desde sus casas.

—¡Vaya faena! —comenté—. ¿Y al cura de la parroquia lo habéis citado?

—También está de camino. Ya se sabe que las cosas hay que hacerlas en caliente, siempre en caliente.

Garzón no las tenía todas consigo, y volvió a preguntar:

—¿Y todo esto significa también que el chaval que tenemos ahí puede estar implicado?

—Cuantas más cosas sabemos, más implicado parece estar, él y también la novia, aunque ella no tiene antecedentes.

—Pues cuantas más cosas sé yo de él, más gilipollas me parece.

—¡No se fíe, Garzón, no se fíe ni un pelo! Ya sabe cómo es aquel verso: «El verdadero asesino es ladino».

—¿Y la novia, qué dice la novia? —inquirí yo.

—Que no sabe nada, que ni siquiera estaba al tanto de que el novio llevaba a la espalda una ficha policial. ¡Y no me extraña! Todos los cabrones tienen suerte, porque la chica es monísima, y encima solidaria. Ya me dirán qué hace con un pringado semejante. Y ahora, ¡al tajo, señores!

Se alejó con paso marcial, como si le siguiera la soldadesca entera. Garzón me miró, el gesto escéptico.

—Y ese verso del asesino ladino, ¿de dónde lo ha sacado, de las mil mejores poesías de los clásicos españoles?

—Es evidente que se lo ha inventado, ningún clásico español escribiría algo tan ramplón. Pero no es la inspiración poética de Quiroga lo que me preocupa, lo que más me mosquea es que «ser una chica monísima» constituya una presunción de inocencia para él.

—Monísima y solidaria, recuérdelo.

—Dejemos aparte la solidaridad; se ha convertido en un concepto demasiado manido. Volvamos con el chico.

Al tal chico se le veía cada vez más confuso, más nervioso; pero eso ni lo inculpaba ni lo exculpaba; simplemente demostraba hasta qué punto estaba cansado. Garzón lo machacaba sin piedad. Yo siempre he detestado los interrogatorios basados en la reiteración, en la extenuación del sospechoso. Oía con desagrado creciente a mi compañero formular repetidamente las mismas preguntas sin variar ni en una pausa, ni en una inflexión de voz; siempre con la esperanza de que se contradijera, de que diera su brazo a torcer. Sergio cerró los ojos, inclinó la cabeza hacia delante, apoyó el mentón en el pecho y se quedó quieto. Me levanté.

—Voy a buscar café y un bocadillo para este chico. ¿Qué te parece, Sergio?, te vendrá bien comer un poco.

Asintió, casi exánime. Parte del objetivo de Garzón se había cumplido: aquel tipo aún no había contado nada, pero parecía haber perdido toda capacidad de resistencia. Era el momento indicado para interrogarlo delicadamente. El subinspector me miró con complicidad.

—Seré yo quien vaya a por esas cosas, usted no sabe dónde está el bar.

Ni siquiera estando solos irguió la cabeza el muchacho. Carraspeé, buscando un poco de dulzura en mi voz.

—¿De verdad no has tenido nada que ver en este asesinato, Sergio?

Negó sin hablar.

—Cuéntame a mí todo lo que sepas y acabamos, te lo prometo.

—¿Y qué quiere que le cuente? Mi chica me pidió

que me vistiera de Papá Noel y viniera a este hospital, y eso es lo que he hecho. No sé nada más.

Sus palabras sonaban mecánicas.

—Han entrado otros hombres también disfrazados. Alguien tuvo que decirles que proyectabais venir hoy.

—Nosotros no.

—¿Tu novia tampoco?

—No —musitó.

—A tu novia también están interrogándola. ¿Te imaginas, la pobre? Debe de estar cansada ya.

Fue como si un pinchazo lo hubiera devuelto a la vida. Abrió los ojos, los clavó en mí.

—Si le hacen algo a mi novia, los mataré a todos, ¿comprenden?, los mataré.

—Esa amenaza no resulta muy recomendable para alguien en tus circunstancias.

—Me da igual. Sandra es la mejor mujer del mundo, la que tiene mejores sentimientos, la más guapa; y si la molestan en algo, lo pagarán.

—¿Hace muchos años que salís juntos?

—¡Toda la vida!, desde que éramos unos chavalines. Y no vamos a tardar mucho en casarnos, ¿eh?, que Sandra es de las que quiere casarse y tener hijos y una familia. Ya tendríamos que estar casados, si no fuera por que yo llevo una racha de mala suerte con el trabajo. ¡Y ahora esto!

Al cabo de un rato entró Garzón con una bolsa de papel. De ella sacó vasitos de café y un par de bocadillos. Me hizo una seña y salimos al corredor.

—Me he encontrado con Quiroga, dice que vaya usted. El cura ya ha llegado.

La otra sala improvisada para los interrogatorios era mayor que la nuestra, pero mucho menos acogedora. En el interior estaba mi compañero junto a un hombre de unos cincuenta años, fuerte y bien parecido, vestido informalmente con pantalones de pana y un viejo jersey.

Me recordó a los progres de mi juventud. Era el párroco y se llamaba Juan. No parecía especialmente contrariado por estar allí. Pensé que, en su profesión, también las guardias a horas intempestivas y las urgencias en días insólitos debían de entrar dentro de lo normal. Quiroga llevaba las riendas de la conversación. El cura respondía con calma y claridad. No, él no había enviado a más Papás Noel que a Sandrita (así la llamaba) y su novio. Sí, la chica siempre colaboraba con la parroquia, era una ayuda inestimable. Aquí añadió una especie de panfleto sobre los valores de los injustamente desprestigiados jóvenes de hoy. No, al novio no lo había frecuentado, aunque lo había visto alguna vez y, por supuesto, desconocía que contara con antecedentes penales.

Con una mirada le pedí permiso a Quiroga para intervenir y él, con un cabezazo (loado sea el metalenguaje policial), me lo concedió.

—¿Es cierto que Sandra imparte clases de español a un grupo de inmigrantes?

—Sí. No es una chica con una gran formación intelectual, pero tiene tan buena voluntad y le dedica tanto tiempo que lo hace muy bien. Hay casi quince alumnos en la clase.

—¿De qué nacionalidades?

—Variadas: pakistaníes, marroquíes, algún somalí, un par de chinos...

—¿Alguien de la Europa del Este: ruso, búlgaro, lituano...?

—Sí, pero no estoy seguro. Esperen, voy a mirar.

Del bolsillo de su parka, colgada en un perchero, sacó un flamante iPad de impresionante diseño. Quiroga silbó.

—¡Buen cacharro!

—Mi hermana acaba de regalármelo por Navidad —se excusó el otro enseguida por el lujo tecnológico—. Y creo que será una magnífica herramienta de trabajo.

Miren, ya lo tengo casi todo cargado. Voy a entrar en los archivos de la oficina.

Se enfrascó en el tecleo trascendente al que recurren siempre los devotos informáticos. Por fin dijo:

—¡Aquí está la lista! ¡Pues sí, tenemos un alumno ucraniano: Yuri Serov, de treinta años!

—¿Tiene sus datos?

—Claro que sí: trabaja como mecánico de coches en el barrio del Guinardó, aquí tengo la dirección del taller, también la de su casa, y el teléfono.

Quiroga lo apuntó todo en su bloc, arrancó la hoja y salió en busca de uno de sus policías para encargarle las comprobaciones. Al regresar volvió a preguntar:

—¿Sabe si Yuri y Sandra se veían fuera de las horas de clase?

—No, no lo sé. A veces ella se quedaba un rato más con alguien que necesitara un poco de refuerzo.

—¿No tiene apuntado si ese refuerzo lo hizo en alguna ocasión con él?

—No, inspector. Yo llevo muchas cosas entre manos: los exdrogadictos, la pequeña guardería para madres sin recursos, los juegos para niños los fines de semana... y eso es sólo la obra social de la iglesia, luego debo ocuparme del culto: decir misa, confesar... Es imposible que lo lleve todo controlado al cien por cien.

—¿Puede salir un momento al pasillo, Juan?

Salió. Quiroga y yo nos miramos. Él levantó las cejas en ademán interrogativo.

—¿Una chica solidaria y religiosa a la que le gusta el dinero extra aunque venga de una mafia?

—Me inclino más por el móvil amoroso. El novio es un desgraciado.

—Entonces interrógala tú, Petra; una mujer será más conveniente.

—No, Quiroga, con tu permiso, creo que la estrategia debe ser la siguiente: empieza tú, si descartas el móvil económico y te inclinas por el amoroso, entro yo en escena. Luego llamamos al cura para que remate. Si es lo que me temo, confesará. Estoy casi segura de que esta chica no sabe nada de la mafia.

Un rato más tarde llegó la información que esperábamos: todos los datos que tenía el cura sobre Yuri eran falsos, probablemente el nombre también. Mientras Quiroga hablaba con la chica, fui a hacerle una visita a Garzón. Tanto Sergio como él estaban dormidos, a cada cual en una posición más quebrada e incómoda. Los dejé. El guardia de la puerta me sonrió.

—Dan ganas de echarse un sueñecito, ¿verdad? —dijo más como disculpa que como burla.

Regresé a la zona de Quiroga y, sin importarme lo que opinaran los policías que estaban fuera, me senté en una silla de plástico, me levanté las solapas de la americana e intenté dormir. Lo conseguí sin trabajo excesivo. Tras un tiempo indefinido, alguien me despertó. Era el propio Quiroga.

—Ya ha confesado, Petra. No hace falta que te quedes más. Tú llevabas razón, se enamoró del ucraniano, y el ucraniano acabó utilizándola para una fechoría más, cargarse al tipo del hospital en venganza de algo.

—¿Tiene los verdaderos datos del tipo?

—Un número de móvil al que él respondía. Algo es algo. Creo que no sabía nada de a qué se dedicaba el angelito; pero si lo crees necesario, dale tú una última pasada.

Me enfrenté a Sandra por primera vez. Alta, atlética, de grandes ojos negros y melena negra también, era sin duda bonita, pero compartía una idéntica belleza con mil chicas más. No creo que hubiera podido reconocerla en el caso de encontrarla un mes más tarde. Se quedó parada cuando me vio, chasqueó la lengua en un ademán de hartazgo que yo interpreté como un «a buenas horas mangas verdes, ¿ahora me mandáis a una mujer?». Supongo que hablar de amor con Quiroga no había sido fácil para ella, como no lo hubiera sido para mí. Tenía la nariz hinchada de tanto llorar. ¿Qué debía preguntarle? Nada que tuviera interés policial si ya había confesado, aunque lo intenté.

—Los hombres siempre se sirven de las mujeres, ¿verdad? Es una vieja historia.

Lo que hasta el momento había sido obvia congoja se trocó en furia al contestar:

—Aún no se creen que yo no he tenido nada que ver en este asunto, ¿no es eso?

—Le contaste a Yuri lo de Papá Noel como le contabas otras tantas cosas, pero que sea una coincidencia el que el tipo al que querían liquidar estuviera en este hospital es mucha casualidad, ¿no te parece?

Se calló, secándose las últimas lágrimas con mal humor.

—Te propuso él que hicieras ese acto caritativo, ¿a que sí?, que te ofrecieras al cura con el que colaborabas en la parroquia. Llevar regalos a los niños enfermos es una iniciativa estupenda, casi de las que no se pueden rechazar.

El mentón le tembló con la amenaza del nuevo llanto. Más que hablar, susurré:

—Te conviene decir toda la verdad, Sandra; si no, todo se pondrá difícil para ti, muy difícil.

—Él me dijo que en su país siempre se visitaba a los niños de los hospitales en Nochebuena, pero yo no tenía ni idea de lo que quería hacer, lo juro por Dios.

—¿Nunca sospechaste nada raro de él?

—Alguna vez me había pedido que guardara paquetes en mi casa.

—¿Le preguntaste qué había dentro, por qué debías guardarlos tú?

—No era de muchas palabras, y hablaba poco español.

—Preferías no preguntar.

Inevitablemente, se echó a llorar. Hablando entre sollozos, se arrancó por fin.

—Yo lo quiero mucho, inspectora, estoy muy enamorada de él. No quería perderlo de ninguna manera, creí que él también tenía los mismos sentimientos, ya ve lo imbécil que soy. Me han dicho que ahora tendré que declarar ante un juez, ir a juicio... Dígales usted lo que es una mujer enamorada, dígales a ellos lo que somos capaces de sentir. Usted también es mujer, dígaselo.

—¿Somos capaces de ser cómplices de un asesinato por amor, Sandra? Yo no lo soy, ¿tú sí?

Lloraba y lloraba mientras hacía signos de negación con la cabeza.

—Yo soy una chica religiosa, creo en Dios, nunca haría una cosa así, nunca. Pero da igual, ustedes no me creerán por mucho que lo diga, jamás me creerán.

Me conmovió su pena, y lo disimulé.

—Yo no estoy al frente de este caso, Sandra, sólo he venido a echar una mano. ¿Sabes qué he estado haciendo todo este tiempo, mientras el inspector Quiroga investigaba? He estado interrogando a Sergio.

Frenó en seco su dolor, se restregó el pañuelo de papel por los ojos, apretó los dientes y me miró, desafiante.

—¿Ah, sí? ¿Y qué?

—Nada. Ha dicho que no sabía nada y no se le pasa por la cabeza que puedas saberlo tú.

—Lo que le pase a ése por la cabeza me importa muy poco.

—¿Por qué no rompiste con él?

—Le he dicho mil veces que lo nuestro no tiene futuro, que me deje en paz de una vez, pero él sigue, no se entera de nada. De todas maneras, ya iba a soltarle que me había colgado de Yuri, que en cuanto tuviera ahorrado para una casa me iría a Ucrania con él.

—Y mientras tanto te daba igual el daño que pudieras hacerle, ¿verdad?

—Oiga, inspectora...

—Lo que son las cosas, ¿no, Sandra? —la interrumpí—. Sergio te quiere con la misma fuerza y el mismo amor total con el que tú quieres a otro. ¡Qué platos tan duros de tragar nos cocina la vida!

Se incorporó con ímpetu, lanzó fuego por los ojos, húmedos aún.

—¿Usted sabe lo que es tratar con un fracasado, inspectora, con un desgraciado que no sabe salir nunca de ningún atolladero? «¡Ay, cariño, estoy de mala suerte!; pero pronto encuentro un trabajo y me cambia la vida, ya verás.» ¡Y una mierda, está de mala suerte, la mala suerte es él mismo, la lleva pegada a la piel! ¿Sabe lo que le digo, inspectora? Que prefiero a un tío que tenga cojones aunque sea un asesino, fíjese bien, y eso pienso decírselo hasta al mismísimo juez. Además, ¿qué es esto, un interrogatorio o un consultorio sentimental?

—Llevas razón. No debería haber entrado en ese tema.

Me retiré, y ella se quedó enfurruñada en su asiento, emanando una cólera que no tenía cuando entré. Intercambié cuatro palabras con Quiroga.

—¿Qué te parece? —me preguntó—. ¿Conocía el plan del amado o no?

—Juraría que no, pero no es fácil de determinar. En cualquier caso, la idea del solidario Papá Noel es del tal Yuri, y ella la puso en práctica. Si sabía las consecuencias de la visita o no las sabía, ha quedado en el aire.

—Habrá más interrogatorios.

—¿Puedo marcharme?

—Claro que sí, preciosa. Te doy miles de gracias y te pido perdón por molestarte en una noche así. Tu participación ha sido valiosísima; estando tú con ese chaval, yo he podido dedicarme a otras cosas.

—¿Y el chaval?

—Que se largue, no hay cargos contra él.

Garzón esperaba en la puerta de la sala de limpieza con los ojos anegados de sueño. Le conté las novedades.

—¡Joder, inspectora, vaya historia! ¿Y ahora tenemos que ser nosotros quienes le digamos a este tío lo del amor de la novia por el mafioso y toda esa mierda de los cuernos y la traición?

—No es obligación nuestra.

—Lo celebro, porque no es plato de gusto irle a nadie con ese tipo de revelaciones, la verdad.

—No, no lo es.

Entramos en la sala. Sergio dormía, acodado en la mesa. Nos miró como si no supiera dónde estaba ni quiénes éramos nosotros.

—Sergio, ya puedes irte. No te acusan de nada, estás libre.

Se levantó de un salto.

—¡Ya era hora, joder! Pues nada, recojo a mi chica y nos vamos para casa.

—Con tu chica no han acabado aún.

—¡¿Por qué?!

—En fin, procedimientos policiales, unos duran menos y otros más. ¿Por qué no te vienes con nosotros al bar y nos reponemos con una cervecita?

Me miró sorprendido, Garzón también.

—¿Y si mientras tanto sueltan a Sandra?

—No te preocupes, con Sandra tienen para un rato más.

—Pues, bueno, iré para que vean que no les guardo rencor. Supongo que en el fondo son ustedes buena gente y que si hay un asesinato no tienen más remedio que investigar.

Eran las cinco de la mañana, pero el bar seguía abierto. El dueño incluso nos sonrió. Pensé que él también se había librado de una noche navideña en paz y amor familiar.

—¿Qué les pongo, señores?

Pedimos cerveza, jamón cortado en un plato, pan con tomate y queso manchego.

—¿Son ustedes del hospital?

—Prácticamente —respondí a la curiosidad del propietario.

—En toda la noche no ha parado de venir gente. No se puede dejar a las personas sin un buen bar porque sea Navidad. Es como un servicio público, ¿no les parece?

—Entera y totalmente —respondí echando mano de los acabados en «mente» como buena opción.

Nos sentamos a una mesa retirada de la barra para evitar conversaciones indeseadas. A Sergio se le veía algo cohibido. No comprendía por qué lo habíamos invitado a confraternizar. Yo tampoco. Picamos en silencio nuestras tapas. Por fin dijo:

—¿Usted ha visto a Sandra, inspectora?

—He estado hablando con ella, sí.

—¿Está bien?

—Está bien.

—Es una chica muy sensible, sufre por todo, se preocupa por todo el mundo. Hay veces que le digo: «Pero, tía, déjalo ya, que los demás ya sabrán apañarse», pero ella es así, es como una santa que estuviera en un altar. ¿Le han dicho que yo estoy bien?

—Sí, por supuesto.

—Oye, chico —lo interpeló Garzón entre bocado y bocado—, ¿tú crees que vale la pena colgarse tanto de una mujer? Piensa que las mujeres son muy ingratas.

—Mi Sandra, no. Mi Sandra es especial. Mire, señor Garzón, yo no estoy seguro de casi nada. No sé dónde trabajaré, ni qué amigos nuevos tendré y ni siquiera pondría la mano en el fuego de dónde voy a dormir esta noche. Pero sí estoy segurísimo de que quiero pasar la vida con esa chica y de que ella sea la madre de mis hijos.

—Los hijos también son muy ingratos, te advierto.

—Sí, claro, y la vida, la vida es ingrata a tope, pero hay que vivir..., ¿no?

Le eché una mirada conminatoria al subinspector, era inútil que siguiera por esa vía. El chico, quizá emocionado por tener un auditorio que le hacía caso, se extendió en su pensamiento filosófico.

—Hay gente que vive a tope, otros a salto de mata... Yo he vivido como buenamente he podido, sin mucha suerte, ya se lo conté, pero soy optimista. Creo que te pueden pasar todas las putadas del mundo, pero siempre hay algo que te salva. Fíjense en un tío como yo, que está en mala racha, que no soy guaperas ni tengo musculatura y que, por no tener, ni siquiera tengo moto; pues, bueno, resulta que me he echado una novia que me la envidia todo el mundo.

Aquella obsesión por la chica estaba empezando a ponerme enferma.

—¿Por qué no te vas a casa, Sergio? —le pregunté de pronto.

—No, voy a esperarla en la puerta del hospital.

—¿Vestido así?

—Ella va también de Papá Noel. Seremos dos. Lo que nos vamos a reír con el tiempo cuando nos acordemos de todo este pollo que se ha montado. Por cierto, sí que me voy a marchar, pero al hospital. Ustedes perdonarán, pero tengo miedo de que la suelten mientras estoy aquí. ¿Me dejan que pague mi cerveza?

—Estás invitado, Sergio.

—¿Ven, ven como en el fondo las cosas siempre se arreglan un poco? Lo de hoy ha sido una mala jugada, pero podía haberme encontrado a unos policías tope bordes y no a unos tíos enrollados como ustedes.

Se alejó con su uniforme de Papá Noel, que había ido ajándose a medida que transcurría la noche. Presentaba una pinta infame. Garzón y yo nos miramos.

—A lo mejor ahora que se ha desengañado del tal

Yuri, la chica no lo abandona —apuntó Garzón en plan Frank Capra.

—¿Se queda más tranquilo pensando eso?

—Bueno, es Navidad.

—Ni siquiera sabemos qué pasará con esa chica.

—Es Navidad, inspectora.

—Sí, eso ya lo ha dicho, ¿y qué?

—Que deberíamos hacer un esfuerzo por pensar que las cosas entre esos chicos acabarán bien.

Intenté denodadamente hacer ese esfuerzo, pero no sabía a qué tipo de esfuerzo se refería Garzón. ¿Un esfuerzo por no ver la realidad?, ¿acaso por recordar la época (alguna época habría) en que aún pensaba que las cosas acababan siempre bien? No, el único esfuerzo que podía plantearme consistía en no pensar. No pensando puede uno tirar adelante mucho tiempo; y no pensar suele ser en Navidad una herramienta útil para aguantar la majadería de esas fiestas.

—¿Nos tomamos un último copazo usted y yo, mano a mano?

—¿Está usted loco, Fermín? ¡Es tardísimo!

—Sí, eso es verdad. ¿Come usted mañana con la familia?

—¡Naturalmente!, ¿y usted?

—Sí.

Su afirmación había sonado con un alto porcentaje de tonos resignados. Decidí hincarle el diente irónico de una vez.

—¡Es Navidad, Garzón! ¿No habíamos quedado en que todo es maravilloso por estas fechas?

—De verdad le digo que no sé qué pensar. Cuando era viudo y pasaba estos días más solo que la una, me sentía fatal. Y ahora que estoy felizmente casado debería estar contento como unas pascuas, pero...

—Pero ¿qué?

—Mi mujer se toma demasiado en serio las celebraciones. Hay que decorar la casa, montar el arbolito con luces y todo, ir a comprar un montón de manjares, cocinarlos..., invitar a los amigos... ¡Un follón del diablo, créame! Y total, para una fiesta en la que ninguno de los dos creemos realmente.

—Bueno, ese tipo de cosas crea hogar. Y si Beatriz hace los preparativos con tanta ilusión... sólo por eso ya vale la pena seguirle la corriente.

—¡Justo por eso lo hago! ¿Qué no haría uno por amor, verdad, inspectora?

—Verdad.

Mientras regresaba a casa, iba pensando qué cosas yo no haría por amor, y me salían unas cuantas. Por ejemplo, no mataría a nadie. Por ejemplo, no me dejaría humillar como se dejaba el pobre Sergio, ni manipular como se dejaba Sandra. No, el amor no lo justifica todo, ni hablar. Esperaba no sentirme culpable por tales puntualizaciones cuando me tendiera en la cama junto a Marcos.

Estaba profundamente dormido cuando llegué. En el aire de la casa flotaba un suave olorcillo a pavo trufado. Me metí en la cama con sigilo, pero mi marido me habló casi en sueños.

—Petra, ¿ya estás aquí? ¿Todo ha ido bien?

—Todo bien, Marcos, duerme.

Lo besé en la frente y me tendí. Él volvió a hablar.

—Petra.

—Dime.

—Feliz Navidad.

—Feliz Navidad, Marcos.

Estaba tan cansada que hasta me pareció que tenía algún sentido la frase que acababa de pronunciar.

Vinaroz, verano de 2011

Petra en agosto

Tomar las vacaciones anuales en el mes de agosto siempre me ha parecido una decisión equivocada. Podría argumentar esa afirmación de mil maneras, todas de índole práctica y comprensible. Es sabido que los viajes o los alquileres de apartamentos son más caros en las llamadas «temporadas altas», que resulta más difícil encontrar una mesa libre en un restaurante, que todo está lleno de gente y cualquier actividad turística, desde visitar un museo hasta dar una simple vuelta por un parque, se convierte en un suplicio difícil de soportar. Sin embargo, si analizo mis razones en profundidad, me doy cuenta de que lo que me frena realmente es un prejuicio de tipo esnob: tomar vacaciones cuando todos hacen lo mismo es una horterada imperdonable. Nadie medianamente sensible y espiritual hace la maleta o se queda descansando en el maldito mes de agosto.

Fermín Garzón, mi amable subalterno y compañero, no opina lo mismo, por supuesto. A él, meterse en el agua caliente de una playa atestada de bañistas le parece bien. Es como un monje budista, capaz de olvidarse por completo del entorno y disfrutar tan campante de su gozo interior. Pero se casó con una mujer nada tibetana y casi tan diletante como yo; de modo que ella lo convenció de que, en efecto, tomar vacaciones en agosto es de un mal tono indescriptible, un resbalón animico que no se puede tolerar. Consecuencia: ambos solemos quedarnos trabajando en Barcelona durante el fatídico mes. ¿Eso garantiza alguna mejora sustancial en la vida diaria? En fin, tradicionalmente se dice que el verano, con su siniestro calor mediterráneo, húmedo y enloquecedor, puede elevar el número de muertes violentas en una ciudad como Barcelona, aunque no siempre es así. Más contribuye al incremento del crimen el número inmoderado de turistas que se pasean por el lugar que las condiciones meteorológicas en sí. Afortunadamente, los problemas con extranjeros de visita son, por lo general, fáciles de resolver, poco más que cuestiones rutinarias. Lo malo de trabajar en agosto es que uno no consigue librarse de los inconvenientes vacacionales al cien por cien. Por ejemplo, los bares y locales del centro están llenos a rebosar y no se evita en absoluto la miserable contemplación de la fealdad humana. Es así, aunque no vayas a la playa, sólo paseando por las Ramblas, tu retina se llena de humillación descubriendo a europeos de panzas esféricas bien delineadas por horribles camisetas, orientales con sombreritos ridículos y mascarilla, americanos de piel lechosa enrojecida por el sol.

—¡Ah!, ¿por qué son tan feos, Garzón? —me quejé retóricamente a mi pobre compañero mientras llegábamos aquella mañana a comisaría.

—Es lo que tiene la naturaleza, inspectora, que unas veces acierta y otras, no.

—La naturaleza no tiene nada que ver con esto. ¡Son ellos los que se ponen bermudas con calcetines de lana, ellos quienes combinan flores con rayas, cuadros con lunares! ¡Ellos son quienes resaltan sus michelines con camisas ajustadas, quienes acentúan su palidez enfermiza dejando al aire hombros y brazos! Tanta fealdad me ofende, no lo puedo remediar.

El subinspector me escuchaba de oficio, con escasa

atención, y se encogía de hombros de vez en cuando, convencido de que mis denuestos no eran razonables, ni eficaces ni lógicos, y que quizá formaban parte de los síntomas de una incipiente enfermedad mental.

Debo decir que todo aquello se reveló superficial y frívolo en cuanto traspasamos las puertas de comisaría. Allí nos esperaba algo que el propio comisario Coronas denominó una tragedia.

—¿Saben ustedes quién es Ángel Carreras?

A mí el nombre me sonaba en la lejanía, pero Fermín Garzón lo colocó enseguida entre las coordenadas exactas de la realidad.

—Pues claro, señor, Carreras es inspector de la Policía Nacional, destinado desde hace dos años a Barcelona, en el grupo de delitos económicos, creo recordar.

—Bien, pues esta madrugada, cuando regresaba de una cena con su mujer, la dejó abriendo el portal de su casa mientras él metía el coche en el aparcamiento y, al regresar, la encontró muerta de un tiro en la nuca.

—¡No me lo puedo creer! —soltó mi compañero con auténtica sorpresa.

—Pues así es. A él lo han ingresado en urgencias psiquiátricas mientras se le pasan los primeros efluvios de la impresión. Ha tenido un fuerte ataque de ansiedad y se encuentra sedado.

—¡Vaya por Dios! —volvió Garzón a incurrir en las expresiones de manual.

Yo intenté ir más al grano.

—¿Y eso tiene algo que ver con nosotros, comisario? Profesionalmente, quiero decir, aparte de la desgracia de un compañero.

—He pensado que se hagan cargo del caso por el momento.

—Pero entonces, señor, ¿por qué no se nos ha avisado esta madrugada recién sucedidos los hechos?

Se removió incómodo en su asiento. Echó mano de

una cafetera que tenía en la mesa y, sin preguntarnos siquiera, nos sirvió un par de cafés.

—Verán, señores, la discreción es siempre un valor de oro en la policía; pero si se comete un asesinato en nuestro entorno, entonces ser discreto es una regla que no se puede violar.

Como no conseguíamos abrirnos camino en la niebla de sus palabras, nos dedicamos a sorber el café con aire estúpido con tal de darle tiempo a explicarse mejor.

—Lo cierto es que, en las primeras investigaciones de urgencia, fue Asuntos Internos quien se ocupó del caso de Carmen Madueño, que así se llama la víctima.

—¿Por qué? —pregunté sin ninguna piedad, como si mi jefe fuera un sospechoso al que intentaba sacarle información.

—Balística dice que el disparo que mató a la esposa de Carreras fue hecho con una pistola de munición antigua, probablemente un arma poco usada, como ya se pueden imaginar.

—Claro, la gente no anda asesinando con trabucos por ahí —afirmó el subinspector tan pancho.

Me froté la cara varias veces con la intención de que mi gesto fuera interpretado como de máxima extrañeza, pero el comisario parecía un espectador torpe de aquel teatro arcaico, de modo que me vi obligada a protestar.

—Señor, debe de ser a causa de los calores de agosto, pero aunque estoy esforzándome le aseguro que no consigo entender nada.

—Yo tampoco en realidad —confesó Garzón en un susurro.

Nuestro jefe se removió inquieto en la silla y fue él quien echó mano esta vez de la gesticulación exagerada. Pasándose las manos por las guedejas, como si se las mesara, explotó.

—¡De acuerdo, no son ustedes culpables de no entender ni el calor tiene nada que ver en este entuerto! Lo que ocurre es que se trata de algo que me incomoda extraordinariamente tratar. Pero no hay más remedio, adelante: debo informarles de que el inspector Ángel Carreras es coleccionista de armas antiguas. Una afición ridícula, ya ven, pero eso es lo que hay.

Se extendió un silencio pastoso por el despacho. El plato que se estaba cocinando ante nuestros ojos era poco apetitoso, tanto para Garzón como para mí. Coronas, serio y enfadado, añadió:

—Y por si fuera poco la desgraciada coincidencia, el inspector Recua, amigo y compañero, vino a decirme que en los últimos tiempos el matrimonio de Carreras pasaba por dificultades.

—¡Qué chivato! —exclamó Garzón en un arrebato sincero.

El comisario se puso como un gato que se enfrenta a un contrario. Erizado, con la electricidad encendiéndole los ojos y los dientes en tensión, aulló:

—¡Justamente eso es lo que quiero evitar, Garzón: el corporativismo, la connivencia con el compañero, el amiguismo! Nadie va a acusarnos de haber sido comprensivos con el delito cometido por uno de nosotros, ¿me oye? ¡Nadie! Y eso porque aquí estaré yo para evitarlo. Con esto no quiero dar a entender que Carreras se haya cargado a su esposa, pero la investigación se hará contando con esa posibilidad, ¿me entienden? Por eso los he escogido a ustedes para la investigación. Que yo sepa, lo conocen muy poco, apenas nada, así que pensarán en él como en cualquier otra persona, ¿de acuerdo?

Cabeceamos afirmativamente ante aquel encendido discurso. Coronas recobró el resuello y el aspecto normal, menos felino; luego remató:

—¡Y bien, señores, ahora ya saben qué cariz tiene el asunto! Empiecen a investigar, siempre con discreción. Como las horas eran intempestivas, no hay testigos entre los vecinos ni en la calle. Sin embargo, para darles una ayuda adicional, les pondré a su servicio al policía que suele formar equipo con Carreras: Juanjo Revilla; es muy joven, pero parece un buen muchacho. No lo impliquen emocionalmente en el caso, sólo sírvanse de él, es quien mejor conoce al inspector.

Nos sentamos en mi despacho con los pocos papeles que Coronas nos había pasado. Yo los hojeaba con desánimo, Garzón sudaba a pesar del aire acondicionado. No decíamos nada, y como tengo un oído privilegiado, oía los latidos de mi reloj. Vi cómo mi compañero sacaba un pañuelo de su bolsillo y se enjugaba la frente. Por cortar aquel silencio que delataba falta de ideas, comenté:

—Aquí dice que la autopsia no ha revelado nada más de lo esperado: un disparo a bocajarro, y que la víctima se desplomó inmediatamente, sin vida.

Mi compañero emitía unos pequeños gruñidos que nada me transmitían. De repente me di cuenta de que si no había testigos, ni móvil aparente, ni hallazgos especiales en la autopsia (algo así como que Carmen Madueño fuera drogadicta), ni otros sospechosos que no fueran Carreras..., ¿qué demonios de investigación se podía llevar a cabo? Lo que nos había encargado Coronas no era más que un desenmascaramiento de un culpable cantado. En cualquier otra circunstancia: un caso fácil. Tratándose de un compañero: puro veneno. El método para aclarar un asesinato de esas características pasaba por el acoso al principal sospechoso: el marido, hasta conseguir una confesión por su desmoronamiento moral o psicológico. Lo dicho, un aborrecible encargo de Coronas. Miré a mi compañero y no había variado ni un ápice: gruñía por lo bajo y se enjugaba el sudor. Empecé a sentirme nerviosa.

—Oiga, Fermín, aparte de imitar a Louis Armstrong en una actuación, ¿no se le ocurre nada más?

—Puedo cantar *Hello Dolly* para dar más ambiente;

pero no tengo ganas. Más bien me parece que esto es una encerrona de cojones que nos ha preparado el comisario y que de todas las cosas que odiaría hacer en un mes de agosto, la peor sería llevar este caso.

—Estamos de acuerdo. ¿Ya han revisado el piso de los Carreras?

—El juez ha dicho que hasta que no salga de la clínica y nos dé la llave que lo dejemos todo tal cual. Y como tampoco han podido interrogarlo ni una sola vez...

—¿Tiene hijos, familia...?

—Creo que no. Pero no tardarán en soltarlo, ya verá. Le darán un montón de pastillas y ¡arreando! Espero que no lo dejen zombi del todo. Siempre pasa así con los familiares de víctimas: al principio mucho psicólogo y mucha historia, pero luego todo lo arreglan a pastillazo. Calculo que mañana ya podremos hablar con él.

—Ponga un policía en la clínica en la que esté. No quiero que vaya a su casa antes de interrogarlo.

—¿Por el asunto del arma? Pudo darle tiempo a subir a su casa, limpiar la pistola y dejarla dondequiera que la tenga guardada.

—Aun así, los de Balística acabarán sabiendo si se disparó o no.

—No está tan claro, inspectora.

—De todos modos, que le pongan un guripa, aunque sólo sea para empezar el acoso psicológico.

—Vaya mierda, ¿no, inspectora?

—Una certera reflexión embalada en palabras sencillas, querido compañero.

Mientras esperábamos a que Carreras pudiera afrontar las circunstancias y desbloqueara así los primeros pasos de la investigación, fuimos a entrevistarnos con Juanjo, su joven compañero. No llegaba a los treinta años: tejanos caídos sobre las caderas, sudadera con inscripciones en inglés y pelo cortado a cepillo, un clásico. Estaba consternado, o por lo menos eso creí entender entre sus frases titubeantes, llenas de lugares comunes y expresiones de argot.

—¡Jo, inspectora; es un palo esto que le ha pasado al pobre Carreras! ¡Su mujer asesinada y encima todo señalándolo a él con el dedo! No me extraña que se haya pirado, la verdad. Yo lo primero que pregunté fue si le habían quitado pasta del bolso; pero me dijeron que no, que lo llevaba todo. A saber quién habrá sido el hijoputa que se la cargó.

Estaba hablando con convicción y sin el menor atisbo de disimulo, por lo que resultaba obvio que en ningún momento se le había pasado por la mente que su jefe pudiera ser culpable. Lo vi tan bienintencionado y tan hortera que sentí piedad por él. Garzón fue más expeditivo y le soltó a bocajarro:

—Tú no crees que el inspector haya tenido nada que ver en la muerte de su esposa, ¿verdad?

Lo miró como si tuviera que vérselas con un loco o un blasfemo.

—Pero ¿qué dice? Está de coña, ¿no? El inspector es un tío de ley. Ya veo que va a ser verdad lo que vengo pensando: lo más jodido no será que le carguen el muerto a él, sino que además nadie se va a poner a investigar en serio quién le metió el tiro a la señora.

—Oye, muchacho, ¿a ti no te han enseñado en la academia que nunca hay que descartar ninguna posibilidad hasta que realmente existen pruebas?

—¡Que no, subinspector, que no, que no hay nada que rascar, que este tío es un tío como hay pocos! ¡Llevo tres años trabajando con él y sé lo que me digo!

—¿Puedes dejar de llamar tío al que es tu superior? No sólo no has aprendido nada de práctica policial, sino que además eres incapaz de ser respetuoso.

El chico miró al subinspector con un gesto evidente de disgusto, se encogió de hombros y no pidió perdón por la expresión que había causado la reconvención de mi compañero. Yo temí que Garzón se embalara y desvié la conversación hacia otro lado.

—¿Tú sabías que el inspector Carreras tenía una colección de armas antiguas?

—¡Vaya que no! Si hasta me llevó a verla a su casa. ¡Es una pasada! Las tiene todas puestas en un armario con cristales en el salón. ¡Deben de valer un pastón! Pero él me dijo que siempre le había hecho ilusión. Un capricho que se daba porque como no tenían hijos, pues se gastaba el dinero en alguna que otra chorrada.

—¿Te comentó el inspector si últimamente había tenido algún problema, si estaba preocupado por algo?

—¡Hombre, todos nos comemos nuestros marrones de vez en cuando!, pero él estaba bien, tan contento que estaba, hasta que le ha pasado esta putada y...

Observé que Garzón ponía cara de furia contenida y que era cuestión de segundos que se le lanzara al cuello de nuevo. Le di al chico unos golpes en la espalda y le dije que lo veríamos más tarde. Se largó dando un golpe de cabeza que demostraba escasa marcialidad. Tal y como había esperado, el subinspector cambió de presa y se lanzó sobre mí.

—No la entiendo, Petra, tenemos que vérnoslas con un descerebrado de los que a usted suelen sacarla de quicio y ha estado a punto de darle un besito y comprarle caramelos.

—Quiero sacar de él la mayor información posible.

—¡Pues va lista! Ese nene quiere tanto a su jefe que si algo sabe se lo guardará.

—Me gusta que quiera mucho a su jefe. Eso dice algo en su favor y también me ha gustado lo que ha dicho: «Todos nos comemos nuestros marrones de vez en cuando». Algún dato tiene de la vida de su jefe que acabará por contarnos. ¡Siempre que no esté usted delante, por supuesto! Con sus broncas ha conseguido dejarlo mudo.

—¡Al infierno con él, estoy harto de jovenzuelos que no saben dónde tienen la mano derecha!

—No se enfade, Garzón, hace demasiado calor para tomarse las cosas tan a pecho. Yo creo que ya está bien por hoy; lo mejor será que nos marchemos.

Los dos estábamos solos en la ciudad. Mi marido había ido a pasar una semana con sus hijos al campo y la esposa de Garzón se encontraba con su hermana en Mallorca. Algunas noches cenábamos cualquier cosa en los alrededores de la comisaría y nos largábamos a casa temprano.

—¿Tiene ganas de prepararse la cena hoy, Fermín?

—Ni pizca. Hace tanto calor que antes se me cayó un bolígrafo al suelo y estrené otro con tal de no agacharme a recogerlo. ¿Quiere que piquemos algo en una terraza?

Caminamos Ramblas abajo hacia el mar. Eran las ocho de la noche y todo el mundo parecía haberse puesto de acuerdo en salir a la calle. Sin embargo, el grueso de la población que disfrutaba del aire libre seguía siendo de turistas extranjeros. Imposible una clasificación, eran enormemente heterogéneos: grupos de estudiantes, parejas jóvenes, parejas ancianas... todos vestidos como por consejo de su peor enemigo, algunos medio desnudos. De pronto, se veía algún pequeño ejemplo de distinción: alguien con aspecto demasiado elegante que se disponía a entrar en un restaurante caro o que se afanaba por no llegar tarde a ver alguna ópera del Liceo. Los pocos españoles que se avistaban eran seres desfavorecidos por la fortuna que no podían marcharse de Barcelona por alguna razón. Todo se me antojaba un absurdo increíble: los de fuera querían venir y los de dentro suspiraban por largarse. Entre todos habíamos logrado un mundo tan extraño que parecía susceptible de saltar por los aires en cualquier momento, incapaz de asumir sus contradicciones.

Llegamos a la zona portuaria y ocupamos una mesa

en la terraza de un bar que se veía menos lleno que los otros. Sin embargo, el aspecto aceitoso de las tapas que estaban sirviendo nos hizo cambiar de opinión y seguimos caminando hasta la Barceloneta. Allí, en aquel barrio de pescadores que ha conservado su aire tradicional, no fue difícil encontrar uno de los cientos de restaurantes que habían sacado mesas a la calle. La avalancha de viajeros era menor en aquellos parajes, pero estaban presentes también. Disfrutaban como niños de la comida sabrosa y el buen vino, de la noche caliente y del soplo del mar. ¿Quién podía reprochárselo en el fondo si algunos de ellos debían de haberse pasado todo el año sin ver el sol y pasando frío? ¡Ah!, pensé, en este país dejado de la mano de Dios en tantas cosas, siempre nos queda al menos la sencilla opción de tomar el fresco. Pero llegar a pensar eso como verdad filosófica es un triste consuelo, la verdad.

Al día siguiente Carreras recibió el alta del psiquiatra y pudo ponerse en marcha la maquinaria de la justicia, por llamarla de alguna manera. El guardia que lo esperaba en la puerta lo acompañó hasta comisaría antes de que pudiera hacer ningún movimiento. Naturalmente, preguntó si estaba detenido y se le dijo que no. Me di cuenta de que lo había visto en alguna ocasión, y que no tuve entonces ninguna sensación llamativa sobre su aspecto. Era un hombre normal, de unos cincuenta años bien llevados, que añadía a su cara anodina la expresión puntual de un enorme sufrimiento: pálido, demacrado, con los ojos emborronados de tanto llorar y los hombros caídos, como colgados de una percha. Tal y como Garzón había predicho, el ritmo de sus movimientos y sus palabras estaba enlentecido, probablemente por la medicación tranquilizante que seguía.

Mientras nos dirigíamos a su casa en coche no dijo ni una sola palabra. Miraba por la ventanilla sin curiosidad, con los ojos perdidos y nublados. Al llegar temí que tuviera una reacción emotiva incontrolable, pero no fue así. Muy al contrario, sereno y profesional, caminó con decisión hasta la escena del crimen y señaló el lugar exacto en el que había encontrado a su esposa, ya sin vida.

—Aquí fue. La posición en la que estaba caída ya la sabéis.

Se comportaba con la misma frialdad que si hubiera sido comisionado para llevar a término aquella investigación. Abrió la puerta de modo decidido y encendió la luz. Un salón espacioso y ordenado se extendió ante nosotros con su decoración convencional y pequeñoburguesa.

—Los compañeros dieron la vuelta a toda la casa y no parece que haya ninguna ventana forzada —le informó Garzón.

Mi mirada se desplazó a lo largo de las paredes y en un recodo, junto al amplio mirador, descubrí la vitrina de las armas. Me acerqué y pude contemplar cómo se exhibían pistolas y revólveres del siglo XIX y de principios del XX, y algunas escopetas de la guerra civil española.

—No toquéis nada —ordené—. Luego vendrán a buscar huellas.

Inspeccionamos el dormitorio, las habitaciones de invitados, el garaje. Cuando entramos en la cocina, Carreras flaqueó en su actitud de fortaleza. Se llevó la mano a los ojos y se los apretó. Estaba intentando atajar el llanto: sobre la encimera reposaba una taza de té a medio beber.

—No le dio tiempo a acabarse el té, llegábamos tarde, habíamos reservado a las nueve en el restaurante.

Regresamos al salón. Nos sentamos, siempre sin tocar nada.

—¿Cómo iba tu matrimonio? ¿Os llevabais bien? Tú sabes perfectamente que tengo la obligación de preguntarte esas cosas —dije.

—Sí, ya lo sé. Mi matrimonio iba bien. Habíamos

tenido algunas crisis, como todo el mundo, pero estábamos muy unidos. Yo diría que cada vez más.

—Escúchame bien, Ángel. No sé hasta qué punto estás informado de los hallazgos que llevamos hechos; pero el caso es que las balas que mataron a tu mujer son de una munición poco habitual, probablemente se trata de munición antigua.

Me preguntó enseguida el calibre y, cuando se lo dije, 7,65 milímetros, vi cómo buscaba datos en su mente con intensa concentración.

—Yo tengo una pistola que puede disparar esa munición, Petra. Una máuser del año 1934, un arma preciosa.

Se levantó como un rayo y llegó hasta la vitrina que contenía la colección. Lo seguimos y nos señaló con el dedo una pistola de forma muy cuadrada en la cual yo no pude hallar ninguna belleza.

—Ésa es, ¿la veis?

—No parece haberse movido de su sitio —comentó el subinspector.

—Llama enseguida a los de Balística, Petra. Tienen que determinar si ha sido disparada.

—¿Cómo podría haber sido disparada si nadie ha entrado en tu casa, Carreras?

—No lo sé, Petra, no sé nada; sólo puedo aseguraros que yo no maté a Carmen. No lo hice, pongo a Dios como testigo.

Salimos de la casa y volvimos a revisar todas las ventanas. De pronto, Garzón se fijó en que la puerta de la cocina que daba a un pequeño jardín trasero tenía un amplio agujero a ras de suelo.

—¿Eso es una gatera?

—Sí; pero la usábamos para el perro, por eso es un poco más grande que las habituales. Teníamos un carlino que ya murió. Mi mujer no quiso que se tapara porque quería que compráramos otro perro al llegar a la jubilación. Pero el carlino es una raza muy pequeña, Petra; por ahí no cabe un tío de ninguna manera.

Decidí que nos marcháramos y, antes de hacerlo, miré fijamente al inspector.

—En la casa no puedes quedarte, por supuesto. Quedará precintada.

—Me alojaré en casa de mi hermana hasta que... bueno, hasta que vengáis a detenerme por orden del juez, ¿no es eso? Todo apunta hacia mí, Petra; pero yo no lo hice. Siendo policía, ¿cómo podría ser tan tonto de dejar una estela de pruebas tras de mí?

—¿Tienes algún enemigo, alguien que te odie con virulencia especial?

—Todos los policías tenemos enemigos, Petra. Hemos mandado a la cárcel a muchas personas. Busca por ese camino, ahí tiene que estar el asesino de Carmen, alguien capaz de tenderme una trampa de la que no hay manera de salir indemne.

—Te recuerdo que ninguna de esas personas cabe por la gatera de tu puerta, Carreras. Las cosas son como son.

Regresando a mi casa pensé que aquel hombre ya daba por sentado todo lo que iba a ocurrir sin que hubiera ocurrido todavía. Pero así fue: ni sobre los muebles ni sobre los enseres de Carreras se encontraron otras huellas que no fueran las de él y su esposa. Pero lo más importante, la evidencia que no se podía negar resultó ser la constatación de que el disparo que liquidó a Carmen Madueño había salido de la máuser que reposaba en la vitrina de Carreras. Alguien la había sacado de la colección, había disparado a aquella mujer, había limpiado someramente el arma y había vuelto a colocarla en su lugar. Nadie sino el inspector podía haber hecho algo semejante.

—¡Pues no entiendo un carajo! —decía Garzón sorbiendo una horchata y abanicándose con el periódico—. Con la fama de buen policía que tiene Carreras y comete un asesinato que es una chapuza. ¡Se supone que tendría que haber aprendido un poco de los criminales que ha capturado! Pues no, el tío deja un reguero de pruebas tan claras y contundentes que sólo le falta colgarse un cartel en el cuello que ponga: «Yo soy el culpable». Es como si le hubieran preparado una encerrona.

—Pues como no haya sido un duende quien lo ha hecho... Aunque a lo mejor a Carreras le dio una locura transitoria.

—¡Joder, inspectora, y todo esto tiene que haber pasado en agosto, con un calor de la hostia que no deja ni pensar con claridad! Yo, personalmente, tengo las neuronas tan cocidas que no se me ocurre nada.

—Hemos de seguir trabajando un poco más. Coronas da su permiso por tratarse de un compañero y yo no me quedo conforme con lo que tenemos. Un asesinato sin móvil no tiene sentido. Busquémoslo.

—Ya hablé con el chivato que soltó lo de las dificultades del matrimonio. ¡Puaf, menudo gilipollas! Sólo sabía vaguedades: que si pasaron por una crisis hace un par de años, que si al ser una pareja sin hijos podían tener sensación de fracaso... Imagínese, como si eso de los hijos tuviera algo que ver con el amor. ¡Es que hay gente que es más antigua que una cartilla de racionamiento!

Si las circunstancias materiales demostraban que Carreras y sólo Carreras había podido cargarse a su esposa, debíamos averiguar qué motivos hubiera podido tener para hacerlo. Le pedí al subinspector que se encargara de investigar en los números del principal sospechoso. Eso incluía posibles deudas, movimientos de su cuenta corriente en los últimos tiempos y, por supuesto, el testamento de su mujer. Yo intentaría encontrar razones pasionales que hubieran podido llevarlo a poner en práctica un comportamiento suicida. Sólo el corazón sería un consejero tan funesto para aquel hombre cabal. Fui a buscar a Juanjo Revilla a su lugar de trabajo y lo encontré sin ninguna dificultad. Allí estaba, aún con cara de dolor y perplejidad, sin hacer aparentemente nada de provecho. Le sonreí.

—¿Cómo te encuentras, muchacho?

—Hecho una mierda, inspectora. ¿Usted de verdad se cree que un tío como Ángel disparara con su pistola, una pistola que todo el mundo puede identificar, la limpiara de mala manera y volviera a ponerla en la vitrina? ¡Eso es una gilipollez sólo pensarlo!

—¿Se te ocurre a ti alguna explicación que sea lógica?

—No, y eso que le aseguro que no he parado de comerme el tarro.

Elevó los hombros y los dejó caer con aire derrotado. Llevaba una camiseta de manga corta en la que se leía: «I'm the best». Volví a afectar una sonrisa maternal.

—Mira, Juanjo, lo mejor que podemos hacer es dar tiempo al tiempo. Si Ángel Carreras no es culpable, encontraremos a quien lo ha hecho, ya verás. ¿A qué hora terminas tu turno?

—Ya hace rato que lo terminé, pero irme ahora a casa me da mal rollo. No es que aquí pinte nada, pero es como si estuviera más cerca de la cosa. ¿Me entiende?

—Te entiendo muy bien. ¿Sabes lo que vamos a hacer? Aquí al lado hay un bar bien tranquilo, quizá lo conoces. Te invito a tomar una copa. Charlamos un rato y nos relajamos los dos, que yo también estoy afectada por todo este asunto.

Lo llevé a un bar elegante, en el que él jamás hubiera entrado *motu proprio*. La refrigeración funcionaba a toda máquina y flotaba en el ambiente una discreta música ambiental. El pobre miraba hacia todas partes sintiéndose de pronto inseguro.

—¡Jo, inspectora, vaya nivel!

—Cuando las cosas se hacen, mejor hacerlas bien. Además, no vamos a ir a La Jarra de Oro con este calor.

Pedimos dos *gin-tonics*. Afortunadamente bebía alcohol. El primer trago disipó la sensación de extrañeza que ambos sentíamos por estar juntos allí. El olor de la raja de limón mezclado al aroma oscuro de la ginebra era capaz por sí solo de refrescar el cuerpo y la mente. Sin embargo, lo que pareció fascinar a mi joven contertulio fue la copa de balón, casi esférica y tallada mínimamente en la base.

—¡Hala, inspectora, qué pasada de vaso, me encanta!

Definitivamente, era basto, primario y atontolinado, no sabía cómo Carreras podía aguantarlo en el decurso de las rutinas habituales. Lo malo era que no me despejaba las dudas que me asaeteaban: ¿cómo soltarle la lengua, usando el registro maternal o la seducción de la mujer madura? Él mismo debía darme pistas. Esperaba que la bebida le hiciera decantarse por una u otra opción. ¿Qué era, un niño asustado o un machito entrenado para «matar»? ¿O era ambas cosas a la vez, como todos los hombres jóvenes en el fondo? Le lancé el primer dardo envenenado.

—¡Dios mío, pobre Ángel! El verdadero problema es que, por mucho que se solucione el tema de la investigación, a su esposa no va a recuperarla; y a su edad, ¿cómo encontrar a una mujer por la que sientas verdadero amor? ¿Tú estás casado, Juanjo?

—¡Qué va! ¡Ni novia tengo!

—¿Y eso, un tipo tan atractivo como tú?

—Pues nadie me quiere. Y es que las mujeres son ustedes tan raras que no hay dios que se aclare.

Continuó su perorata antifemenina con una serie de razonamientos y ejemplos generales que a nada conducían.

—¿Con Carreras hablabais de mujeres?

—¡Y de fútbol, como está mandado!

—¿Te daba él consejos?

—A temporadas. Otras él mismo andaba quemado y no tenía ganas de enrollarse con el tema.

—¿Quemado? Creí que te aconsejaría que buscaras una pareja.

—Inspectora, ¿nos tomamos otro *gin tonic*? Es que ando jodido y tengo sed. La invito yo.

Mientras llegaba el segundo, procuré por todos los medios que la conversación no abandonara el hilo amoroso. Pero no era fácil, aquel tipo se mostraba disperso y le costaba entrar en materia. No parecía estar por la labor de jugar conmigo a hijo ni a galán. Le entré a bocajarro.

—Dime la verdad, ¿Carreras tenía algún *affaire* extramarital?

—¿Algún rollo con alguna tía, quiere decir? ¡Ni hablar! Ya veo por dónde va, inspectora Delicado, pero se está liando. Ángel había tenido algunos disgustos gordos con su mujer, ¡llevaban veintitantos años casados, coño! Hace un tiempo hasta pensaron en separarse, pero la cosa se arregló y eran felicísimos, más que nunca, me llegó a decir hace poco. ¡Y conste que si fuera de otra manera se lo contaría a usted, que yo también soy policía y la ley es la ley!

—Pero...

—No hay peros, se lo juro. De haber querido Ángel deshacerse de su mujer, nunca la habría matado, de verdad.

Intento fallido, pensé, y me fijé en la bebida que aún le quedaba en la copa. No podía levantarme y largarme, así que me armé de paciencia y lo escuché, ya con escaso interés. Por desgracia parecía que era entonces cuando se animaba y su lengua trotaba como una yegua joven.

—¡Ni a una mosca es capaz de matar Ángel! A un moscardón le daba paletazo y en paz, pero las mujeres... a las mujeres las tenía en lo más alto de la clasificación. Fíjese si era así que en un marrón que acabo de comerme, él apostó todo el tiempo por la chica, y eso que no se lo mereció, como bien se ha visto después. Se lo voy a contar porque la cosa tiene su coña.

—Es igual, déjalo, te creo.

—Que no, inspectora, que se lo cuento, para que vea

que en su época puede que no, pero que ahora las titis andan desmadradas.

Lo miré con odio. «En su época», y yo que había concebido la posibilidad de que me viera como a una seductora... Di un trago largo y profundo que me permitiera soportar aquel relato de perfil plano.

—Pues hará más o menos unos ocho meses, justo después de Navidad, estaba yo solo en un bar cenando un bocadillo y va y se me presenta una tía. Un poquito mayor que yo, pero no demasiado. Guapetona y de buen cuerpazo, no vaya a creer. Directa que me vino, con el rollo de creo que nos conocemos, no te quiero molestar... Al principio me dio que era una buscona, pero no. Estuvimos charlando, todo agradable y bien. Aquella misma noche acabamos en mi apartamento, en la cama, claro. Resulta que era una chica estupenda, que curraba en una peluquería. No se dedicaba a la noche ni era camarera ni nada que me dejara mosqueado. El caso es que caí de cuatro patas. Yo, que nunca había querido tener novia para vivir la vida a tope y no meterme en follones pues... No sé cómo decirlo...

—Te enamoraste —apunté, ya resignada a recibir confidencias que no me interesaban.

—Pues sí, eso que dice usted. Hemos estado siendo uña y carne y sin parar de follar. Me acompañaba a todas partes y se la presenté a todo el mundo. Aún no se lo había pedido así en plan oficial, pero yo ya estaba haciendo planes de boda. Total, que no hará ni una semana me llama por teléfono y me dice que hemos acabado para siempre. Creí que era broma, pero no. Quise verla y la llamé veinte veces al móvil, pero estaba siempre apagado. Fui a la casa donde me dijo que vivía, pero resulta que allí no había ninguna Raquel, a lo mejor ni se llamaba así. Ha desaparecido del mapa, inspectora, y me ha tomado el pelo a base de bien. Le parezco un gilipollas, ¿a que sí?

De pronto, entre efluvios de alcohol y aburrimiento, reelaboré todo lo que acababa de decir. Enfoqué la mira a su rostro y lo vi por primera vez en un buen rato.

—¿No habías estado en su casa?

—No, me dijo que tenía una compañera de piso muy borde que no le dejaba llevar tíos. Cuando la acompañaba siempre me despedía en el portal.

—¿Y en la peluquería donde trabajaba?

—Allí sí estuve una vez.

—¿Y no has vuelto para preguntar por ella?

Bajó los ojos, esquivando mi mirada. Balbució:

—Ahí también estuve, y ahí también me la pegó. Resulta que sólo trabajó una semana de prueba y después se largó diciendo que el trabajo no le gustaba. En fin, un desastre, inspectora, ya ve, una tomadura de pelo en toda regla.

—¿No les preguntaste por su dirección? ¿Y el móvil, no has rastreado el número para saber quién hay detrás?

—¿Para qué, para hacer el ridículo más todavía? ¡Ah, no, hasta ahí podíamos llegar, conmigo no juega nadie! Bueno, jugar ha jugado a base de bien, pero yo tengo mi dignidad y he dicho basta antes de ir a suplicarle.

—Pero nadie se esfuma en el aire así como así.

—Habrá encontrado a otro tío, le gustará embromar a la gente, a lo mejor tuvo alguna mala experiencia con un tío y se está vengando con todo el colectivo, habría hecho la apuesta de que se follaba a un poli, estará como una cabra... ¡Yo qué sé! Ni tampoco pienso averiguarlo.

—Ella sabía que eras poli, claro está.

—¡Y tan claro! ¡Pues no le digo que le presenté a todo dios! Y a mi familia estuve a punto de presentársela también. ¡Menos mal que viven en Badajoz, que si no, hago la cagada completa!

Apuró su copa de un trago violento y la depositó con un golpe teatral sobre la mesa. Representaba bien el papel de hombre duro pero burlado. Me levanté y salimos. El calor de agosto no se veía dulcificado por ninguna brisa marina o montañesa. Me sentí como debe de sentirse un pedazo de coliflor cuando la echan al agua para hacer sopa. Tenía sueño, además; así que en cuanto llegamos a un recodo le di golpes en la espalda en señal de «dura es la vida» y me largué.

Al llegar a casa apagué el aire acondicionado y mantuve las ventanas cerradas. Luego, despacio, procurando no moverme demasiado ni realizar el más mínimo esfuerzo físico o mental, me puse el pijama y me tumbé sobre la cama con la intención de leer. Lo hice un rato, pero luego la mente se me iba desviando hacia el policía Juanjo y nuestro fallido encuentro. No, él no me diría nunca nada sobre la vida amorosa de Carreras. Primero, porque el afecto y respeto que le profesaba era mayor de lo que yo nunca hubiera pensando. Segundo, y quizá motivo principal, estaba demasiado traumatizado por su historia personal con aquella extraña chica evanescente. Desde luego, era un caso insólito; pero a veces talmente parecía que se demostraba la existencia real del castigo divino: Juanjo, que debía de haber tenido escaso aprecio por las mujeres hasta el punto de no haber querido comprometerse jamás, se había visto envuelto en el caso extremo de una burladora mucho más artera que el propio don Juan. Claro que había que reconocerle mérito a la burladora, se lo había currado una barbaridad... tanto que era raro pensar que, como el de Sevilla, actuaba por amor al arte. Alguna razón debía de existir para que aquella chica hubiera actuado de modo tan especial. ¿Juanjo había abandonado a alguna amiga suya después de enamorarla? ¿Era la solidaridad entre féminas lo que la había movido a urdir un plan tan alambicado? ¿Y por qué desaparecer al final del engaño? ¿Por qué darle todas aquellas coordenadas falsas que le impidieran seguirle la pista? ¿Quizá porque, sabiendo que era policía, temía sus represalias? ¿Y si era una venganza por una amiga por qué no le había puesto dedicatoria y firma: «Esto lo he hecho como escarmiento por lo que tú le hiciste a...»? En fin, tampoco yo conocía bien a los jóvenes de hoy en día ni sabía si el tal Juanjo estaba contando toda la verdad o había adornado su versión. Intenté volver al libro pero no pude. Tenía los ojos como platos, el sueño se había esfumado. Apagué la luz y abrí la ventana, me asomé. En el aire flotaba, como siempre en los veranos de España, una música lejana, de verbena o discoteca, de fiestas patronales en una calle o de celebración privada en una terraza. Agosto en este país es como una licencia general para hacer lo que te dé la gana, pensé. Puedes meter ruido hasta la madrugada, emborracharte, fugarte con el vecino... ¡Cualquier cosa! Como si el calor adormeciera leyes, valores y deberes, como si la vida civilizada quedara en suspenso con la aprobación implícita de todo el mundo. De repente, el resplandor de unos lejanos fuegos artificiales iluminó una parte del cielo. Iba a seguir protestando interiormente cuando me di cuenta de que mi pie izquierdo seguía el ritmo de la música. ¡Al infierno con las protestas! A lo mejor era saludable no trabajar en agosto, dedicarse sólo a tomar el sol por la mañana y el fresco por la noche. De cualquier modo, si hacía un análisis menos histérico, me daba cuenta de que no había sido la música lo que me había quitado el sueño, sino mis pensamientos obsesivos. Tenía en la mente, como un eco, la voz del policía Juanjo que martilleaba, negándose a desaparecer. Miré mi reloj: eran las tres de la mañana. Por supuesto estaría durmiendo. Claro que se trataba de un hombre joven que reemprendería el sueño aunque se viera interrumpido por una llamada intempestiva. Por el contrario, yo no conseguiría pegar ojo si no le hacía aquella llamada, por muy intempestiva que pudiera resultar.

—¿Juanjo? Soy Petra Delicado. No te alarmes y perdóname por llamarte a estas horas pero es que... —No encontré ninguna buena razón que esgrimir—. Pero es que tengo que hacerte una pregunta sobre lo que me contaste en el bar.

Del otro lado sólo llegaba silencio.

—Juanjo, ¿estás ahí?

Una voz soñolienta y aguardentosa respondió por fin:

—Sí que estoy, inspectora; pero déjeme que me levante porque no consigo despertarme del todo.

Oí un ruido sordo, algo había caído al suelo, probablemente arrastrado por la puesta en pie del durmiente. A pesar de estar abusando de él, empecé a impacientarme.

—¿Juanjo?

—Perdone, es que he tirado la lámpara de la mesita de noche y...

—Juanjo, concéntrate, porque lo que voy a preguntarte quiero saberlo a ciencia cierta. ¿Listo? Tú dijiste que le habías presentado a mucha gente a esa chica de la que te enamoraste...

Me interrumpió, al parecer se había despejado por completo.

—Yo no dije que me hubiera enamorado, sólo que...

Lo interrumpí yo:

—¿Le presentaste a esa chica al inspector Carreras?

—Sí, claro que se la presenté. El pobre nos invitó a cenar un día en su casa. Él estaba convencido de que ésta sería la mujer de mi vida, con la que tendría hijos y todo el copón. Aún hace poco me decía que no me preocupara, que ella volvería conmigo, que tuviera paciencia y esperara.

—Ya puedes volver a la cama. Mañana a las ocho te espero en comisaría sin falta.

A pesar de que aquella conversación me ratificaba en mis obsesiones, en cuanto colgué el teléfono sentí sueño, dejé la ventana abierta y me acosté. Me dormí casi inmediatamente, arrullada por los sonidos vagos y festivos de la noche de agosto.

Siete de la mañana en punto y ya estaba llamando por teléfono a Garzón. Hice bien, porque presentarle un resumen coherente que él entendiera coherentemente me costó casi media hora. Cuando ya había conseguido que el subinspector se enterara de la dramática o quizá bufa historia de la novia perdida, vino la peor parte. Mi compañero empezó a querer interpretar mis intuiciones y yo no me presté a ello.

—¿Y todo eso qué tiene que ver con nuestra vida actual, inspectora?

—¡Basta de explicaciones, Fermín! Sabe perfectamente que me jode hablar por hablar. Cuando venga por comisaría ya lo verá.

Me esperaban los dos como dos impacientes novios primerizos. Cada uno en su estilo: Juanjo parecía haber sido llevado al altar un tanto por la fuerza, y Garzón era como un viudo reincidente algo mosqueado. Los saludé y me senté en mi silloncito gestatorio. Me sentía bien con toda la atención centrada en mí, pero en cuanto empecé a hablar, vi que me fallaba la seguridad necesaria para soltar una larga parrafada. Preferí iniciar la sesión con una pregunta directa a Juanjo.

—¿Podrías precisar con exactitud cuándo apareció en tu vida Raquel?

Me miró atónito y luego miró a Garzón con aire avergonzado. Cuando sus ojos se posaron de nuevo en mi persona había en ellos una clara recriminación: «¿Cómo es capaz de aludir en público a lo que fue una confidencia?».

—No te sientas cohibido, muchacho, el subinspector no nació ayer y esto puede ser importante para el caso Carreras.

Se rascó los pelos puntiagudos que le poblaban la testa y entrecerró un ojo, cosa que le proporcionó inmediatamente un aspecto poco inteligente.

—Bueno, ya se lo dije, ocho, nueve meses, más o menos después de Navidad. De eso me acuerdo bien porque pensé que con las fiestas tan aburridas que me había chupado aguantando a la familia y tal pues que aquello había sido como un regalo de Reyes. ¡Qué gilipollas que fui!

—Dejemos los lamentos poéticos para otro momento. Ahora quiero que te concentres muy bien, Juanjo, como si estuvieras en un examen. ¿Puedes recordar si por aquella época o un poco antes, no después, el inspector Carreras y tú llevasteis algún caso importante? No me refiero a un caso que levantara mucha polvareda mediática o que costara mucho de resolver, sino un caso cuyas consecuencias jurídicas fueran inmediatas y ejemplares.

—¿Y eso qué significa?

—Significa que si te acuerdas de que mandarais a alguien a dar con sus huesos en la cárcel con todo el equipo.

Dio un bufido, cabeceó y dio otro bufido, que ya me pareció casi insoportable.

—Yo para eso soy fatal, inspectora. Se me van los casos de la cabeza en cuanto dejamos de trabajar en ellos. El que se acuerda siempre es el inspector, tiene un memorión que te cagas. Le decimos que venga y nos diga.

Garzón, que ya había entendido por dónde discurrían mis sospechas, me hizo un gesto interrogativo con la cabeza y elevó los hombros: ¿por qué no? Yo negué. Al fin y al cabo, Carreras era el principal sospechoso y no podíamos inmiscuirlo en las pesquisas. Él, como si hubiera oído mis pensamientos, apuntó:

—Podemos mirar en el archivo, inspectora, claro que sí; pero le advierto que habrá que solicitar los archivos, ver cuáles han sido los casos ya juzgados y con sentencia firme, de varias fechas, además, ya que no estamos seguros de eso tampoco. Habrá que pedir permiso al comisario, desvelar la estrategia, avisar al juez...

Me conocía bien, el muy ladino, sabía que sólo con

mencionarme la burocracia interna, yo era capaz de confiar en el demonio.

—De acuerdo, subinspector. Haga venir a Carreras inmediatamente.

Juanjo no se enteraba de gran cosa, pero sólo oír el nombre de su jefe, sonrió con satisfacción. Claro que su sonrisa se disipó un par de horas más tarde, cuando el inspector Carreras apareció por comisaría. Estaba sustancialmente más delgado y, aunque había pasado poco tiempo desde que su pesadilla comenzó, parecía haber envejecido varios años. Nos miró con aire derrotado. Pensé que había tirado la toalla y dejaba que las desgracias se precipitaran sobre él sin intentar contenerlas ni siquiera con las manos.

—¿Cómo estáis, muchachos? —fue su lacónico saludo.

—Carreras, óyeme bien. Hemos estado pensando con intensidad sobre tu problema y hemos llegado a la conclusión de que hay alguien que ha querido perjudicarte. Tienes que ayudarnos a descubrir quién.

Me miró como si morara en regiones lejanas y no entendiera mi manera de hablar. Luego soltó un amago de risotada entre cínica y quejosa.

—¿Es ésa la conclusión de vuestras pesquisas? ¡Magnífico, un poco más y llegaréis a concluir que el asesino también quería perjudicar a mi mujer!

—Carreras, ¡estamos intentando esclarecer el caso!

—Por mí podéis dejarlo en paz. ¡Nadie va a devolverme a mi esposa! Y si quieren acusarme de haber sido el culpable, también me da igual. En la cárcel estaré bien.

—¡Para el carro! ¡No tienes ningún derecho a mostrarte así! Eres policía, ¿no?, ¡y de los buenos! ¿Vas a consentir que siga libre el que se ha cargado a tu mujer? ¡Habrá que trincarlo!, digo yo...

—Eso no me devolverá a mi mujer.

Me puse en pie con violencia, me coloqué frente a él y estiré de las solapas de su traje arrugado.

—¡Óyeme, Carreras! Nada ni nadie va a devolverte a tu mujer, es cierto. Tu mujer está muerta, ¡muerta del todo y para siempre! Pero tú estás aquí, en el mundo de los vivos, y nosotros también. Si quieres darte por vencido, destruirte en vida o incluso suicidarte, nadie te lo va a impedir. Lo único que te estoy pidiendo es que nos ayudes a descubrir a un asesino, nada más. Ésa es tu obligación como policía y como ciudadano. Haz lo que debes hacer, después... sigue tu camino.

Observé de reojo que tanto Juanjo como Garzón estaban siguiendo mis palabras con escándalo, con censura. Blindé mi rostro con una capa aún más gruesa de impenetrabilidad. En ese momento, Carreras se echó a llorar, con los ojos bajos. El joven policía dio un paso hacia él, pero aborté su movimiento, sin duda de consuelo, tomándolo por el brazo. En ese momento la mirada que me dirigió fue de odio.

—¿Y qué puedo hacer yo? —preguntó de pronto el inspector secándose las lágrimas.

Varié mi tono duro por la neutralidad de una investigación, como si hiciera horas que estuviéramos trabajando con toda normalidad.

—Quiero que lleves la vista atrás. Piensa en los casos que resolvisteis Juanjo y tú en la época inmediatamente posterior a la pasada Navidad. Busca en los archivos, Garzón y Juanjo te ayudarán. Debes encontrar a alguien conflictivo, a alguien que tenga ya sentencia de cárcel, a alguien que pueda habértela guardado, ¿me entiendes?

—Sí, ¿y cómo entró ese alguien en mi casa, cogió la pistola, la usó y volvió a dejarla otra vez?

—Por la portezuela del perro.

—Pero, Petra, eso es imposible porque...

—No te he dicho que investigues en el caso, sólo que busques a una persona que hubiera podido estar guardándotela. No preguntes nada más. Iremos paso a paso, las posibles soluciones irán apareciendo después.

—Y digo yo —irrumpió Garzón en el diálogo—, ¿por qué exactamente en esa fecha que...?

—A usted tampoco le está permitido preguntar. Empiecen a trabajar, volveré luego.

En realidad, no tenía gran cosa que hacer, pero no podía soportar por más tiempo el aire enrarecido que se había creado: el dolor de Carreras, el reproche de los otros dos compañeros... Podían llevar adelante solos el trabajo sin necesidad de obligarme a chapotear en la desdicha. Me fui al bar, aunque habría sido mejor irme a mi casa. Tomé un café, procurando no pensar en nada. Luego regresé a comisaría y, sin ser advertida, entré en mi despacho. Ya me avisarían.

Así fue. Al final de la tarde me convocaron a una reunión. El trabajo estaba concluido; sólo dos casos coincidían con nuestras necesidades: un caso de homicidio y un asesinato. Ambos culpables habían sido juzgados y condenados. Carreras los recordaba a los dos: el homicidio correspondía a un joven que había atropellado a una señora mayor con su motocicleta, y huyó sin prestarle ayuda. El asesinato lo había cometido un hombre de treinta y cinco años durante un atraco a mano armada en una joyería. Fríamente se había cargado al dueño cuando éste estaba a punto de pulsar la alarma del local. Sin embargo, el inspector no lograba recordar que se hubieran producido circunstancias conflictivas en su detención. Escapó, su imagen había quedado grabada en las cámaras de seguridad, y, como estaba fichado, no tardaron en trincarlo. Un caso fácil, de manual. Me quedé procesando aquellos datos en los que, efectivamente, no podía hallarse ningún indicio sospechoso. ¿Y si mi intuición estaba fallando? Si mi intuición estaba fallando no había nada que perder. En un alarde de individualismo autoritario impropio de mí (¿o no?), aún no había comunicado a nadie por dónde creía ver venir los tiros disparados. En mi mano estaba inventar una excusa peregrina que no me hiciera quedar demasiado mal.

Con los datos que teníamos fuimos al archivo. Juanjo se puso a los mandos del ordenador. Olegario Lagares, veinte años. Condenado a tres años de prisión. Trabaja como soldador. Soltero. Sin antecedentes previos a su condena. Hijo mediano de una familia de tres hermanos, todos varones. El padre, viudo, vivía con los dos hijos pequeños en el momento del homicidio. Levanté la mano derecha con un gesto de guía turístico.

—En principio, éste lo dejamos de lado.

—¿Por qué? —preguntó Carreras.

—Demasiados hombres en su vida.

—¡Joder! —estalló Garzón—. Es usted como Sherlock Holmes: ¿cómo supo que era culpable, señor Holmes? ¡Obvio, porque llevaba los calcetines grises! No estaría de más que nos dijera en busca de qué andamos.

—Lee la ficha del otro, Juanjo, a ver si éste sí lleva los calcetines grises.

—Rafael Pino. Treinta y cinco años. Casado. Sin hijos. Sin profesión conocida. Reincidente en pequeños delitos de robo que no causaron pena de cárcel.

—¿Tenemos el domicilio?

Lo teníamos. Miré qué hora era. Demasiado pronto aún. Esperaríamos a las ocho. A esa hora casi todo el mundo ha regresado a su casa después de trabajar. Ya nadie me preguntó nada, si bien recibía cada cinco minutos miradas recriminatorias de Garzón. Carreras cayó en uno de sus silencios desinteresados y Juanjo no se atrevía a abrir la boca, tampoco dirigía su mirada hacia mí.

A las ocho y cuarto estábamos en la calle Camelias, en el número 6. Las instrucciones eran que yo subiría sola al tercer piso. Mis tres compañeros esperarían en un bar, todos con sus móviles preparados para cuando los llamara, si es que lo hacía.

Tuve suerte. Al segundo timbrazo me abrió una mujer. Unos treinta años, hermosa, de ojos enormes, que abrió un poco más al verme.

—Inspectora Petra Delicado, de la Policía Nacional. ¿Es usted la esposa de Rafael Pino?

No me franqueó la entrada, me miró con dureza.

—¿Qué quiere?

—Déjeme entrar.

Se apartó de mala gana, dejó la puerta abierta, yo la cerré. No había recibidor, por lo que entré en un pequeño salón destartalado: un sofá tapado con una mugrienta funda, una mesa y una gran alfombra vieja sobre la que se veían juguetes destartalados.

—Dígame su nombre.

—Antonia Mistral.

—¿Tiene hijos?

—No.

—¿Y esos juguetes?

—Cuido a la hija de una vecina cuando va a trabajar.

—¿De qué hora a qué hora?

—Oiga, ¿para qué ha venido aquí?

—¡Contésteme!

—¡Depende! —gritó—. Trabaja limpiando una oficina y no siempre llega a la misma hora.

—¿Siempre por la noche?

—Sí.

—¿Qué edad tiene la niña?

—¡Tres años! —bufó con mal humor—. ¿Ya está contenta, se marcha ya?

—Aún no. Vamos a recibir una visita, las dos. —Marqué el número de Juanjo y le hice subir. En ese momento fue cuando empecé a temer que aquello no fuera más que un error por mi parte, llevado hasta el final con prepotencia y poco sentido común. Apreté los dientes y sólo solté la presión cuando oí decir a Juanjo tras de mí:

—¡Raquel!

Al volverme, los descubrí a los dos frente a frente. El joven tenía la boca abierta, los ojos fijos y enloquecidos. Ella lo miraba con desprecio, elevando la cabeza como indicando que estaba por encima de todo aquello. No intercambiaron ni una palabra. Ella, por fin, le dio la espalda. Llamé a Carreras y a Garzón. Cuando llegaron el cuadro era el mismo.

—¡Vuélvase! —le ordené.

Lo hizo y entonces su rostro orgulloso mudó hacia una mueca colérica.

—¿Qué hace aquí este hijo de puta? ¿Por qué lo ha traído aquí? ¡Ésta es mi casa, fuera!

—Queda detenida por la muerte de Carmen Madueño.

Sólo en ese momento me di cuenta de que había reunido en una habitación todos los elementos que podían desencadenar una escena de extrema violencia: aquella mujer parecía a punto de perder el control y en cuanto a Carreras... debo reconocer que me sorprendió su reacción. Miraba a Antonia Mistral como embelesado, sin ningún rasgo de enfado o crispación. De repente se dirigió a ella y preguntó:

—¿Por qué?

Ella gritó con todas sus fuerzas:

—¡Tú metiste a mi marido en la cárcel, cabrón; aunque sabías muy bien que él no tuvo intención de matar! ¿Sabes qué te digo? ¡Me alegro de que me hayan cazado! Así te enteras de por qué te quedaste sin mujer. Y total yo, con la vida que llevo, mejor que me metan en la cárcel como a mi marido. Así tendremos la misma suerte los dos.

Juanjo y Garzón intervinieron al mismo tiempo. El joven se llevó a la culpable confesa atenazándole un brazo tras la espalda. Garzón se había precipitado sobre Carreras y lo había tomado del hombro, como para consolarlo, si bien estaba obviamente preparado para neutralizar cualquier agresión por su parte. Precaución innecesaria: el inspector estaba estático, pasivo y su mirada vagaba muy lejos de allí. De pronto me preguntó:

—Pero, Petra, ¿cómo entró y salió de mi casa esa mujer? ¿Tenía una réplica de mi llave?

Lo miré con estupor. Estaba actuando como policía antes que como hombre que descubre quién ha matado a su mujer. Le expliqué mi golpe de intuición después de que Juanjo me contara la mágica aparición y desaparición de un ser angelical en su vida. Y en cuanto a la entrada en su casa para coger la pistola... le pedí que me acompañara para poder concluir el resto de la investigación. Eso lo distraería de cualquier angustia.

Averiguamos quién era la vecina cuya hija cuidaba Antonia Mistral y fuimos a verla. Tres años y medio, morena, simpática y abierta, muy menuda de cuerpo, tal y como pensé. La madre se negó en redondo a que interrogáramos a la pequeña. Pero era la única oportunidad que tendríamos de hacerlo. En cuanto el tema pasara a manos de un juez, la posibilidad de un testimonio infantil quedaría descartada. Hubo que decirle que, probablemente, su hija había sido utilizada en un asesinato para que nos permitiera hablar con la niña. Lo demás fue fácil. A pesar de que su lengua era de trapo, su cerebro estaba hecho de oro puro. Recordaba perfectamente cómo había jugado con Antonia Mistral, cómo había entrado y salido de aquella casa por la gatera, cómo había cogido la pistola «de juguete» y la había devuelto a la vitrina después y cómo la mujer le había dado unos guantes pequeñitos para que lo hiciera mejor. La madre no salía de su asombro. Reconoció que la niña le había contado cosas sueltas: «habían hecho un juego muy bonito con su cuidadora», «Antonia le compró unos guantes de su tamaño, pero se perdieron después»... No le había hecho ningún caso, por supuesto, había estado pensando que su hija tenía demasiada imaginación. Se indignó de tal manera contra Antonia Mistral que se brindó a declarar lo que había oído de su hija frente al juez.

Fue un caso cerrado que podía haber quedado sin resolver. Todo dependió de la casualidad, de aquella charla banal que tuvimos Juanjo y yo. También contó mi intuición, naturalmente, no me voy a quitar méritos cuando sé que los tengo. Una intuición que el joven policía me recriminó.

—Lo que de verdad me jode, inspectora, es que no creyera que soy capaz de ligarme a una chica en un plisplás.

—¡Al contrario, muchacho! —respondí—. Lo que no me cuadraba era que hubiera sido capaz de abandonarte en un idéntico plisplás. ¡Fíjate hasta qué punto aprecio tus dotes de seductor!

Pienso que no me creyó, pero su enfado no era nada comparado con el terrible dolor que acometió a Carreras cuando dejó de actuar como policía y actuó como hombre al fin. Sintió culpa, desolación, desconsuelo infinito... Al menos dejó de ser sospechoso, aunque eso no lograra sacarlo de su postración. Yo, sin embargo, llegué a una conclusión positiva: el amor es un sentimiento potente aún: por él se mata, por él un hombre se siente como muerto, aunque se vea libre de una sospecha atroz. Para celebrarlo, nos largamos a una terraza Garzón y yo. Estábamos tan eufóricos que ni siquiera sentíamos aquel húmedo y terrible calor.

Abril de 2013

Princesa Umberta

Dedicado a Umberta Echaniz, de quien mi inspiración sólo ha tomado su nombre y su belleza.

El 22 de diciembre de cada año, de cada maldito año, debería decir, celebramos una cena de hermandad en comisaría. Se supone que es un momento entrañable, encantador, en el que todos los polis que no estamos de guardia intercambiamos los deseos típicos de esas fechas, mayormente: paz y amor. La idea no es mala, podría decirse que es incluso buena si no fuera porque, a la hora de la verdad, la confraternización se convierte en una merienda de negros de lo más cutre. Asiste el comisario Coronas, faltaría más, y se queda hasta un poco después de servidos y comidos los postres. Algo más tarde se va, con el pretexto de que lo esperan en otra parte, aunque en realidad se trata de una concesión hacia el populacho, es decir, el resto de currantes que estamos por allí. De ese modo, sin el freno de tener presente a la autoridad, podemos dar rienda suelta a lo que caracteriza al populacho policial: el consumo desmandado de alcohol y la más lacerante vulgaridad en bromas y comentarios chusqueros. Ni que decir tiene que yo suelo largarme en cuanto se me presenta la oportunidad, cuando ya nadie puede sentirse ofendido por mi ausencia. Sin embargo, aquel año la huida se me presentaba mal. Con motivo de la permanencia del subinspector Garzón durante cuarenta años en el cuerpo, se introducía en la cena un colofón especial a modo de homenaje. Uno de mis compañeros leería un texto compuesto, mejor dicho «perpetrado», para la ocasión y después se le haría entrega de un obsequio costeado por todos. ¿Cómo marcharme antes de tiempo? Ni pensarlo, me vería obligada a morir por la causa y por Dios como uno de aquellos antiguos generales de siglos pasados.

Llegó el día señalado, seguido de su noche inevitable, y fuimos a cenar al salón reservado de un hotel. Éramos un montón, demasiados (siempre me lo parecía), y con el ánimo festivo necesario en un caso semejante. En realidad, quien no estaba cansado, se sentía abrumado por la perspectiva de tener que trabajar durante los días navideños o, aún peor, de pasarlos rodeados de sus seres queridos dispuestos a divertirse contra viento y marea. Yo exhibía la mejor de mis sonrisas para no abonar aún más mi fama de insociable. A Garzón se le veía encantado, exultante, lleno de un genuino orgullo profesional, incluso de una pátina de bienaventuranza navideña. Aunque sólo fuera por no decepcionarlo, yo debía resistir hasta el final.

Hubo brindis, comida abundante, comunicación recíproca de planes para los días de Navidad y Fin de Año. Y, afortunadamente, el vino manó de fuentes inacabables hasta fluir en un abultado caudal. Eso me salvó. Le arreé a la cerveza del aperitivo, al blanco del pescado y al tinto de la carne. La fama de bebedores de los españoles queda pequeña comparada con la de los rusos y los irlandeses, pero soy testigo de que tampoco lo hacemos mal. A la hora del postre, un helado de turrón, se sirvieron copas y chupitos. Coronas no se marchó, obligado por el homenaje a quedarse hasta el final. Sin embargo, a la gente le importaba tres pepinos que el jefe estuviera allí. Se lanzaron vítores al subinspector «por haber soportado tanto un trabajo mal pagado y de horarios inclementes». Se cantaron villancicos por los que cualquier fiel hubiera podido ser excomulgado. Hubo comparaciones entre Garzón, de mostacho encanecido, con «el gilipuertas de Papá Noel», y al final, más en serio, el inspector Sangüesa leyó un texto que, después de todo, no era tan terrible. Glosó la figura de nuestro ilustre compañero, su bonhomía, espíritu de servicio y honestidad. Luego siguió cantando sus muchas virtudes de todo tipo y sólo al final lo estropeó, recurriendo al clásico piropo masculino español. Creo que dijo: «Tienes más cojones que un toro, compañero», o algo por el estilo. Aplausos torrenciales pusieron el cierre. Luego se le dio su regalo: un teléfono móvil de última generación con más aplicaciones y propiedades que un remedio de abuela. Coronas, encargado de entregarlo, estuvo muy fino al decir:

—No hay regalo lo suficientemente generoso como para simbolizar nuestro aprecio tras todo este tiempo juntos. Considérelo, querido amigo, como un simple obsequio de Navidad.

Un Garzón emocionado, pero zumbón, respondió:

—En ese caso, espero que vuelvan a acordarse de mí en las próximas Navidades.

Todo muy emotivo y bien escenificado, sólo que al día siguiente, un día de trabajo normal, mi laureado compañero se pasó toda la mañana irrumpiendo en mi despacho:

—Fíjese, inspectora —decía blandiendo su nuevo juguete tecnológico—. Tiene una aplicación musical: tocando este botoncito puede hacer un acompañamiento como batería, piano o violín.

Yo, que llevaba la resaca clavada entre ceja y ceja, ensayé todo tipo de exclamaciones de sorpresa, hasta que al final no pude por menos que responder:

—Oiga, Fermín, mientras piensa a qué aplicar todas esas aplicaciones inservibles, ¿por qué no me deja trabajar un ratito?

Dio un par de bufidos de protesta antes de desaparecer y seguí trabajando un buen trecho sin más interrupciones. Por eso, cuando regresó con el móvil otra vez, me quedé de una pieza e iba a increparlo sin piedad. Él, sin embargo, anticipándose a mi casi segura filípica, levantó los brazos como pidiendo tregua y exclamó:

—¡Es una cuestión de trabajo, pare el carro!

Le escuché, porque vi pintados en su rostro los signos de una auténtica preocupación.

—Mire —pidió poniéndome delante la pantallita—. Lo he estrenado esta mañana y tenía un mensaje ya. Fíjese.

«Vigilen a la princesa Umberta. No es lo que parece.» Observé al subinspector sin comprender.

—No tiene teléfono de origen. Es como si alguien lo hubiera escrito desde este mismo aparato.

—Será una de tantas bromas de los muchachos.

—Pues a ésta no le encuentro la gracia, sinceramente.

—Eso sería como reconocer que las demás la tienen. No haga el más mínimo caso, créame.

—Pero parece una especie de alerta.

—Será una aplicación más del cacharro. ¿Ha mirado las instrucciones? Princesas reinantes, destronadas o a punto de abdicación.

—Hablando de poca gracia...

Se marchó, y no se volvió a hablar más del asunto principesco hasta que, al día siguiente, desayunando en La Jarra de Oro, se me abrieron los ojos de par en par frente al periódico: «Asesinada en su piso de Pedralbes la princesa italiana Umberta de Teodosi. Se trataba de una noble italiana que vivía desde mucho atrás en nuestro país. Vinculada al mundo de la empresa química, dirigía una fundación cultural. La policía no ha dado ningún tipo de explicación pública por el momento».

En una fotografía de pequeño formato se veía a una mujer de cierta edad, muy bella y elegante: rubia, ojos azules, cabello cortado a ras de hombros y una sonrisa cortés en el rostro. Si no hubiera recordado inmediatamente el extraño mensaje en el móvil de Garzón, mi reacción no habría superado la simple curiosidad. Pero lo recordé, e inmediatamente fui a buscarlo a su despacho.

—¿El mensaje, qué mensaje?

Le puse delante la noticia de la princesa Umberta y se quedó patidifuso.

—¿Lo borró?

—Pues claro que lo borré, como usted me dijo que sería una simple broma de los colegas...

—No he venido a verle para que me haga sentirme mal. ¿Recuerda lo que decía exactamente?

—Exactamente no, pero era algo como «Cuidado con la princesa Umberta porque no es lo que parece». ¿Usted cree que se refería a esta princesa Umberta?

—¿Cuántas princesas Umbertas piensa que hay en el mundo?

—Pues si la del periódico era la única, ahora no hay ninguna.

—Excelente deducción. Usted dijo que el mensaje había sido escrito desde su propio móvil. No sé cómo funcionan esos chismes, pero ¿cree que podría ratificarlo?

—No es necesario, ya lo hice ayer. No acababa de confiar en que fuera una broma. Y sí, alguien lo escribió *in situ*.

—En ese caso resultan obvios los pasos que debemos dar.

—Sí, preguntar quién fue el compañero encargado de comprar el móvil y...

—Apúntese un fallo. Lo primero que debemos hacer es acudir al comisario. No sabemos qué comisaría tiene asignado el caso y será él quien deba intrigar para que nos lo adjudiquen a nosotros.

Nos lo adjudicaron con bastante facilidad. Cuando esa decisión me fue comunicada tuve de repente un bajón. ¡Había pedido yo misma meterme en la boca del lobo! Porque si algo señalaba a la propia comisaría como implicada en el tema, lo mejor era huir. Además, ¿quién hubiera deseado poner un pie en los terrenos pantanosos de aquella nobleza destronada que pululaba a nuestro alrededor teniendo España como refugio? Siempre había pensado que, si estaban en este país, no era por el buen clima y el ambiente señorial, sino a causa de oscuros beneficios que pudieran obtener: tráfico de influencias, chanchullos fiscales... ¿Quién podía saber? Sin embargo, el hecho de que aquel mensaje hubiera aparecido en el móvil de Garzón constituía una especie de imperativo moral. Por si fuera poco, el que yo hubiera minimizado el contenido del breve texto me hacía sentir una difusa culpabilidad. Debía emplearme a fondo. Y, sin embargo, tenía un montón de asuntos privados a los que atender: comprar regalos navideños para los niños, para mi marido... ¡y pensar en las kilométricas comidas y cenas de aquellas fechas, todas repletas de calorías y colesterol! Incluso trabajar me parecía más apetecible que cantar villancicos y comer a dos carrillos en medio de un pretendido ambiente de paz y amor.

A la princesa en cuestión se la habían cargado de un fuerte golpe occipital mientras leía por la noche en su salón. La puerta estaba forzada de modo muy profesional, la filipina que vivía con ella tenía la noche libre y había desaparecido la caja fuerte, limpiamente extraída de un hueco oculto tras el mueble bar. Una banda de atracadores especializados parecía ser la opción preferente. Según esto, el método a seguir se me antojaba de libro: interrogar a la sirviente filipina, al único hijo de la princesa, un tal Felipe, que también vivía en Barcelona, investigar las cuentas de la fundación que dirigía la difunta y, por supuesto, poner en guardia a media comisaría para que siguieran las huellas de todas las posibles bandas organizadas de las que había noticia.

Todo eso estaba muy bien, pero presidiendo cualquier enigma se encontraba el mensaje a Garzón. ¿Qué demonio tenía que ver el bueno del subinspector con aquella princesa italiana? ¿Por qué escribir un mensaje en un teléfono sin estrenar? Sentía una curiosidad tan viva que me hubiera gustado pestañear un par de veces y darme cara a cara con la solución.

Preguntamos a Yolanda quién había sido comisionado por los compañeros para comprarle el regalo a Garzón. El inspector Tomelloso. Un tipo de cuarenta y tantos, simpático y cabal. Llevaba trabajando con nosotros en la misma comisaría desde el año 2000 y nadie había tenido nada que reprocharle jamás. Se quedó consternado cuando le contamos la historia, consternado y tan extrañado como cabía esperar.

—¿Dónde compraste el aparato, Gregorio?

—En una tienda de electrónica del centro. Aquí tengo la dirección.

—¿Y qué hiciste con él hasta entregárselo a Fermín?

—Pues nada, Petra, ¿qué voy a hacer? Por la manía de dejarlo todo hasta el último momento, en plan muy español, lo compré el día anterior. Lo llevé a casa dentro de su envoltorio de regalo y al día siguiente lo llevé a comisaría.

—¿Quién vive contigo?

—¡Joder, mi familia! Mi mujer y las dos chicas.

—Y en comisaría, ¿dónde dejaste el artefacto?

—El artefacto, como tú dices, no se movió del cajón de mi mesa, que cerré con llave, además. No es que no me fíe de los compañeros, pero más vale prevenir.

—De modo que nadie lo tocó.

—Nadie. Todo el tiempo que estuvo a mi cuidado el paquete estaba tal y como me lo dieron, con un papel de regalo de lunares la mar de bonito.

—Es verdad —intervino Garzón—. Lo he guardado porque me daba pena tirarlo; pero no son lunares, son cuadritos.

—Lunares, cuadritos, ni siquiera me acuerdo. Era negro y estaba atado con una cinta dorada, ¿no?

—Eso es; y tampoco estoy seguro de que sean cuadritos o lunares ahora que lo mencionas.

Hasta aquel momento había creído que los hombres sufren un *handicap* estructural que les impide distinguir los colores con detalle. Para ellos, parece no existir diferencia entre el verde musgo y el azul cielo, entre el rosa y el fucsia, entre el rojo y el granate. Ahora comprobaba con alarma que la cosa era más grave aún y afectaba también a las formas: cuadros o lunares, rayas o estampados de barquitos, todo lo veían igual. Son poco sensibles a las sutilezas, en fin.

Dejamos a un hombre intrigado más en el mundo y le pedimos que guardara silencio sobre el mensaje para no levantar liebres en comisaría. El pobre Garzón andaba jodido; como consecuencia de aquel absurdo enredo, había tenido que dejar el móvil depositado como prueba. Empezó a despotricar.

—A lo mejor estamos poniéndonos histéricos sin motivo y usted llevaba razón. Lo que era sólo una broma lo hemos tomado como un designio del Altísimo.

—Si en su móvil hubiera podido leerse: «Tened cuidado con Tomasa, ama de casa», no le digo que no; pero lo de Umberta, y princesa además, no tiene pérdida.

—La pérdida la he tenido yo, que me he quedado sin teléfono como sin abuela. ¡A saber cuándo me lo devolverán!

—Cómprese otro, o pídale a Beatriz que se lo regale por Navidad.

—Ni hablar; los compañeros podrían sentirse ofendidos. Y con la maldita suerte que tengo, igual me sale en pantalla la resolución del enigma de las putas pirámides y tengo que entregarlo a la ciencia.

—Bueno, no estaría mal. Como su cuerpo relleno de toxinas no podrá legarlo a la medicina...

—¡Ni que lo jure!, sobre todo después de Navidad. Pienso cocinar yo mismo un lechoncillo que quizá no sea sano, pero estará de muerte.

Me eché a reír. Estaba segura de que Garzón, de pequeñito, era el típico niño al que le ocurren todas las cosas raras y excepcionales. Le di un par de palmadas en la espalda con el fin de animarlo y salimos los dos escapados hacia Megastar, la tienda donde había sido vendido el inopinado *corpus delicti* tecnológico. Mientras tanto, y con la eficacia que lo caracterizaba, el inspector Sangüesa, del grupo de Delitos Económicos, ya estaba investigando las cuentas de la princesa y su fundación, por si acaso el mensajito de marras llevaba razón y aquella hermosa aristócrata no era lo que parecía.

El piso de la princesa era un hermoso ático lleno de antigüedades y glamur. Los compañeros que habían levantado el cadáver lo habían precintado y no hallaron nada interesante en el lugar. Echamos una ojeada sin más propósito que hacernos una idea de qué tipo de mujer era la víctima. Y era una mujer distinguida de verdad. Sobre un mueble de una época que no hubiera sabido determinar se veían varias fotografías suyas en diversas circunstancias: sentada sobre la hierba, con atuendo informal y un perro al lado, vestida de blanco, con pamela, para asistir a algún evento importante, sencillamente sentada en un sillón, con un libro en las manos... Había más imágenes, quizá de su marido muerto (era viuda) y de un joven con gafas que se le parecía, sin duda alguna su hijo.

—Una vida en apariencia privilegiada —comenté.

—¿Y cómo va a ser de otra manera si era princesa?

—De eso no se fíe un pelo, Fermín. Italia es como España, los nobles crecen bajo los árboles, como las setas, pero un título no garantiza una vida que tenga nada de excepcional. Hay nobles arruinados, nobles que venden los cuadros de sus antepasados para poder subsistir y otros que prestan su imagen a marcas comerciales para conseguir algún ingreso.

—Con tal de no trabajar... A mí también me gustaría

que me escogieran como imagen de una marca. ¿Cree que tengo posibilidades?

—Quizá una marca de calzoncillos, pero no lo veo posando casi desnudo.

—Cierto, pero sólo por no poner en evidencia a Beatriz, porque condiciones de modelo no me faltan. ¡Y trabajaría menos que en la poli!, como esos nobles que dice usted.

—Ha dado usted en el clavo, trabajo seguro que poco; pero me apuesto lo que quiera a que le dice eso a cualquiera de ellos y se pone como las cabras. Le asegurarán que no paran, que gestionan mil cosas a la vez, y si tienen un patrimonio o una casa familiar que valga la pena, le contarán que es un pozo sin fondo de gastos y preocupaciones.

—Ya me hago una idea. A ver si el comisario Sangüesa nos averigua qué tren de vida llevaba la princesa; pero juraría que no acudía a ningún comedor social para llenar la andorga.

—No sea basto, Garzón, tampoco hay que exagerar.

—¡Ha sido usted quien ha puesto verdes a los nobles!

—Pero lo he hecho con estilo y contención.

La luz helada de invierno nos dio en los ojos al salir. Buscamos un bar donde pudieran servirnos un par de menús, pero fue necesario cambiar de barrio porque en Pedralbes no existía el tipo de local que buscábamos. Nos dirigimos a Gracia y allí sí fue fácil encontrar un restaurante donde la gente se sentaba en simples sillas de madera y comía sobre manteles de papel.

—¡Vaya cambio de ambiente!, ¿eh, inspectora?

—¿Cree que la princesa fue más feliz que nosotros en su vida lujosa?

—¡Ni de coña! Míreme bien y mire este plato de alubias que me voy a cascar. ¿Cree que cambiaría este placer por ninguna otra cosa en el mundo? Sin contar con que la princesa está tirando a muerta, mientras que nosotros dos coleamos que da gusto. ¡Y no me diga ahora que soy basto!

—No, querido amigo, es usted la voz de la razón.

Una vez bien repuestas nuestras fuerzas, nos dirigimos a la fundación, donde teníamos cita con el desconsolado hijo de la víctima. Me impresionó la inspección a la que nos sometió porque sus ojos eran idénticos a los de su madre y tuve la sensación de que era ella quien curioseaba en nuestra vida, en vez de ser al revés.

Felipe era un hombre de negocios prototípico, y hablaba del asesinato de su madre con auténtico dolor. Enseguida comprendí que no obraba en su ánimo el miedo al qué dirán o el resquemor a las habladurías que siempre genera una muerte de aquel tipo. No, estaba sinceramente afectado. Hizo serios esfuerzos por mantenerse sereno, pero un velo de sufrimiento le teñía el rostro.

—Sé que todo esto debe de resultar terrible para usted, pero no tengo más remedio que hacerle unas preguntas —comencé—. ¿Puede decirme qué tipo de mujer era su madre?

Me di cuenta de que no esperaba que el cariz personal se colara en un interrogatorio de la policía, porque me observó con desconcierto. Tanto que me vi obligada a explicar:

—Es importante para nosotros determinar la personalidad de la víctima, siempre lo hacemos así.

—Mi madre era una mujer maravillosa —farfulló con emoción, y se recompuso para seguir—. Alegre, animosa, delicada y amable con todo el mundo... Quedó viuda hace ocho años, y como amaba mucho a mi padre, su muerte súbita a causa de un infarto la consternó. Pasó una época muy dura. No servía de mucho la ayuda que yo, mi mujer y mis hijos intentábamos darle. Se encontraba vacía, inútil e hizo mil tentativas de salir de la depresión sin conseguirlo. Regresó a Italia, un país que seguía adorando, se reencontró con nuestra familia de allí... pero sirvió de poco. Hasta que hace cinco años se me ocurrió una posible solución. El grupo de empresas para las que trabajo contaba con una fundación de fines caritativos. Era una especie de tierra baldía que estaba muy parada y a la que nadie hacía demasiado caso. Hablé con mis jefes y postulé a mi madre como directora. Aceptaron y ella también aceptó. Fue la mejor idea que he tenido jamás. Aquella nueva responsabilidad la devolvió a la vida y ella devolvió la vida a la fundación. Se volcó por completo en ella, trabajó sin descanso, amplió los objetivos: las actividades recaudatorias de la fundación se multiplicaron y los dividendos aumentaron exponencialmente. Según la nueva orientación que ella le dio, todas las ganancias se destinan a las organizaciones que se ocupan de niños sin hogar y con riesgo de exclusión social. Ha sido una tarea exitosa e ingente. Ingente —repitió sacudiendo la cabeza de modo apreciativo.

—¡Caray! —me dio por exclamar—. No puede negarse que se trata de una historia potente. Y dígame, Felipe, y espero que mi pregunta no lo incomode, ¿descarta usted por completo la posibilidad de que su madre estuviera involucrada en algún asunto... no sé cómo calificarlo... poco claro o incluso ilegal?

Naturalmente, se quedó de una pieza, él estaba narrando las vidas de los santos y yo le preguntaba si esos santos solían robar. Se puso colorado de rabia y, procurando que su buena educación imperara sobre sus reacciones, contestó:

—Ignoraré la pregunta, inspectora y únicamente le diré que mi madre no sólo se ocupaba de los temas lúdicos y sociales de la fundación, sino que visitaba con frecuencia los barrios deprimidos, trataba con la gente pobre y desarraigada directamente, vivía lo que hacía con una intensidad que muy pocos podrían exhibir.

Llevaba razón al haberse molestado, porque mi pregunta había sido demasiado directa. Sin embargo, de ese modo habíamos zanjado el tema con celeridad: o el hijo desconocía cualquier actividad delictiva de la madre, o nunca hablaría de ella en caso de que existiera, o la madre era en realidad el ángel de bondad que acababa de pintarse ante mí.

—¿Y por qué no va a serlo? —preguntó Garzón en voz baja cuando nos quedamos solos—. Estamos planteando la investigación desde el principio como si la princesa fuera culpable de algo.

—Se olvida del mensaje.

—¡El jodido mensaje puede hacernos meter la pata mil veces! Un mensaje del que nada sabemos.

—Pero está ahí.

Tuvimos que callarnos porque el hijo de la princesa regresaba al salón. Esta vez, por requerimiento nuestro, venía acompañado de la sirvienta filipina. Hizo unas someras presentaciones y le pedimos que nos dejara a solas con ella. Tenía unos treinta y cinco años y llevaba cinco al servicio de la señora. A pesar de ello, hablaba un castellano bastante malo. Su rostro era absolutamente impenetrable, muy oriental, y no parecía nerviosa, triste o intimidada. Se quedó frente a nosotros, inmóvil, después de haber realizado varias inclinaciones de cabeza.

—¿Dónde estaba usted la noche del crimen? —preguntó Fermín.

—Noche libre —pronunció con dificultad.

—Sí, pero díganos qué hizo durante su noche libre.

—Siempre amigas, grupo, filipinas.

—¿Esa noche también?

—Yo sola, cine. Después volver, puerta rota, llamar señor, llamar policía. Señora muerta.

Comprendí que con semejante estilo telegráfico no íbamos a entresacar grandes matices de su declaración.

—¿Por qué no fue con sus amigas esa noche?

—Mis amigas, todas ver película buena, yo no, esa noche ir cine yo.

—¿Qué película era?

—*Resacón en Las Vegas 3* —dijo con toda claridad.

—¿Hay algo que quiera decir sobre su señora? ¿Quizá vino a verla alguien que no era habitual entre sus visitas?

—No, nadie vino. Señora muy buena. Yo muy triste.

Sin que existiera ningún signo previo, se echó a llorar. Pero no se trataba de un llanto callado, ni siquiera eran sollozos, sino que una especie de berrido informe salió de su garganta, amenazando con no parar. Tras un minuto de soportar aquella melancólica sirena, Felipe se personó.

—Ha empezado a hacer eso por las buenas. Nosotros no le hemos hecho nada —exclamó Garzón con ánimo exculpatorio.

El hombre la tomó por el brazo, le dio unos golpecitos en la espalda y se la llevó. Notábamos perfectamente cómo iban alejándose por el pasillo debido a que el ulular de la filipina cada vez se oía menos. Tras un corto intervalo, el dueño de la casa volvió solo.

—Discúlpenla; es una chica sencilla que quería mucho a mi madre. Todo esto la tiene fuera de sí.

—Tendrá que venir a comisaría. No habíamos acabado el interrogatorio.

—No creo que pueda decirles nada nuevo, pero a lo mejor en otro lugar se encuentra más tranquila que en esta casa.

Al salir, me di cuenta de que Felipe no había hecho hincapié alguno en que capturáramos a los asesinos de su madre. No era del tipo visceral, tanto mejor.

Sonó mi móvil. El inspector Sangüesa tenía ya un dictamen de las cuentas personales de la princesa Umberta.

—No veo nada irregular, Petra. Las cuentas están

muy claras. Esta señora recibía un sueldo mensual como directora de la fundación y algunas rentas de pisos que tenía alquilados en Roma. Pagaba los impuestos correctamente y sus cuentas bancarias no registran cambios significativos en ningún sentido.

—Pues ya sabes lo que te toca, Sangüesa.

—Dame una pista.

—La segunda parte: pasarte por la jodida fundación y comprobar las cuentas.

—¡Joder, inspectora! Nunca segundas partes fueron buenas. Oye, por cierto, ¿y de verdad esta tipa era una princesa?

—No está claro, la sangre que encontraron a su alrededor no era azul.

—En ese caso, no me fío ni un pelo.

Compadecí a Sangüesa. No envidiaba su trabajo, árido, reiterativo, siempre entre números y comprobaciones. Claro que para los demás resultaba esencial. Me di cuenta de pronto de que Garzón estaba mirándome como un búho.

—¿Qué se le ofrece, subinspector?

—Estoy esperando órdenes.

—Puede ir a solazarse.

—¡Magnífico, por una vez...!

—No me ha dejado terminar. Quiero decir que puede ir a solazarse con la contemplación de *Resacón en las Vegas 3*. No acaba de cuadrarme que la muerte de la señora coincida con un cambio de planes de la doméstica.

—¿Y esa película de qué va?

—Es una horterada de aquí te espero.

—Seguro que si fuera de Bergman vendría conmigo.

—No me busque las cosquillas, Fermín, yo tengo otras cosas que hacer, aunque le aconsejo que no lleve a su esposa consigo, a ella tampoco creo que le guste el resacón.

Mientras mi compañero se solazaba (estaba convencida de que lo pasaría bien), yo me acerqué a la tienda Megastar para indagar un poco. Como no podía ser de otra manera, el dueño, encargado y dependiente era un muchacho joven a quien le encantó que fuera policía.

—Sí, me acuerdo muy bien de su compañero y del teléfono que se llevó, una máquina muy buena, la mejor. Se nota que le tenían mucho cariño al que se jubilaba.

—No se ha jubilado aún, simplemente lleva cuarenta años en el cuerpo de policía y como es Navidad...

Se rió tontamente.

—¡Jo, cuarenta años haciendo de poli! ¿Y cómo está?

—Jodido pero contento, como suele decirse. Pero no he venido para charlar. En el teléfono que le vendiste apareció un mensaje escrito y mandado en el propio aparato. Quiero saber quién ha podido manipularlo.

Se quedó mirándome sin comprender.

—¿Ha pasado algo malo?

—Contéstame, por favor.

—Nadie ha podido manipular ese teléfono, inspectora. Aquí sólo trabajo yo y le di a su colega el cacharro nuevecito de trinca, sin mensajes.

—¿Te fijaste en ese detalle, no había mensajes?

—La verdad es que no me fijé, pero es imposible. Si hubiera habido mensajes sí que lo habría visto.

—¿Nadie trabaja contigo?

—Nadie. Bueno, los sábados viene mi novia, pero sólo la dejo limpiar.

—Muy considerado por tu parte. ¿Y antes de que los teléfonos lleguen a tus manos?

Se rascó la cabeza de cabello muy corto, resopló.

—En la caja que llevaba de origen había una tarjetita. Allí pone la fecha de fabricación, el número de serie. Si me la trae puedo llamar a la casa, preguntar.

—De acuerdo, veré si esa tarjetita se ha conservado. Volveré.

—¿Investiga un asesinato, inspectora? —me preguntó cuando ya iba a salir.

—Sí, en los ratos libres que me deja la limpieza —respondí, pero estoy casi segura de que no me entendió.

Como ya me había imaginado, a Garzón le encantó la película.

—Es hortera pero no está tan mal, aunque ya le advierto que a usted no le gustará. Usted es partidaria de películas más intelectuales, Bergman, como ya le dije, y cosas así. Pero mire, hay algunas escenas, cuando los chavales se despiertan y no se acuerdan de...

Antes de que tuviera la desfachatez de darme detalles argumentales lo interrumpí.

—A lo mejor la filipina también prefiere a Bergman. Vamos a comprobarlo.

La chica se quedó patidifusa cuando Garzón le pidió que contara la película. Vi reflejados en su rostro el pánico y la confusión. Sonrió tontamente.

—Chicos se emborrachan. Chicos no recuerdan nada de todo lo que han hecho.

El subinspector, como un cronista histórico concienzudo, empezó a hacerle preguntas concretas sobre la trama. Al principio la chica intentó responder a boleo, pero el juego daba poco de sí, de modo que, al poco de iniciado el interrogatorio cinematográfico, se echó a llorar en tono histérico.

—Di la verdad de una vez; de lo contrario será peor para ti, te acusaremos de asesinato —presioné.

—Hombres malos decirme que yo esa noche no estar en la casa —soltó de sopetón.

—¿Cómo, hombres, qué hombres? ¿La princesa los conocía?

—Sí, yo alguna vez visto en la casa, poco pero alguna vez. Yo no pensaba que matar a mi señora.

—¿Por qué no le contaste eso a la policía?

—Hombres malos decir que me mataban si yo cuento.

—¿Quiénes eran?, ¿sabes sus nombres?

—No, un hombre mayor, otro hombre más joven.

—¿Qué hacían cuando iban a verla?

—Entrar en su despacho, hablar... Yo no sé.

—¿Le traían algo? —preguntó inspiradamente Garzón.

—Una maleta.

—¿Una maleta? ¿Sabe qué había dentro?

—No.

Mandamos a aquella desdichada a ver al juez para que él dictaminara qué hacer con ella. Una vez solos, el subinspector comentó:

—Me apuesto el bigote a que esos hombres malos no llevaban una muda de calzoncillos en la maleta.

—Puede estar seguro de eso. ¿Llama usted o llamo yo?

—¿A quién?

—Al inspector Sangüesa, a quién va a ser.

Sangüesa, hombre escrupuloso donde los hubiere, no quería hacernos llegar sus impresiones hasta que el estudio de la contabilidad de la fundación no estuviera completado. Pero a mí no me interesaban los números exactos, sólo su espíritu en general. A Sangüesa aquello del espíritu de los números siempre le parecía una contradicción difícil incluso de entender, pero sí era capaz de hacerse una idea de hasta qué punto yo era negada en materia de cuentas.

—Vamos a ver, Petra, el espíritu en cuestión me dice que esa marquesa...

—Princesa —le corregí.

—Bueno, esa reina del mambo recibía muchas donaciones para su jodida fundación, y extraordinariamente elevadas, además. Donaciones anónimas, claro está. Pero como la ley de fundaciones dice que las contabilidades no pueden ser opacas, estoy seguro de que podemos tirar del hilo y algo saldrá. Sólo que para eso necesito tiempo.

—De acuerdo, Sangüesa; pero el espíritu de esa contabilidad puede conducirnos a Suiza, ¿no?

—Puede ser un blanqueo de pasta, sí, pero...

—Sigue trabajando, muchacho. El juez necesitará tus números exactos, pero yo me apaño de momento con lo que has dicho.

—¡Jo, Petra, me das más miedo que un «nublao»!

—Quédate tranquilo. De todos es sabido que las cifras tienen alma y las máquinas también.

Colgué para no alarmarlo más. Garzón estaba riéndose por lo bajo.

—¡Hay que ver cómo le gusta tocar las pelotas, inspectora!

—Es mi especialidad, y a usted que le divierte cuando no son las suyas. Por cierto, ¿usted conserva la garantía del teléfono?

—La tengo en casa.

—Pues vaya a buscarla, Fermín, la necesitaré.

—Hablando de tocar las pelotas...

—Mientras tanto le haré una visita a Felipe, seguro que se alegrará.

Oí cómo sus reniegos se perdían por el pasillo y me pareció su típica y encantadora reacción. Pero no era momento de enternecerse, que empezara a verse un poco de luz al final del túnel no significaba que se pudiera bajar la guardia o alegrarse por ninguna razón. «¡Joder con la princesa Umberta!», pensé. Si tenía montado un chiringo de blanqueo monetario a cuenta de los niños discapacitados, había que reconocerle más valor que el Guerra. Imaginé la que podía montarse en los medios de comunicación.

El hijo de la princesa me recibió con su característica amabilidad. Se le veía aún cariacontecido por el asesinato, pero había adoptado una suerte de fatalidad en su actitud.

—La resolución del caso no nos devolverá a mi madre, inspectora; pero ver entre rejas al culpable de una cosa así me hará sentirme mejor. Además, parece que una pátina de descrédito cubre a la víctima de cualquier crimen y yo quiero que el buen nombre de mi madre quede fuera de toda duda.

«Pues te vas a enterar», pensé e inmediatamente decidí no contarle aún que la filipina estaba declarando frente al juez.

—Umberta era muy buena consiguiendo donaciones, ¿verdad?

—¡Era un trueno! Puso la fundación en pie desde la nada y la mantuvo sin ningún problema.

—¿Sabe usted cómo conseguía los ingresos de dinero?

—Del modo habitual; hizo socios estables entre empresas y particulares utilizando su gran capacidad de convicción. También, de vez en cuando, organizaba las típicas actividades de este tipo de entidad: cenas benéficas, actuaciones de cantantes que no cobraban por su trabajo...

—Comprendo. Y han sido muchas las consecuciones de la fundación.

—Muchísimas, e importantes; la más llamativa, la construcción de un centro de día para niños autistas.

—Eso costaría una barbaridad.

—Sí, es un centro moderno, modélico en su especialidad, dotado de todo tipo de adelantos y atendido por los mejores profesionales. Costaba una barbaridad, como usted dice, pero ella lo consiguió. Nadie imagina aún lo que se ha perdido el mundo con la muerte cobarde de esa mujer.

—¿Usted estaba al tanto de las cuentas de la fundación, Felipe?

—¡Por supuesto! Se nos presentaba un informe mensual.

—¿Podría entregarme una copia?

—¡Pero usted ya tiene la contabilidad oficial!

—Sí, la que su madre guardaba en la oficina; pero quiero los informes también. Y, a ser posible, la lista de inversiones que la fundación ha llevado a cabo. Es pura rutina.

Llamó a su secretaria y en menos de un cuarto de hora tenía los papeles requeridos sobre su mesa. Los tomé y, disponiéndome a salir, le dije en tono casual:

—Por cierto, el juez que instruye el caso ha pedido tomarle declaración a la doméstica de su madre.

—¿Sabe el motivo?

—No. Los jueces están facultados para realizar interrogatorios sin avisar a la policía. Supongo que nos contará después el resultado. Le informaré.

—Se lo agradeceré mucho, inspectora.

¡Joder!, me supo mal tener que mentirle; cada vez estaba más convencida de que aquel tipo no sabía nada de las actividades de su santa o no tan santa madre. Pero no podía permitirme que se replegara en su actitud colaboradora sólo por proteger la memoria materna.

Antes de volver al trabajo busqué apresuradamente regalos navideños para los niños: libros y películas para los gemelos, más libros y muñecas para Marina. Me hubiera gustado pensar las cosas con más detenimiento, pero mi vida es como es.

En comisaría lo primero que hice fue entregar los papeles a Sangüesa. Lo segundo, meterle prisa para que realizara un cotejo de urgencia entre ambas contabilidades. Luego, en mi despacho, me encontré con Garzón, que llegaba al mismo tiempo que yo. Traía en la mano una bolsa de papel.

—Aquí dentro están todos los restos de mi presunto regalo. ¿Usted cree que me lo devolverán?

—Si resolvemos el caso supongo que sí.

—Pues aunque sólo sea por eso vamos a aplicarnos. Le propongo una pequeña cervecita para nuestra inspiración.

—De acuerdo, pero no en La Jarra de Oro. Vamos a llevar esos tesoros a la tienda donde fueron comprados y, en tránsito, le invitaré yo.

Barcelona siempre está alegre durante los días previos a Navidad, supongo que sucede lo mismo en todas las ciudades del mundo. Días después es diferente; tras haber experimentado un estallido de falsa alegría y absurdo consumismo, la gente se da cuenta de su estupidez y expía los muchos pecados haciendo penitencia. A pesar del ambiente festivo, los bares se encontraban casi vacíos, si bien hacía un día magnífico y lucía el sol. Todo el mundo preparaba su Navidad familiar. Escogimos una pequeña terraza solitaria y pedimos una simple cerveza. El primer sorbo siempre es el mejor. Garzón soltó un suspiro que sonaba filosófico.

—¿Usted cree que el tal Felipe estaba al tanto de los trapicheos de su madre?

—Creo firmemente que no.

—¡Hay que ver!, ¿eh, Petra? Vivimos nuestra vida con toda tranquilidad y no nos damos cuenta de que a nuestro alrededor existen personas cuya vida nada tiene que ver con la nuestra. ¡Como si fueran de otro planeta! Fíjese bien en esta mujer: una princesa italiana que ejerce la caridad. ¿Puede haber algo más raro viviendo en esta misma ciudad? ¡Y encima le da por meterse en los mundos delictivos! ¿Por qué? Era mayor, tenía buenos ingresos, patrimonio, familia...

—Sí, todos somos muy diferentes, pero obramos movidos por impulsos parecidos. Umberta vio cómo su mundo se tambaleaba al morir su marido y quiso dotar de sentido su existencia hasta que a ella le tocara desaparecer. En cuanto al delito, no sé qué decirle. Yo tampoco comprendo para qué necesitaba más dinero.

Se quedó callado, trasegó cerveza. Me miró con la intensidad que empleaba en las ocasiones importantes.

—Oiga, Petra, ¿usted también hace cosas para dar sentido a su vida?

—Pues claro.

—¿Como por ejemplo?

—Como por ejemplo nuestro propio trabajo. Siempre pienso que tiene una vertiente social mayor que ser vendedor o rentista. Ayudamos a erradicar el mal de la sociedad o al menos eso es lo que dice la teoría. Trabajamos por algo, no únicamente para recibir un salario.

—Sí, es verdad.

—¿No lo había pensado?

—Puede que sí, pero no creí que eso diera sentido a mi vida. Yo, la verdad es que no he tenido nunca necesidad de plantearme un sentido concreto: estás vivo, vives y en paz.

—Es posible que su versión sea mucho más lógica que la mía. Pero vámonos, Fermín, quizá ese descerebrado de la tienda pueda averiguar quién manipuló su móvil.

—¿Mi móvil? ¡El móvil que nunca fue mío, querrá decir!

El muchacho de los pelos en pincho me reconoció con rapidez.

—Creí que se había olvidado —exclamó enseguida—. Y este señor, ¿quién es?

—Este señor es policía —contesté de mal humor. Acto seguido le arrebaté a Garzón la bolsa y se la pasé—. Aquí tienes todo lo que venía con el teléfono. Escoge tú lo que necesites para hacer esa averiguación.

Con santa parsimonia fue sacando una caja, un sobre con tarjetas y, por último, el lazo que cubría el paquete y el papel de envoltorio que el subinspector había guardado también.

—¿Y esto qué es? —soltó desabridamente—. Este papel de regalo no es de mi tienda, ni el lazo tampoco. Se parece mucho pero no es el mismo, ¿lo ve?

Abrió un cajón tras el mostrador y sacó un rollo de papel negro con lunares dorados. Lo puso al lado del envoltorio algo arrugado de mi compañero, que también era negro, aunque no llevaba una estampación de lunares sino de cuadraditos, dorados igualmente.

—¿Se dan cuenta?

Miré a Fermín.

—Ése es exactamente el papel en el que estaba envuelta la caja. Lo doblé y lo metí en la bolsa, ahí se ha quedado hasta hoy.

Miré al pelopincho.

—¿Está seguro de que no utilizó ningún otro papel?

—No, siempre es el mismo desde hace años.

—Quizá su novia compró otro.

—No, mi novia...

—Sí, ya sé, sólo se ocupa de fregotear.

Salimos de allí en completo silencio. Ambos sabíamos exactamente lo que había que hacer. Sólo en un lugar podía haberse dado el cambiazo.

El inspector Tomelloso no se lo tomó a broma ni siquiera un instante. Me miró con cara circunspecta.

—No te entiendo, Petra, no sé lo que quieres decir.

—Quiero decir que sólo en tu casa pudo escribirse ese mensaje. No es posible que estando ese regalo un día en comisaría contigo y mucha gente más entrando y saliendo del despacho, alguien lo abriera y cambiara el papel después para que no se notara la manipulación. ¿Cuántos años tienen tus hijas?

—Ocho y cinco años.

—¿Qué trabajo realiza tu mujer, Tomelloso?

—Es economista y trabaja por cuenta propia como asesora fiscal.

—Tendrás que decirle que venga a comisaría.

—Bien, Petra, ya le comentaré.

—No, lo siento, llámala por teléfono y dile que se presente ahora mismo.

—¿La vais a acusar de algo?

Le puse la mano en el hombro. Me di cuenta de que la sorpresa, y no el miedo, era su sentimiento principal en aquel momento.

—Hazla venir, charlaremos con ella.

Me miró con angustia, asintió. Sacó su teléfono del bolsillo y le oímos decir:

—Margarita, quieren hablar contigo en comisaría... No, ha de ser ahora mismo... Creo que no lo entiendes, Margarita, deja lo que estés haciendo y ven.

Se había puesto blanco cuando colgó. En sólo unos minutos arrugas profundas le surcaban la cara. Miró al suelo, avergonzado.

—Será mejor que no estés presente cuando hablemos con tu mujer. No te preocupes demasiado, seguro que habrá una explicación.

Interrogar a la esposa de un colega no es algo que apetezca demasiado; en especial cuando no sabes seguro qué puede salir de ahí. Margarita era bajita, delgada, con un aspecto poco llamativo, perfectamente habitual. Iba vestida con ropa elegante pero corriente. Nos miraba sin saber qué actitud tomar. Estaba nerviosa. Preguntó por su marido, le dije que vendría después. Se sentó, rechazó el café que le ofreció Garzón. Para mí estaba muy claro que debía ir al grano sin dilación ninguna.

—¿Qué relación tenías con la princesa Umberta Contini, Margarita?

Se puso encarnada como la grana, desvió la mirada, carraspeó, intentó hablar pero la voz no le salía. Al fin dijo:

—Es una de las clientas de mi despacho. Llevo su contabilidad y sus inversiones.

—Hay algo que debes contarnos, ¿verdad?

Se llevó bruscamente una mano a la cara, tapándose los ojos. Se echó a llorar. Garzón y yo intercambiamos una mirada de alarma. Dejamos que se calmara. Tras un instante, farfulló:

—Yo escribí ese mensaje en el móvil nuevo. Fue lo único que se me ocurrió para alertar a la policía. La princesa había entrado en contacto con un grupo económico poco claro, hacía transacciones monetarias a un banco suizo bajo el nombre de la fundación. Estaba haciendo blanqueo de dinero, estoy segura.

—¿Por qué no lo denunció? ¡Su marido es policía! —le espetó Garzón.

—Temía perder a una buena clienta, ¿no es cierto? —respondí yo por ella.

—¡Es más que eso, inspectora! Un asesor fiscal que denuncia a su cliente está muerto y enterrado. Se corre la voz enseguida y no vuelve a trabajar. ¡Se lo aseguro! Pero, justamente por ser la mujer de un policía, mi conciencia no estaba tranquila. Además, ¿qué hubiera pensado mi marido al saber que yo llevaba tiempo colaborando con una delincuente?

—¿Por qué no nos escribió un maldito anónimo? —preguntó el subinspector con cierto resentimiento personal.

—¿Hubieran hecho caso de un maldito anónimo? Cuando mi marido me contó el regalo de Navidad que le preparaban a usted se me ocurrió esa idea. Es ridículo, lo sé, pero por lo menos me quedé más tranquila.

—¿Abrió el envoltorio y volvió a hacerlo de nuevo?

—Me han encontrado porque el papel era distinto, ¿no? ¡Lo sabía!, pero era la única manera de que no se notara y en sólo un rato no pude encontrar un papel igual.

—Todo eso está muy bien, Margarita, muy bien; pero un mes más tarde a la princesa la mataron.

—¡Y yo qué podía saber!

—¡Ése era el momento de hablar!

—Pero no tengo nada que ver con eso. ¡No sé quién la mató!

—Es posible que no lo sepa, pero se ha convertido en cómplice de un asesinato.

—¿Cómo? ¡No, ni hablar! Les informé a ustedes indirectamente de lo que sabía, pero no tengo ni idea de quién la mató. Es más, le dije a la princesa que dejara de hacer aquel juego peligroso, pero no me prestó atención.

—O sí, y quizá por eso la mataron.

—En eso no tuve nada que ver. Puedo haber sido cobarde, interesada, pero no soy una asesina. Lo único que deseaba era alertar a la justicia sin perjudicar mi carrera, ¿es que no puede comprender eso, inspectora?

—¿Qué datos conserva del grupo económico poco claro que operaba con la princesa?

Se quedó silenciosa, miró al techo. Aquello me enfureció.

—¿Es que aun ahora está dispuesta a encubrirles?

—Sólo tengo una dirección de correo electrónico, nada más.

—¿Cuál es?

Naturalmente, no la llevaba encima y Garzón tuvo que custodiarla hasta su despacho. Más tarde fue él quien se encargó de conducirla hasta el juzgado. El juez la acusaría, como mínimo, de obstrucción y con bastante probabilidad la dejaría libre con cargos.

A mí me quedó el ingrato papel de informar al inspector Tomelloso de la extraña «colaboración» policial de su esposa. Lo cierto es que sentía cierta curiosidad por ver cuál era su reacción. Al principio, como era de esperar, se quedó completamente patidifuso. Luego se indignó.

—¡Es ridículo, es asombroso! ¿Cómo una mujer adulta, profesional, madre de familia, seria en todos sus asuntos... cómo puede poner en práctica una idea tan astracanada, tan demencial?

—Le pareció que se implicaba más que con un simple anónimo...

—¡Pero es una idea absurda que no corresponde a su personalidad! Margarita es una tía muy formal.

—A veces los muy formales recurren a la imaginación con más fuerza que los imaginativos por naturaleza.

—Pero, vamos a ver, Petra, ¿de qué estamos hablando? Mensajes en regalos de Navidad, anónimos... ¿Por qué no me lo dijo a mí, por qué? Soy su marido, ¿no? ¿Acaso no tiene confianza en mí?

—Temía por su prestigio, por su carrera.

—¡Las mujeres sois la hostia con lo de la carrera! Si yo hubiera puesto en peligro mi matrimonio por mi jodida carrera todo el mundo habría dicho que soy un cabrón, pero en el caso de una mujer hay que comprenderlo. ¡No tiene sentido!

—¿Poner en peligro el matrimonio? Estás yendo demasiado lejos, no veo ninguna razón por la que...

—¡Seré el hazmerreír en comisaría!

—Nadie tiene por qué enterarse del asunto.

Me miró cargado de esperanza.

—¿Tú crees que...?

—Hablaré con el comisario Coronas, las cosas se llevarán con discreción, y te aseguro que ningún compañero va a molestarse en leer el auto del juez.

Se quedó más conforme. Y yo medité sobre las circunstancias de la vida, que te hacen defender a quien acababas de acosar; pero así son las cosas, relativas, como muy bien demostró Einstein con su dichosa ecuación. Los hombres, pensé, temen al ridículo más que al diablo, más que al desamor, más que a la traición en sí. El hombre pertenece al grupo, mientras que la mujer se pertenece sólo a sí misma y a aquellos a los que permite entrar en su estrecho círculo interior.

Me senté a la mesa de mi despacho y, acto seguido, apoyada la cabeza sobre los brazos, me dormí. Con toda aquella perturbadora historia del regalo de Navidad llevaba mucho tiempo sin descansar. Afortunadamente mi marido estaba de viaje, de modo que no tuve que aguantar sus reconvenciones amorosas: «Deberías cuidarte más, echar una siesta, comer caliente, dejar de vez en cuando el trabajo en segundo lugar». Los consejos de amor son un coñazo, y sirven tan sólo para demostrar que alguien se preocupa por ti. Claro que es mucho más elegante recibirlos que tener que dártelos a ti mismo. Es horrible oír tu prudente voz interior clamando: «Deberías comer caliente». Una se siente como una vieja egoísta, mientras que al no comer caliente cuando alguien te lo recomienda, te conviertes en una rebelde capaz de morir por tu tenacidad laboral.

Me sacó de aquel duermevela filosófico moral una manaza que sacudía mi hombro. Aún en la semiinconsciencia creí que se trataba de Garzón, debido a lo tosco de sus procedimientos. Pero al abrir los ojos me encontré con Sangüesa.

—¿Dormías, Petra?

—¡No, qué va! Me preparaba para participar en el Tour de Francia.

—Lo siento, pero es que he descubierto algo asombroso en la contabilidad de tu divina marquesa. Pero si estabas preparándote para el Tour... ya pasaré después.

«¡Jodidos expertos económicos!», pensé. Al principio de los tiempos era el hechicero el centro de la tribu, más tarde fueron los médicos, pero hoy en día la tribu entera estaba en manos de economistas e informáticos. Sólo ellos detentaban los secretos del más allá.

—¡Quieto, Sangüesa, no des ni un paso más! Siéntate y desembucha.

—Como sé que a ti sólo te interesa el espíritu de los números, ni siquiera me he traído un papel.

—Te escucho.

—¿Con la suficiente atención?

—¡Por favor, te lo ruego, te lo suplico! ¿Quieres que me ponga de rodillas?

—No será necesario; sobre todo por si perjudica tu entrenamiento ciclista. Verás, Petra, la contabilidad de tu baronesa no tiene el menor sentido. ¿Qué hace normalmente una persona que lleva a cabo actividades delictivas blanqueando dinero?

—Pues no sé, no caigo, ¿encomendarse a Dios? —dije, aún medio dormida.

—¡No!, lo que suele hacer es quedarse con el beneficio. Eso es lo lógico, ¿no? Tú montas el chiringuito amparándote en la legalidad de tu empresa, tu fundación o lo que coño sea, y después sacas tu tajada del dinero que blanqueas. Cobras por tus servicios, digámoslo así, ¿cierto?

—Eso parece ser lo habitual.

—Pues, bien, la vizcondesa no hacía eso. Blanqueaba dinero de fuente oscura y los beneficios los sumaba a los dividendos de la fundación.

—¿Estás seguro?

—Verás, la segunda contabilidad que me diste, el informe que ella presentaba a los patronos de la fundación, está completamente falseada. Según esos informes, la pasta la sacaba de fiestas benéficas, bailes de caridad, subastas de ropa usada, actuaciones de cantautores pasados de moda, etcétera, etcétera. Sin embargo, en la contabilidad que incautasteis en la fundación cuando ella fue asesinada, los ingresos gordos figuran bajo unas siglas desconocidas. Una parte de esos ingresos los metía en un banco suizo, en una cuenta que, ya lo hemos investigado, no está a su nombre. El resto revertía íntegramente en la fundación.

—¿Y no tendrá otra cuenta a su nombre por ahí?

—No. Si así fuera, no habría podido pagar religiosamente todas las obras caritativas que acometió, de entre ellas la más grande: un centro de día para niños autistas. De todo hay facturas contrastadas y todas las consecuciones de la fundación existen en la realidad. Lo único sorprendente es que los patronos de la fundación se tragaran que con conciertos benéficos puede uno levantarse tanta guita.

—Dudo que prestaran mucha atención a las cuentas. Confiaban en ella, la dejaban hacer. El presidente es su hijo.

—Ya entiendo.

—En definitiva, el espíritu de los números que me quieres transmitir es que Umberta era una especie de Luis Candela: robaba a los ricos para dárselo a los necesitados.

—Sería así si tras esas siglas opacas estuviera la banca mundial, pero vaya usted a saber quién hay ahí escondido. ¿Tenéis alguna pista?

—Una dirección de correo electrónico.

—Nosotros, con la intermediación del juez instructor, estamos presionando al banco suizo para que suelte el nombre del beneficiario de la cuenta. Supongo que algo saldrá.

—Supongo que sí.

—Y eso es todo, Petra, puedes seguir entrenándote para el Tour.

—¡Buen trabajo, Sangüesa, eres el mejor! Sólo un añadido: Umberta no era baronesa, ni condesa ni marquesa. Era princesa, ¿comprendes?, princesa.

—Era una señora mayor. A partir de cierta edad, las princesas o se convierten en reinas o no son nada.

Me quedé anonadada por aquel último mazazo de mi compañero. Sí, ahí podía estar el quid de la cuestión. Aquella princesa rubia, bella, culta, rica, con una vida privilegiada, siempre admirada, siempre envidiada, siempre amada, debía convertirse en una reina o no ser nada. Reina de la Caridad era un título que le venía bien, y fue a por él. Una vez más, buscarle sentido a la propia vida; Garzón se iba a poner como un energúmeno cuando se enterara del tema reiterado.

Con la ayuda forzada del banco suizo y el concurso de nuestros especialistas, pudimos determinar la identidad de los «socios» de la princesa. Atraparlos fue pan comido. Eran pura escoria, lo peor de lo peor, ambos estaban fichados y, por lo tanto, reincidían en un delito feo de verdad: el tráfico de drogas. Lo primero que resultaba chocante era imaginar cómo habían tomado contacto con la princesa. ¿De qué modo podían haberla conocido, dónde se habían cruzado caminos tan teóricamente alejados entre sí? Los interrogatorios que llevaron a cabo inspectores del grupo Antidroga, a los cuales nosotros asistíamos con derecho a preguntar pero sin ocuparnos del caso de tráfico en sí, esclarecieron sin dificultad cómo se había producido la feliz reunión. Umberta, siempre en el ejercicio de la caridad, tenía organizados unos talleres ocupacionales para drogadictos. Uno de los asistentes le contó que había trabajado como camello para unos tipos. Intimaron un poco más y fue él quien puso en su conocimiento las cantidades abundantes que se movían en aquel mundo y cómo uno de los principales problemas de los capos radicaba en blanquear el dinero resultante del infausto comercio. Ella misma, con cautela y cumpliendo los pasos que le marcaron, quiso conocer a los organizadores del cotarro y les propuso colaboración.

—¡Sí, señor, con un par de narices! —comentó Garzón en un arranque no se sabía si crítico o laudatorio, que para ambos casos servía la expresión.

Costó un poco más arrancarles a aquel par de angelitos la confesión del asesinato, pero se consiguió. Todo fue muy bien hasta que nos hicieron saber el móvil, ahí la cosa empezó a cojear. ¿Por qué? El motivo de que la princesa hubiera sufrido un mortal golpe en la cocorota fue la desaparición de seiscientos mil euros que nunca engrosaron la cuenta suiza, blancos al fin. En una palabra, según el testimonio de aquel par, Umberta se los había embolsillado sin mediar ninguna explicación. «Vuelta a empezar», pensé, porque aunque el caso estuviera de hecho resuelto, no íbamos a quedar mal sin averiguar adónde había ido a parar aquella pasta descarriada.

—¡Ya me parecía a mí demasiada bondad angelical! —exclamó el subinspector en uno de sus característicos comentarios cáustico-realistas.

—No vaya tan deprisa, compañero. La casa de la princesa se registró en su día escrupulosamente y no se encontró ni una sola moneda perdida. Lo mismo se hizo con la sede de la fundación. ¿Dónde está entonces el dinero?

—Se lo gastaría en modelitos de Chanel.

—Lo dudo un montón. Habrá que consultar de nuevo a Sangüesa.

Ni el propio Sangüesa, abastecido de lupa y disfrazado de Sherlock Holmes, fue capaz de encontrar en las diversas contabilidades ninguna entrada o salida de los seiscientos mil. ¿Dónde estaban los euros que condenaron a muerte a la princesa? O, quizá preguntado de otra manera: ¿quién los tenía? Porque en mi corazón, malparado de tanto latir y tanto penar, se había alojado una sospecha.

La cara de buen chico se le descompuso un poco al vernos; pero debo decir que Felipe aguantó bien el tirón.

—¡Inspectores, qué alegría verlos! ¡Siéntense, por favor! ¿Hay algo nuevo sobre el caso de mi madre?

A aquellas alturas y, con el caso resuelto, no tenía malditas ganas de perderme en divagaciones corteses, así que disparé a bocajarro.

—El dinero despistado por su madre lo tiene usted, ¿verdad, Felipe?

Acusó el tiro como si le hubiera dado en el corazón. Aun así, lo intentó en un tono pretendidamente natural.

—¿Cómo, inspectora? No entiendo lo que me quiere decir.

—Acabemos con esto pronto, se lo ruego; es evidente que no tiene usted madera de delincuente; seguro que la princesa lo habría hecho mucho mejor.

—Inspectora, yo..., debería explicarme a qué se refiere.

—Me refiero a los seiscientos mil euros que su madre les sisó a sus compinches. Los hemos encontrado, Felipe, ya están donde deben estar. Ellos la mataron. Y el motivo son los seiscientos mil euros que han desaparecido.

Las manos empezaron a temblarle. Se quitó las gafas, que se habían empañado al poco de romper a sudar.

—Pero probablemente usted ya conocía a esos traficantes; quizá hasta se puso de acuerdo con ellos para llevar a cabo la muerte de su propia madre. Un crimen execrable, si me permite la opinión; el peor de todos los que un hombre puede cometer.

Garzón me miraba con los ojos como platos al ver la deriva que estaba tomando mi parlamento. En ese momento el hijo de la princesa explotó.

—¿Está insinuando que yo estoy en connivencia con los asesinos de mi madre por dinero? ¡Basta, inspectora, basta! Le confesaré todo lo que sé, pero deje de hacer acusaciones terribles en mi contra, eso no voy a consentirlo.

—Si me dice la verdad, estamos dispuestos a creerle.

—Nunca se revisaron los informes contables que mi madre enviaba a mi despacho. ¿Para qué? Todo funcionaba como una seda y nunca vi la necesidad; ni siquiera lo pensé. Hasta que ella reunió la enorme cantidad de dinero que costaba la construcción del centro de día para niños autistas. Ahí me di cuenta de que algo estaba pasando; por muchos socios que se hubieran unido a la fundación, por muy numerosos que fueran los actos benéficos que se organizaran, contar con aquellas cantidades me pareció excesivo. Hice yo mismo una auditoría de su contabilidad y me percaté de que había deficiencias, dinero de procedencia dudosa, ingresos no especificados. Todos los informes que había estado presentándome estaban falseados. Hablé con ella, le pedí explicaciones, pero se negó a dármelas y yo no me atreví a denunciarla. Lo único que hice fue advertirle con firmeza de que aquello, fuera lo que fuese, tenía que acabarse de una vez. Me lo prometió, y yo seguí mirando hacia otra parte.

—¿De verdad no sabía con quién había montado su madre un entramado de blanqueo de dinero?

—¡No!, y si no me lo dice, seguiré sin saberlo.

—Traficantes de droga, mi querido amigo.

Se llevó las manos a la cabeza, hizo un gesto de dolor profundo y se echó a llorar. Continuó entre sollozos:

—Mi madre era una mujer muy fuerte, inspectora, de una generación de mujeres fuertes. La fundación daba sentido a su vida. Creo que cerró los ojos ante todo y se dejó llevar. Estaba dispuesta a cualquier cosa por que su batalla solidaria triunfara en cualquier caso.

—Mientras los niños autistas de su madre encontraban cobijo en ese centro, muchos jóvenes morían por el efecto de las drogas que vendían esos hombres. —Me detesté a mí misma por aquella demagogia de tan mal gusto, pero tenía ganas de terminar.

—No diga eso, por favor, ella nunca debió de ser consciente de ese detalle.

—Y usted, ¿fue usted consciente del detalle de que los contactos que su madre mantenía con el hampa acabarían por costarle la vida?

Se derrumbó por completo. Negaba con la cabeza, sin dejar de llorar.

—¡Jamás, jamás, jamás! ¡Lo juro solemnemente, jamás se me pasó por el pensamiento!

—¿Dónde están los seiscientos mil euros?

—Los tengo yo —murmuró, desarmado—. Ella vino a verme y me dijo que, al fin, todo lo que no me gustaba en su organización iba a desaparecer. Pero me pidió que le guardara ese dinero durante un año. Pasado ese tiempo, lo ingresaría en la cuenta de la fundación.

—Es obvio que se proponía acabar con su manera extemporánea de acumular donaciones; sólo que quiso llevarse un pellizco final, que la mató. Es probable que no supiera hasta qué grado están dispuestos esos tipos a no tolerar ninguna traición.

—¡Dios mío!, ¿qué podía saber ella, qué?

—¿Por qué no acudió a la policía, Felipe?

—¿Usted qué cree, inspectora Delicado?

—Pregúntese a sí mismo si lo que protegía era la reputación de su madre o la suya propia.

—Es usted injusta, inspectora.

—Probablemente, sí. Pero el que imparte justicia es el juez. Llévele ese dinero cuando le llame a declarar, veremos si decide creer en su versión.

Ya en la calle, Garzón, que no había abierto la boca en ningún momento, me miró con seriedad.

—La admiro, inspectora; ha dejado a ese chico hecho polvo pero lo ha hecho muy bien.

—Ha sido el interrogatorio más lleno de tópicos y sensiblerías que he hecho jamás.

—Era lo que tocaba; con un hombre tan sensible y educado, ¿qué podía hacer, ponerle la pistola en los cataplines y soltarle: canta?

—Me temo que ésa era la buena opción, habríamos acabado más pronto.

—¿Nos tomamos la cervecita de resolución del caso?

—Por mí, que sean dos.

Sentados a una mesa de La Jarra de Oro, mi compañero reflexionaba en voz alta.

—¡Hay que ver hasta qué punto puede llevar a la gente lo de «encontrarle sentido a la vida»! ¡Y pensar que eso es algo que yo no me había planteado jamás!

—¡Ni falta que le hace, Fermín! Eso demuestra que es usted feliz.

—¿Eso piensa? Quizá sí... Y usted, Petra, ¿cómo le encuentra sentido a su vida?

—¿Yo? ¡Follando!

—¡Qué bruta es usted, inspectora!

—No me haga caso, compañero, y acabe de rematar su felicidad pidiendo un par de chorizos picantes.

—¡Eso sí da sentido a la vida, carajo, y lo demás son mandangas!

—Por una vez y sin que sirva de precedente, estoy de acuerdo con usted.

Acabados los chorizos, me puse en pie y le dije:

—Y, ahora, empecemos a correr.

—¿A correr?

—¿Ha comprado usted regalos para sus seres queridos?

—Pues... ahora que lo menciona, no lo he hecho.

—Puede empezar ahora mismo, queda muy poco tiempo. Yo voy a comprar una bufanda de *cachemir* para mi amado esposo y después entraré en un supermercado para cargar con todo lo que vea.

—Yo la comida ya la tengo comprada.

—¿Quiere eso decir que ha dado prioridad al cochinillo sobre su mujer?

—Dicho de esa manera parece un crimen perverso.

—Tenga por seguro que lo es.

—¿Y qué le compro yo ahora a Beatriz, y a mi cuñada?

—Usted verá.

—Acompáñeme a elegirlo, Petra, sea buena.

—Ni hablar. Con todo el tema de la investigación me he quedado sin tiempo.

—¿Y a mí qué piensa regalarme? —me soltó por las buenas.

—Nada; ya participé económicamente en la compra del móvil.

—Pero como no es nada seguro que me lo devuelvan, podría regalarme su compañía para ir a comprar.

—¿Y usted, Garzón, qué me regala usted a mí?

—Yo, esto —dijo misteriosamente y, metiendo la mano en su cartera, sacó una preciosa caja de bombones. A través del envoltorio transparente pude ver que se trataba de bombones modernos diseñados como guijarros de río—. Tienen forma de piedra —especificó—. Como su nombre, y como su corazón.

Me eché a reír, azorada y contenta. Le di un golpe en la espalda.

—¡Está bien, subinspector, está bien! Iremos juntos

a buscar los jodidos regalos. Con tal de dejarme en mal lugar es usted capaz de cualquier cosa, hasta de ser dulce como un bombón.

—¿Me dejará probar uno?

—Lo pensaré.

Y así, diciendo bobadas y riendo, nos adentramos en el tráfago de la ciudad llena de gente que, como nosotros, había dejado a sus seres queridos para el final.

Septiembre de 2013

Carnaval diabólico

Lo encontraron cuando los últimos rumores del carnaval estaban apagándose. Sentado, apoyada la espalda contra la pared, y ligeramente escorado a la derecha. Iba vestido de diablo rojo, con lo que el impacto visual de la mancha de sangre que llevaba en el estómago se había visto atenuado. Cualquiera hubiera podido tomarlo por un borracho, uno más; como así fue: una señora que iba a misa matinal, más madrugadora incluso que la policía urbana, dio el aviso. Contó que no había sentido ninguna piedad por él, sino que con su llamada sólo pretendía que la reputación del pueblo de Sitges no sufriera más de lo que ya sufría cada año con aquel pecaminoso carnaval gay que llenaba las calles de inmundicia. Así lo dijo, tal cual. «Nunca llueve a gusto de todos», pensé, porque el ayuntamiento de la localidad estaba muy contento con la llegada masiva de visitantes de la cercana Barcelona llamados por el ambiente festivo y la vistosidad de las rúas y los bailes.

En fin, esperamos a que llegara el forense; nuestros compañeros de la urbana cotilleaban mientras acordonaban el lugar.

—¿Usted cree que por lo menos podríamos quitarle el antifaz, inspectora? —me preguntó uno de ellos.

—Ni hablar. Esperaremos a que lleguen el forense y el juez.

—¡Qué tensión! Parece un hombre mayor. Mire, tiene papada, y las manos peludas y gordas. ¡Y está mojado de arriba abajo! Me pregunto por qué.

—Pero de cuerpo está musculoso —dijo otro guardia.

—Porque los maricones se cuidan mucho, tengan la edad que tengan.

Fermín Garzón, que a mi lado bostezaba aún no recuperado del madrugón de aquella mañana, se despertó de pronto al oír el desgraciado comentario.

—¿Y a usted quién le dice que este señor era maricón, si es que puede saberse?

—¡Hombre, subinspector, es evidente! A nadie que sea normal se le ocurre vestirse de diablillo saltarín con las carnes bien apretadas debajo de una malla y venirse hasta Sitges en carnaval.

—¿Y a usted quién le dice que una cosa es un gay y otra una persona normal? Puede ser gay y normal, ¿no le parece?

—Era una manera de hablar.

—¡Pues a ver si habla con un poquito más de propiedad! Es lo menos que se le puede pedir a un policía en el ejercicio de sus funciones.

—¡Joder! —murmuró el joven guardia quitándose de en medio preventivamente.

Garzón me miró con furia contenida. El hecho de tener un hijo gay le había hecho ser alérgico a toda expresión homófoba, a no ser que fuera él mismo quien la pronunciara, cosa que hacía con toda frecuencia y naturalidad.

—¡Estoy hasta las narices de estos detectives de pacotilla! Hubiera debido decirle: «La has cagado, muchacho. Yo tengo un hijo maricón y nunca se me ha ocurrido que no fuera normal».

—¡Por Dios, Fermín! No sé qué tiene que ver su hijo con todo esto. Sinceramente, no me imagino a su hijo, cirujano en Nueva York y casado felizmente con un señor estupendo, disfrazado de demonio en un carnaval.

—¡Ah, pues no sabe lo que dice! Me contó el otro día en un correo electrónico que el año pasado él y su marido fueron a San Francisco para participar en el desfile del día del Orgullo Gay y ¡se disfrazaron de mariposas! Le pegué una bronca del carajo. ¿Es que ni él ni el marido, un conocido periodista, tienen dos dedos de frente? ¡A quién se le ocurre jugar así con sus reputaciones profesionales!

—La sociedad de Nueva York es muy abierta, Fermín.

—¿Más que la nuestra? En cuestiones de mariconeo, lo dudo. Además, me parece de perlas que salgan en cualquier desfile de orgullo gay o de lo que sea, pero de eso a vestirse de mariposas...

En aquellas diatribas de orientación sexual nos hallaron el juez y el forense, que llegaron casi a la vez, interrumpiendo las obvias contradicciones de mi compañero. Cuando el médico le quitó el antifaz al cadáver, se formó un corrillo a su alrededor con todos los policías y sanitarios que merodeábamos por el lugar del hallazgo. Nuestra curiosidad se vio satisfecha por una cara abotargada por la muerte, fea, tristona y vulgar. El tipo debía de tener unos cincuenta y tantos. Ninguna característica especial señalaba su rostro, si bien las dos líneas de *kohl* que se había trazado sobre los párpados le conferían un aspecto grotesco en aquellas circunstancias.

—Parece llevar muerto desde las tres o las cuatro de la mañana. Ya veremos, pero por el lugar desde donde ha manado la sangre yo diría que le han asestado puñaladas en el estómago. Debió de caminar tambaleándose y morir aquí mismo. Si hubiera caminado más, la hemorragia habría sido mayor y la sangre se habría extendido por la ropa. ¿Alguien sabe por qué está mojado?

—Ni idea.

—No les arriendo la ganancia, inspectores. Buscar testigos en una noche así va a ser francamente difícil —afirmó el juez—. ¿Lo han identificado ya?

—Todavía no.

—Y de la contaminación de las pruebas ni les cuento. Por aquí habrá pasado todo dios.

—¿Pretende darnos ánimos, señoría?

—No es mi intención ser cenizo, inspectora, sino señalar la dificultad. Así cuando resuelvan la muerte pueden adjudicarse más méritos. Yo, por mi parte, he acabado. Echo un par de firmas y en paz. Ya está listo para la autopsia.

—Le aconsejo que se retire, inspectora Delicado. Cuando los sanitarios metan el cuerpo en la bolsa no sé qué tipo de fluidos pueden salir de él; pero nada agradable de ver y oler, se lo juro.

Aquellos miramientos del forense me cogieron por sorpresa, pero le hice caso inmediato. No hay por qué intensificar los inconvenientes de la profesión.

Mientras los guardias de la urbana cumplían con sus funciones reglamentarias y los nuestros concluían que no había rastros de sangre u otras pruebas en las inmediaciones (bien lo sabía el juez), Garzón y yo fuimos a desayunar al primer bar abierto que encontramos. Frente a unos churros recién hechos, le pregunté:

—¿Por dónde empezamos?

Se encogió de hombros, bebiendo el café con evidente placer.

—Pues por donde siempre. En cuanto acabemos el desayuno, llamamos al depósito a ver si ya le han quitado la piel al demonio. Aunque no creo que con ese traje llevara encima la identificación.

—Si no la lleva hay que mirar en denuncias de personas desaparecidas.

—Pues claro —murmuró, arreándole al churro, que había rebozado con una capa de azúcar bien espesa—.

Estamos mareando la perdiz porque los dos tememos lo que hay que hacer de verdad, ¿cierto, inspectora?

—¡Ni me lo recuerde: los testigos! Testigos en una noche de desfile desmadrado, con el tío muerto desde hace cuatro horas o más. Vuelvo a repetirle la pregunta: ¿por dónde empezamos?

—Por los vecinos de los pisos que pudieron ver algo desde las ventanas o los balcones.

—No es suficiente. Alguien en la calle pudo ver algo. Habrá que pedir ayuda ciudadana.

—¡Ay, no, Petra, por Dios bendito, eso no! Usted ya sabe lo que es la ayuda ciudadana: un montón de tarados que llaman diciendo cualquier chorrada. Desde el tío al que le molesta el ruido del carnaval y piensa «ahora los voy a joder», hasta el que quiere que alguien le escuche y le haga caso sin más. Cuando hay ayuda ciudadana las posibilidades de resolver un caso se reducen a la mitad.

—Tiene usted menos fe en los ciudadanos que yo en la lotería. Venga, deje de zamparse la churrería entera y empecemos. Llame a Sonia y Yolanda, que vengan inmediatamente.

Cualquier ayuda parecía poca a tenor de los primeros pasos: el cadáver no iba identificado ni presentaba signos de violencia, ni le habían robado, y en el departamento de «personas desaparecidas» no se había presentado ninguna denuncia que coincidiera físicamente con él. Pasamos a los posibles testigos de los inmuebles. Entre Yolanda, Sonia, Garzón y yo hicimos un «puerta a puerta» que parecía que iba a ser infructuoso. Todo el mundo dormía a la supuesta hora del asesinato. La gente que estaba en su casa no tenía a las tres de la mañana nada mejor que hacer: el día siguiente era laborable. Cuando ya estábamos a punto de acabar, apareció Yolanda muy excitada.

—Inspectores, vengan por favor. El vecino del entresuelo tiene algo que decir.

Se trataba de un hombre mayor que vivía solo. Con un humor de perros, en pijama y con muy pocas ganas de colaborar, repitió algo que ya le había dicho a Yolanda.

—Sí, yo lo mojé.

Me quedé de una pieza, pero encontré la serenidad suficiente como para preguntar:

—¿Cómo? ¿Puede explicarse?

—Ni que fuera tan difícil de comprender: a las cuatro de la mañana me entraron ganas de mear y fui al lavabo. Cuando volvía a la cama oí a dos tíos dando voces en la calle. Pensé: ¿aún no han acabado de meter bulla esos hijos de puta del carnaval? Me puse la bata para que no me diera el frío de la calle, fui hasta la ventana y la abrí. Allí justo debajo estaba ese tío sentado.

—¿Y nadie más?

—Nadie más. Pensé que era un borracho y como estaba hasta las narices, porque ya está bien con el carnaval y que la gente decente no podamos estar en paz, llené un cubo de agua en la bañera y se lo eché por encima, a lo mejor así se iba a dormir la mona a otro sitio. Se quedó tan campante y me largué a la cama otra vez. ¡A lo mejor se pesca una buena pulmonía!, pensé, algo es algo.

—Es usted el colmo de la solidaridad, ¿eh? —soltó Yolanda en un arranque.

—¿Solidaridad con un borracho que se queda en la calle a dormir?

Atajando la cuestión solidaria, inquirí:

—¿Vio huir a alguien o a alguna persona que se alejara del lugar?

—El tío estaba solo, más solo que la una.

—Las voces que oyó, ¿entendió lo que decían?

—¡Y yo qué voy a entender, con la ventana cerrada y medio dormido!

—¿Era una voz o eran dos?

—Me parece que eran dos: uno hablaba más fuerte, el otro más bajo.

—¿Eran hombres?

—Sí. Maricones serían.

Noté cómo el subinspector se tensaba ante la calificación.

—¿Y discutían?

—Supongo; no creo que estuvieran dándose el pico, aunque a lo mejor también.

Lo que me temía sucedió. Garzón, impulsando su cuerpo hacia delante, puso su cara a un palmo de la de aquel pobre diablo, que inmediatamente retrocedió. Bramó como en la ópera:

—¿Y no se le ocurrió llamar a la policía, como era su obligación?

El puñetero viejo se achantó, si bien puso cara de haber bebido vinagre y dijo:

—No podía saber que estaba muerto. Pensé que sólo había bebido demasiado y ése no es motivo para llamar a la policía en una noche de carnaval.

—La policía decide quién está muerto y quién no en este maldito país, ¿se entera?; ni un médico, ni un cura, ni el mismísimo dios. ¡La policía y en paz! ¡Nosotros tenemos la medida del bien y del mal!

Antes de que se enzarzara en razonamientos tendentes a demostrar que la policía española ya figuraba en el Antiguo Testamento, lo tomé del brazo y estiré, diciéndole al oído:

—A otra cosa, subinspector, este caballero está *in albis*.

Ningún otro testigo pudo añadir nada de mayor interés. Pero teníamos algo. En las deducciones que improvisamos tras un primer día de quehacer, una frase se repetía: «Se conocían». Si habían hablado e incluso discutido antes del asesinato, era que la víctima y el agresor se habían visto con anterioridad. El hecho de que el dinero de la víctima hubiera permanecido intacto en su bolsillo y que no hubiera signos de violencia o de aparente intento de defensa en el cuerpo corroboraba tal afirmación.

Las chicas llegaron a las nueve hechas unos zorros después de haber efectuado más búsquedas de testigos en los bares cercanos. Nada. Sólo quedaba una cosa por hacer: recurrir a la «ayuda ciudadana», y por mucho que yo reivindicara las virtudes genéricas del ser humano, Garzón estaba en lo cierto: nos esperaban cientos de llamadas de una panda de indocumentados que no se sabía si querían ayudar o joder. Aun así, redacté una nota, hablé con los del Ayuntamiento de Sitges para que la hicieran pública (estaban horrorizados de que en su siempre tranquilo carnaval hubiera sucedido una cosa semejante) y la mandé a los periódicos de Barcelona, advirtiendo a todas las comisarías de que cualquier denuncia sustanciosa que les llegara sobre el caso me la transmitieran a mí o a Garzón. Llegué a casa sobre las diez.

Cuál no sería mi sorpresa al comprobar que mi marido no estaba solo, sino con sus tres hijos menores, esperando mi llegada con espuertas de ilusión. Fue fácil comprobar por qué: Teo y Hugo estaban disfrazados de toreros. Lucían sendas monteras de cartón piedra, confeccionadas con maestría, y colgando del cuello un cartel en el que se leía: «Somos asesinos de animales. Barcelona, ciudad antitaurina». Por su parte, Marina llevaba un vestido de princesa en el que no cabía ni una lentejuela más, ni otro añadido de tul. Dio un salto y me abrazó.

—Hugo y Teo se han metido conmigo porque voy de princesa. ¿A que eso no es malo, Petra?

—No, no, ¡qué va! Hay princesas buenísimas, pero no muchas, ¿eh? Eso debes tenerlo presente.

—Y tú, ¿de qué te has disfrazado? —me preguntó uno de los gemelos.

—¡De policía!, ¿no lo ves? Unas ojeras hasta las rodillas, sin peinar, la espalda dolorida y todo el día casi sin comer.

Marcos rió por lo bajo.

—Te hemos reservado la cena en el microondas. Chicos, ¿por qué no dejáis que Petra se relaje? Mañana le contáis qué tal el carnaval en el colegio.

Me negué a relajarme a cuenta de la ilusión infantil, habían esperado demasiado embutidos en sus incómodos trajes. Los llevé conmigo a la cocina y, mientras cenaba, oí sus relatos sobre cómo los de «primero B» iban vestidos de ectoplasma y los de «cuarto A» habían decidido ser monstruos sanguinarios con colmillos de pega. Por fin, Teo, como siempre, rompió la alegría al preguntar:

—¿Qué asesinato ha pasado, Petra?

A regañadientes, respondí:

—Han matado a un señor disfrazado de diablo rojo. Pero no voy a admitir ninguna curiosidad más, ya lo sabéis.

—En la liga de fútbol escolar una vez se presentó un equipo con todos los niños vestidos de diablo rojo —apuntó Hugo.

—¿Y eso era para carnaval? —le instó Teo a responder.

—No, creo que era para fin de curso.

—Entonces, qué tiene que ver con lo que hablamos. A veces pareces subnormal.

—¡Subnormal eres tú, que no juegas ni al fútbol!

Empezaron a darse recíprocos empellones y su padre, que tomaba pacíficamente un whisky a nuestro lado con el periódico en la mano, intervino sin titubear:

—¡A la cama los tres! Os habéis portado muy bien y no es cuestión de estropearlo a última hora.

—¿Yo también? —dijo Marina como una víctima de la injusticia. Pero no recibió amnistía alguna y se fue a dormir.

A las alturas en que estábamos de nuestra vida común, Marcos sabía distinguir perfectamente cuando un caso me preocupaba más de lo normal. Al quedarnos solos quiso saber:

—¿Estás recibiendo presiones de algún tipo en esta investigación?

—De momento, no.

—Pues te veo preocupada.

—Me preocupa Garzón. Intuyo que el caso puede desarrollarse en un entorno homosexual y se toma a la tremenda cualquier comentario patoso que le llega.

—¿Por el tema de su hijo? Creí que lo tenía completamente superado.

—Yo también lo creí, pero si oyeras los comentarios que él mismo hace, comprenderías que se debate entre sus propias contradicciones.

—Bueno, eso no es grave.

—Puede llevarlo a cometer errores profesionales.

Marcos levantó los brazos en actitud de ligero escándalo.

—¡Petra, por favor, no puedes anticipar tus preocupaciones como si fueran carambolas de billar! Esta bola le da a aquella, y aquella a una tercera y al final... ¡Zas, terrible problema!

—No me extraña que me digas eso; ningún hombre es capaz de anticipar nada que no esté pasando ante sus narices.

—Porque necesitamos pruebas palpables de que existe una complicación. ¿Ha hecho el subinspector algo muy llamativo?

—Ha estado a punto de darle un sopapo a un testigo.

—Bueno, sería un mafioso insoportable.

—Era un anciano que vive solo.

Pronunció una exclamación en voz baja y me miró con cariño.

—No quiero que te preocupes por nada. Garzón es un adulto lleno de sentido común. Y, sobre todo, no quiero que estés preocupada cuando nos vayamos a dormir, porque darás muchas vueltas en la cama y me despertarás.

—¡Eres un prodigio de sensibilidad!

Hice amago de perseguirlo para atizarle y huyó riendo. Pensé que nuestros cometidos profesionales eran antagónicos: él hacía casas para que la gente viviera en ellas, y yo me ocupaba de la gente cuando acababa de morir. Por eso era lógico y comprensible que su pesimismo y el mío nunca estuvieran al mismo nivel.

Los dos días posteriores al asesinato tuvieron una intensidad inusitada. Los resultados de la autopsia llegaron enseguida, y el llamamiento ciudadano surtió un efecto sobrecogedor. Los posibles testigos se multiplicaron como setas en tiempo lluvioso. Fueron sobre todo Sonia y Yolanda quienes atendieron llamadas y visitas, realizando una criba después.

En cuanto a la autopsia, no hubo sorpresas. La primera impresión del forense en el lugar del crimen se vio confirmada: lo habían matado *in situ*, sin traslado ninguno del cuerpo, y a las tres de la madrugada. El dato novedoso fue el arma homicida: un cuchillo de grandes dimensiones y muy afilado. Y otro dato que ya sospechábamos: la distensión de la zona perianal demostraba que el muerto era gay activo desde hacía muchos años.

La primera reunión de la mañana entre Garzón y yo se resumió en un breve *brainstorming* y las primeras deducciones fueron rápidas: la víctima y el agresor no sólo se conocían, sino que éste había premeditado el asesinato. Nadie va por la calle con un cuchillo enorme preparado para atacar. Probablemente estuvo siguiendo a su presa toda la noche, quizá disfrazado para no ser reconocido. Acabado el desfile de carnaval, esperó a que la víctima transitara por un lugar tranquilo y la abordó, pero con la intención previa de matar. El subinspector afirmó:

—En una noche en la que un montón de personas

andan disfrazadas, es fácil ocultar un cuchillo, por más voluminoso que sea: dentro de una túnica si te vistes de personaje bíblico, bajo la chilaba si vas de Mustafá, etcétera, etcétera.

—Incluso puedes llevarlo al descubierto —aventuré—. Un disfraz de carnicero, de guerrero, de Muerte con la guadaña y un cuchillo por si falla.

—Sí, ¡joder, estamos apañados! Me doy cuenta de que el carnaval es una ocasión fantástica para matar. Y supongo que no se le ocurrirá pedir ayuda ciudadana preguntando si alguien ha visto un disfraz que implicara cuchillo afilado.

—Mejor no. ¿Ha visto la cantidad de testimonios que debemos revisar a pesar de la criba de las chicas?

—Ni me lo cuente. Y del móvil, ¿qué me dice del móvil?

—Que el tipo fuera gay quizá nos beneficia —dije temiendo la reacción de mi compañero—. Suelen moverse en círculos más o menos cerrados en los que podemos seguir pistas con cierta facilidad. El móvil podría ser una venganza, un corazón despechado... o a lo mejor el tipo es un traficante de drogas y sólo hablamos de dinero.

Las cejas de Garzón se elevaron a la vez como bailarinas sincronizadas. Asintió con su poderosa cabeza y dijo al fin:

—Puede ser cualquier cosa. ¿Hago entrar a las chicas? Para qué vamos a posponer los momentos desgraciados.

Tras una corta búsqueda por la comisaría, el subinspector reapareció flanqueado por Sonia y Yolanda, que portaban un ordenador en los brazos como si fuera un delicado bebé.

Comenzó la sesión de ayuda ciudadana, que más bien parecía una terapia colectiva en cuanto las chicas empezaron a hablar.

—Aquí hay una señora, que se llama Ramona Alfaro, que no duerme bien. La noche de autos, como la música de carnaval la molestaba mucho, salió a dar una vuelta y se fijó en el hombre disfrazado de demonio —cantó Sonia.

—¿Y...? —la instó Garzón.

—Pues que estaba muy animado y daba saltos.

—¿Iba solo?

—Al parecer, sí.

—Pues céntrese en lo importante, agente, qué más nos da saber si daba saltos o hacía cabriolas.

—No diga eso, Fermín. —Le eché un cable a la policía—. El hecho de que presentara una actitud festiva significa que no tenía una cita comprometida o en principio desagradable con el agresor.

—Es mucho deducir, pero bueno. Veamos el siguiente testimonio.

—Carmelo Fernández. Padece del corazón y dice que ha visto al interfecto alguna vez haciendo de camillero en el ambulatorio de la Seguridad Social.

—Lo verificaremos —graznó mi compañero—. Aunque sería lógico pensar que si la víctima trabajaba en alguna parte, su jefe o sus compañeros lo hubieran echado a faltar, ¿no les parece?

—Es verdad —exclamó Yolanda—. ¿Han mirado ustedes en la oficina de empleo de Sitges?

La cosa caía por su propio peso. Tanto era así que, cuando lo apunté como tema pendiente, me enfadé conmigo misma por no haberlo pensado con anterioridad.

—Aquí hay otra señora... —reanudó Sonia la lectura de su listado— que como tiene reúma y no puede salir, vio el desfile por la tele y asegura haber reconocido a la víctima.

—¡Coño! —soltó el subinspector con un humor infecto—. ¿Quiénes se han presentado como ayuda, los damnificados de un terremoto, los residentes de un hospital? Una tiene insomnio, otro padece del corazón, la señora reumática... ¿No hay nadie con buena salud, aunque no haya visto al muerto?

—Déjela terminar —apunté conteniendo la risa.

—No, si ya he terminado.

—¡Pues vaya mierda! No, si ya sabía yo que la ayuda ciudadana...

Yolanda salió en defensa de su labor.

—¿Y qué quiere que hagamos, subinspector? ¡Tendría que ver los testimonios que hemos descartado! Un chico llamó para decir que la víctima es igualita que un presentador de la tele. Y otra señora mayor, que hasta se presentó en comisaría, trajo un recorte de periódico donde salía el muerto, según ella.

—¿Y de quién era la foto?

—Del presidente del Gobierno. Así que ya me dirán, con ese panorama...

—¡Un momento, un momento! —intenté frenar el desconcierto general—. Vayan las dos a la tele local de Sitges. Seguro que tienen grabado el desfile de principio a final. Háganse con las imágenes y mírenlas bajo una lupa, ¿de acuerdo? Si la señora reumática vio al interfecto, a lo mejor ustedes también pueden verlo. Además, nos interesaría para contar con algo más que la foto de un muerto de cara a posibles identificaciones.

Me resistía a crear falsas expectativas, por ello me abstuve de decir en voz alta que concebía cierta esperanza con relación a las imágenes. ¿Y si en ellas la víctima aparecía acompañada? ¿Y si ejecutaba alguna acción que pudiera ayudarnos?

Allá fueron nuestras chicas con un nuevo y pesadísimo encargo. Garzón y yo visitamos la oficina de empleo, en la que quizá el muerto estaba inscrito. Hubo que pedirle al director que congregara a todos los trabajadores cuando las horas de atención al público acabaron. Una vez reunidos, la foto del muerto circuló entre ellos y comprobamos con desánimo cómo pasaba de mano en mano mientras las cabezas iban haciendo movimientos negativos. No hubo suerte. El director intentó subirnos la moral con algunas puntualizaciones deprimentes en sí mismas.

—Les ruego que piensen en la gran cantidad de gente que recibimos. Desde que la crisis se inició, esto es una procesión continua. Además, podría tratarse de un parado de larga duración, alguien que hubiera acabado de recibir las prestaciones económicas después de dos años. En ese caso es muy improbable que alguien lo recuerde. De cualquier modo, si quieren consultar las fichas de los últimos dos años, no hay inconveniente por mi parte.

—Si no van acompañadas de una fotografía es inútil. Sólo seríamos capaces de segregar unos cuantos nombres atendiendo a la edad y eso no nos serviría de mucho.

—¿Unos cuantos nombres dice usted, inspectora? Más de unos cuantos, me temo. Las bandas de edad más golpeadas por el paro son los jóvenes y las personas cercanas a la jubilación.

Salimos de allí con la moral por los suelos. Si aquéllas eran las perspectivas de nuestro país, estábamos listos. Le propuse a Garzón hacer una parada y tomar un café. Él respondió con una contrapropuesta en la que el café era sólo el colofón final de una comida. Cierto, se nos había hecho muy tarde y teníamos el estómago vacío. El mío podía ser engañado, pero no así el del subinspector, siempre atento a sus necesidades. Paramos en un figón lleno de gente que, a pesar de la crisis, se regalaba con buena comida caliente y vino de marca. Parecía evidente que los problemas económicos no afectaban a todo el mundo por igual. Pedimos el menú y nos enfrascamos en él con la atención con la que se descifra un códice antiguo. Fue entonces cuando advertí hasta qué punto estaba hambrienta. Garzón, una vez satisfecho el apetito más urgente, me preguntó:

—¿No va usted a ninguna fiesta de disfraces esta noche? Mañana se acaba el carnaval.

Iba a decir mecánicamente que no cuando mi mente sufrió un sobresalto. Sí, sí iba a una fiesta de disfraces que se celebraba en casa de unos amigos de Marcos, sólo que lo había olvidado por completo. Un ataque de furia interna seguido de otro de preocupación me dejaron fuera de juego sin haber abierto la boca ni para comer ni para hablar.

—¿Le pasa algo?

—¡Demonio, subinspector! ¡No sé si darle un abrazo o arrearle con algo!

—¿Se puede saber por qué?

—Tengo que ir a una fiesta y se me había olvidado. Y lo peor es que recuerdo perfectamente que Marcos estuvo recordándomelo.

—Pues no veo el problema.

—Que usted no lo vea no significa que no exista. Primero: no tengo el ánimo para fiestas, y segundo: no he pensado en el disfraz.

—Perdone que le diga lo siguiente: a las fiestas se va justamente para animarse, y en cuanto al disfraz... no sé, vístase con el uniforme de gala de la poli; a la gente le gustará.

—¿Está usted de coña? Se me podría caer el pelo. ¿De qué irá usted disfrazado a su fiesta?

—De marajá, y Beatriz de marajaní. Son unos trajes preciosos que nos ha hecho una modista. El día que me lo probé me encontré muy favorecido. Lleva un montón de medallas en la solapa y un fajín azul cielo que me resalta la panza una barbaridad —dijo riendo—. Lo único malo es que mi mujer quiere que me pinte los ojos con una raya negra, y la verdad, eso me da un aspecto mariconil que no me gusta un pelo.

—Es una buena idea, pero de que me hagan un traje no estoy a tiempo.

—Alquílelo.

—Me da una pereza enorme, y en realidad no necesito ocultar mis inhibiciones bajo un disfraz.

—Claro, como siempre dice lo que le pasa por las narices...

—Oiga, ¿a qué hora cree que acabaremos esta tarde el trabajo?

—Tenemos que rematar el tema de las ayudas ciudadanas y redactar los informes de hoy. Yo creo que para las seis estaremos libres.

—¿Me acompañará?

—¿A alquilar un disfraz? ¡Eso está hecho! Así podré aconsejarla con mi fino instinto de estilista.

Fuimos a Menkes, un establecimiento clásico en Barcelona, y como yo no había sido la única en dejar el asunto del disfraz para el último momento, la tienda estaba a tope. Empecé a ponerme nerviosa en cuanto puse un pie dentro, de modo que cuando una dependienta me preguntó si tenía alguna idea, contesté que quería algo rápido y fácil.

—Nuestro arco de disfraces es muy amplio. Va desde un complicadísimo vestido de Cleopatra hasta el sencillo traje de currante.

—¿En qué consiste el currante?

—En un mono azul de trabajo y un casco de obra. Sugerimos al cliente que lo complemente con una fiambrera o un bocadillo envuelto en papel de estaño.

—Eso estará muy bien.

El subinspector empezó a protestar en el mismo momento en que la chica desapareció en busca de mi elección.

—¡Joder, Petra!, eso no es nada glamuroso. ¡Pobre Marcos!; con lo guapa que es usted y va a ir a ponerse la cosa más basta.

—¿Qué tienen de malo los currantes? Además, tal y como está el patio del empleo en este país, resultará muy exótico.

Una vez vestida de pies a cabeza y mirándome en el espejo detenidamente, quedé complacida. El atuendo me daba un aspecto democrático y alegre que no lograba alcanzar con mi tradicional gabardina.

Cuando por la noche Marcos y yo nos preparábamos para la ocasión, me quedé de una pieza al verlo ataviado de *cowboy*. No se había calentado los cascos, y confesó muy contrito que le faltaba imaginación, por eso había recurrido a lo clásico. Cambió de idea cuando me vio a mí dispuesta para subir al andamio. Se echó a reír.

—Veo que tú no aspiras a ser princesa, como Marina.

—Ya ves que no. ¡El trabajo dignifica!, aunque el mío sea horrible. A lo mejor este disfraz indica una querencia hacia la simplicidad laboral, ¡como siempre estoy metida en casos complicados!

—¿Qué significaría entonces mi arreglo de vaquero?

—Muy fácil, que desearías ser libre, vivir en las anchas praderas y no haberte casado jamás con una mujer como yo: que no hace su propio pan en el horno de una cabaña de troncos y tiene que trabajar siempre en la ciudad.

Puso los ojos en blanco.

—Hiciste bien en escoger ropa simple, tu mente ya es suficientemente retorcida.

Nos besamos y salimos dispuestos a pasarlo bien. ¡Y así fue! Me divertí más de lo que había pensado confraternizando con una dama gorda vestida de arlequín, un cupido entrado en años y el más importante cirujano del Hospital Universitario convertido en Montserrat Caballé. Pensé que quizá es sano cambiar de personalidad al menos una vez al año y jugar con lo que no fuimos ni seremos jamás. Bebí, reí, bailé... y al día siguiente estaba destrozada.

Mi compañero no estaba mucho mejor. Llevaba la resaca pintada en el rostro y, cuando se dejó caer en un sillón de mi despacho como un saco viejo, pensé que bromeaba, pero no.

—Soy un marajá muerto —declaró.

Aquello me hizo reaccionar. No resultaba muy profesional que los excesos de una fiesta entorpecieran nuestra investigación, de manera que me puse en pie con las fuerzas que me restaban y lo espoleé sin piedad.

—Pues yo necesito un policía vivo. ¿Quién va a buscar el café, usted o yo?

—Iré yo; de lo contrario, me duermo.

En ese momento entró Yolanda como una exhalación. Sin dar siquiera los buenos días, se embaló.

—¡Inspectores, un testigo, un testigo que ha reconocido a la víctima! ¡Vengan, por favor!

Garzón dio un paso atrás y se tapó los oídos, como si no pudiera soportar la voz potente de la chica. Intervine pidiendo calma y sólo cuando se cumplió mi petición pude enterarme de que en la entrada había un hombre que tenía información sobre nuestro cadáver sin identificar. Le ordené a Yolanda que lo retuviera mientras el subinspector y yo nos tomábamos sendas aspirinas mezcladas con dos cafés. Tras aquella pausa terapéutica, hice pasar al testigo.

Era un hombre de unos cuarenta años, alto y fuerte, vestido con tejanos y cazadora de cuero. Nos miró con seguridad y tomó asiento tranquilamente cuando se lo indicamos. Antes de que empezara a hablar, le advertí que sería yo quien preguntara. Nos dio su nombre y sus apellidos y su profesión, era camionero.

—Nuestra petición de ayuda ciudadana apareció ya hace un par de días, ¿por qué ha decidido venir hoy a vernos?

—Estaba de viaje en el camión, por Alemania. Hasta esta mañana temprano no me he enterado de que buscaban a ese hombre.

—De acuerdo. ¿Lo conocía usted?

—De vista nada más. Es un habitual del bar La Noche, en el barrio de Sants. Allí seguro que saben quién es.

—Hizo una pausa significativa y continuó con decisión—: Yo voy por ese bar con cierta frecuencia cuando estoy en Barcelona, es un bar de ambiente gay.

Procuré que ni el más mínimo impacto dejara huella en mi expresión.

—¿Puede decirnos algo sobre ese hombre?

—Muy poco. Lo tengo visto, siempre solo y sentado en la barra. Solía hablar con el dueño. Es lo único que puedo decirles. No sé si les ayudará o no.

—Por supuesto que nos ayuda. ¿Está usted dispuesto a firmar una declaración?

—Sí, estoy dispuesto. Por eso he venido sin dejar pasar ni un minuto, aunque aún llevo encima el cansancio del viaje, como ya se imaginarán.

—Le agradecemos enormemente su colaboración.

—¿Alguien más les ha alertado sobre ese bar?

—No, usted ha sido el único.

—Lo que me figuraba. ¿Sabe qué le digo, inspectora? He querido presentarme personalmente porque estoy hasta las narices de esa actitud. Mucho día del Orgullo Gay y mucho carnaval y luego los gays se esconden como ratones cuando hay que dar la cara con nombre y apellidos. No quiero que eso me ocurra a mí.

—Eso le honra —murmuré.

Cuando hubo salido, Garzón exclamó:

—¡Todo un tío!

—No sé si es un tío o no, pero sin duda es un hombre de bien.

El bar La Noche abría a las cinco de la tarde. Mientras se acercaba la hora, hicimos compañía a Sandra, que, casi de modo hipnótico, seguía pegada al televisor observando las imágenes del desfile que nos había facilitado la tele local. Tenía los ojos irritados, por lo que decidimos suplirla en vez de acompañarla. Solos frente al televisor, a aquella hora y en aquel lugar, el vídeo carnavalero parecía algo absurdo y ridículo en sí mismo. Se sucedían los hombres semidesnudos, otros vestidos de mujer con tetas postizas, las espectaculares *drag queens*... Al final mi compañero explotó.

—¡Vaya panda de descerebrados! Le hacen un flaco favor al colectivo gay, todos bailando como indios y sin ni pizca de dignidad. ¡Ojalá todos fueran como el camionero que ha venido a declarar!

Congelé las imágenes, me volví hacia él.

—A mí me gustaría que todo quisque fuera como el camionero, gay o no. Pero en el mundo hay de todo, por si no se había enterado. Además, cualquier colectivo hace el indio en carnaval. ¿O es que usted anoche estuvo en un concierto de música clásica?

—A lo suyo se le llama corrección política, creo recordar.

—¡En ningún momento! Si hubiera sido políticamente correcta, no le habría permitido decir que los indios se comportan de manera estrafalaria, ni habría empleado yo misma esa expresión.

Se echó a reír y lo mismo hice yo. Seguimos viendo el desfile sin más comentarios.

A las cinco en punto estábamos en la puerta del bar La Noche, que tenía aún la puerta metálica bajada. La apariencia externa no presentaba nada destacable. Decidimos dar paseítos por la acera hasta que a las cinco y diez vimos con sorpresa cómo una mujer de unos treinta y tantos se dirigía a la puerta y la abría. Le dimos tiempo para acabar la operación y entrar.

—¿Será la señora de la limpieza? El camionero mencionó un dueño, y además, en un local gay...

Diez minutos más tarde estábamos frente a ella, en un lugar oscuro pero moderno y bien decorado. Experimentó la habitual sorpresa cuando le dijimos que éramos policías. Sin más trámite, Garzón le puso delante la foto de la víctima. La observó. Sorpresa por sorpresa, dijo:

—¿Es un cliente? Pues lo siento, pero tendrán que esperar a que llegue mi marido. Hoy ha ido al médico, por eso estoy yo aquí. Llegará sobre las seis. ¿Les pongo algo de bebida?

—¿Su marido? —preguntó el subinspector con cierta incredulidad latente.

—Tenemos dos hijos. Los dueños de un bar gay no tienen por qué serlo, ¿no les parece?

Garzón soltó una risilla nerviosa porque la cosa estaba clarísima. Cambió inmediatamente su actitud.

—Póngano dos cervezas, por favor.

—Creía que los policías no bebían cuando estaban de servicio.

—Ésa es una vieja leyenda urbana —musitó mi compañero, pero por si tenía algún recelo le enseñó la placa.

Puntual, a las seis, llegó el dueño del bar. La esposa le explicó brevemente nuestra presencia y tras darle un largo beso en los labios, sin duda dedicado a nosotros, abandonó el establecimiento. Antes de empezar a hablar, Garzón le enseñó al hombre la fotografía de la víctima.

—¿Reconoce a este hombre?

—¡Demonio! —exclamó éste—. ¿Está muerto?

—Hemos distribuido carteles por todo Sitges. ¿No se había enterado?

—Ni idea, le digo la verdad. Mis horarios laborales son muy especiales, paso la tarde aquí y duermo por las mañanas. ¿Cómo lo mataron?

—Cuando el primer desfile de carnaval ya había acabado. Alguien nos ha dicho que este hombre era cliente habitual de su establecimiento.

—Pues sí, es verdad. Se llama Manolo.

—Manolo, ¿qué más?

—Nunca supe su apellido. Le llamábamos Manolo «el cachas» porque estaba fuertote. Él decía que había trabajado muchos años en un gimnasio, de monitor. Pero no me pregunte en cuál porque no tengo idea.

—El testigo que lo identificó como parroquiano suyo nos dijo que siempre estaba hablando con usted en la barra. Me parece muy raro que sepa tan pocas cosas sobre él —comenté con malicia.

—Verá, inspectora, éste es un bar de barrio, sin pretensiones; pero desde que lo abrí he procurado que no se convirtiera en uno de esos locales de ambiente gay tan cutres y tan tristes. Aquí la gente se relaciona, toma una copa y en paz. No nos gustan esos tipos puteados por la vida con historiales poco claros. ¿Me comprende?

—No.

—Lo que quiero decir es que Manolo era un tipo baqueteado, pobretón, de los que no tienen donde caerse muerto, y que ése no era justamente el patrón que yo quería para mi local. Pero no podía echarlo a la calle, venía como mínimo una vez a la semana. No creo que al resto de mis clientes les gustara demasiado verlo por aquí; de modo que prefería darle un poco de conversación mientras se tomaba su whisky. Así se quedaba en la barra y no molestaba a nadie. Pero nunca hablábamos de nada importante, era un pobre desgraciado.

—¿De qué vivía?

—No creo que trabajara en ninguna parte. Iba mal vestido y sólo tomaba un whisky de la marca más barata; nunca dos. Únicamente hablaba de trabajo cuando le daba por recordar que era un monitor muy importante de gimnasia, también decía que había sido profesor. Cuentos, supongo. Sueños de fracasado, ¡qué sé yo!

—¿Piensa que podía estar metido en algún tema de drogas?

—No lo creo, habría vivido mejor.

—¿Siempre estaba solo, nunca vino con nadie?

—Jamás, y nunca hablaba con nadie que no fuera yo.

—En sus recuerdos, ¿no le dijo nunca dónde trabajaba?

—No, nunca.

—¿Ni siquiera si ese gimnasio donde era monitor estaba en Barcelona o en Sitges?

—Ni siquiera eso.

Le dejé mi teléfono e insistí sobre la importancia de comunicarme cualquier cosa que le viniera a la mente, cualquier cosa.

—¿Cree que dice la verdad o que no quiere complicarse la vida? —me preguntó Garzón al salir.

—No lo sé, pero de momento no importa demasiado; poca información obtendremos de él. ¿Ha intuido cuál es el próximo paso?

—Me temo que sí: visitar todos los gimnasios de Sitges y rezar.

—¿Rezar?

—Para que el gimnasio donde trabajaba este tío no estuviera en Barcelona. ¿Sabe cuántos gimnasios hay en nuestra querida ciudad?

—Rezaré.

En casa me esperaba Marina. Estaba enfadada conmigo porque en los últimos días no le había hecho demasiado caso.

—No me contaste que ibas a una fiesta con papá y tampoco que te disfrazarías de currante.

—Lo improvisé, te lo aseguro; y de la fiesta ni siquiera me acordaba.

—¿Y por qué de currante? Eso es una porquería de disfraz.

—¿Cuál te hubiera parecido mejor?

—Pues no sé, algo bonito: azafata, domadora de fieras, bailarina de ballet...

—¿Tú por qué quisiste vestirte de princesa?

—Porque mi madre dice que los volantes y las lentejuelas y el rosa son una horterada. ¡Pero a mí me gustan! Y así por lo menos una vez voy como yo quiero.

—Verás, Marina: los carnavales son una fiesta muy especial porque cada uno se la toma a su manera. Hay personas que, como tú, quieren tener la apariencia que nunca pueden tener. Pero hay quien, como yo, lo que desea de verdad no es estar más guapa o más fea, sino divertirse de verdad, participar en el jolgorio, ponerse una pinta ridícula, hacer reír a los demás. ¿Lo entiendes?

—Sí —dijo sin el más mínimo convencimiento. Para que se le pasara el enfado tuve una idea de urgencia.

—Mira, ¿sabes qué vamos a hacer? Trae todos tus colores y tus libretas a la mesa de la cocina y pintaremos el vestido de princesa más bonito que se nos ocurra. ¿Te parece?

Como se conformaba con cierta facilidad, mi iniciativa tuvo éxito. Así que mientras llegaban su padre y los chicos, nos enzarzamos en un marasmo pictórico de tules y sedas, de joyas y faldas hasta los pies. Sin embargo, la cosa duró poco. Sonia me llamó al móvil. En su voz se notaban los miedos y las prevenciones al decir:

—Inspectora, yo no quiero molestarla ni nada por el estilo, y a lo mejor lo que le voy a contar puede esperar hasta mañana, pero por si acaso yo...

—Suéltalo ya, Sonia.

—En los vídeos de la tele de Sitges he localizado a la víctima, y no iba solo. Yo creo que debería usted ver las imágenes.

—Voy para allá. Avisa al subinspector.

Marina levantó inmediatamente la cabeza de sus papeles.

—¿Te vas?

—No antes de que llegue tu padre.

—¡Pero si estará a punto de llegar! Quédate un ratito, anda.

—¿Y a ti te gustan los carnavales? ¿Sabes lo que significa de verdad esa fiesta? ¡Pues que hay que aprovechar el momento presente sin pensar en el futuro! Y mi momento presente es que tengo que irme, de modo que sigue pintando y calla.

Continuamos diez minutos más hasta que oí abrirse la puerta de la calle y me puse en pie. Marina me miró con mala cara, pero ¿qué podía entender una niña de su edad del *carpe diem*? Nada en absoluto, y no sería yo quien cargara con la responsabilidad de explicárselo.

En comisaría ya no había ni dios. El turno de noche era muy tranquilo. Garzón rebufaba por lo bajo sin acabar de creer que el hallazgo de la torpe Sonia valiera la pena. Cambió de opinión en cuanto vimos las imágenes que la chica había aislado del resto. En ellas se veía al tal Manolo, con su viejo traje de demonio, saltando entre la gente. De repente, un hombre se le acercaba y hablaban un momento. Después, Manolo le seguía y ambos desaparecían del plano. La secuencia estaba filmada a las tres menos cuarto de la madrugada, aproximadamente un cuarto de hora antes de que la víctima se convirtiera en tal. Podía aventurarse, pues, casi con total seguridad, que el hombre que aparecía en la pantalla era el asesino. Garzón se volvió hacia Sonia muy excitado.

—Buen trabajo, Sonia, muy buen trabajo. Te felicito. ¿Sabes manejar este aparato?

La chica, esponjada por la lisonja como una lechuga recién arrancada de la tierra, afirmó con emoción:

—Muchas gracias. Claro que sé cómo funciona este trasto. ¿Qué quieren que haga?

—Primero ralentizar la imagen.

Vimos toda la secuencia, que apenas duraba medio minuto.

—Ahora, agranda la imagen.

Lo hizo. Vimos al tal Manolo con su cara de pan a medio cocer riendo bobamente mientras daba pequeños saltitos. Dedujimos por la complexión y la calvicie que el hombre que lo abordaba tenía más o menos su misma edad y no iba disfrazado. Por desgracia, la grabación lo mostraba de espaldas y sólo al final de la secuencia aparecía brevísimamente su perfil.

—¡Congela la imagen! —pidió el subinspector.

Nariz prominente, gafas sin montura, pelo cano, vientre algo abultado. Un hombre de pinta muy corriente, como hay miles en España. Vestido de modo deportivo pero con distinción. Su amplia gabardina podía muy bien haber ocultado el arma del crimen. La fugacidad de la imagen impedía saber qué expresión dominaba su rostro. Intentamos hacer esa averiguación congelando fotograma a fotograma la cara de la víctima. Al principio estaba relajado. Al ser abordado, sorprendido. Pregunté a mis compañeros:

—¿De qué tipo creen que es la sorpresa?

Escrutaban a aquel jamelgo como si les fuera la vida en ello.

—Desagradable, no —opinó Sonia.

—Ni agradable tampoco —concluyó Garzón.

—¿De reconocimiento? —inquirí.

Ahí era más difícil hacer una conjetura. Lo intenté yo también.

—Juraría que no conocía al otro hombre.

—Pero lo sigue sin muestras de alarma o sospecha —respondió el subinspector.

—No sabemos lo que le dijo.

—¿Un asunto de sexo?

Encogí ambos hombros a la vez.

—Puede ser.

—Me parece una manera muy rara de ligar —terció Sonia, y llevaba razón.

—¿No estará ofreciéndole droga, o pidiéndosela?

Decidí acabar la sesión de trabajo improvisada en aquel mismo momento. No había nada más que pudiéramos hacer. Reemprenderíamos el trabajo a primera hora de la mañana siguiente. Pedí a Sonia que buscara entre nuestros hombres algún especialista en leer los movimientos de los labios. Intentaríamos al menos averiguar la mitad de aquella conversación, deducir la otra mitad. También tenía trabajo para Garzón: debía visitar el departamento de Drogas. Quizá conocían a nuestro muerto, aunque no estuviera fichado.

Cuando llegué a casa, todo el mundo dormía. Fui a servirme un vaso de leche y vi que en un imán de la cocina mi compañera de pinturas había colocado a su princesa, enjaezada como una auténtica yegua andaluza. Sonreí, pero no estaba de humor. Aquel caso, en el que todo era aparentemente vulgar, tenía un tufo extraño cuyo origen no era capaz de localizar. ¿Era Manolo un prostituto que murió en un crimen pasional? Me costaba creer que él y aquel tipo que se le dirigía en la grabación fueran capaces de pasión alguna. Intenté dormir.

A las ocho de la mañana todo el mundo había hecho sus deberes. Garzón confirmó que nadie en el departamento de Drogas había visto nunca a Manolo, y Sonia apareció con un joven inspector que leía los labios con la misma facilidad con que todo el mundo lee el periódico. Le pasamos la grabación y sin dificultad, a pesar de que las imágenes no eran nítidas, fue traduciendo.

—Dice: «Hola, ¿qué tal?». Luego: «Sí, ¿quién le ha hablado de mí?». Y al final dice: «Sí, puede interesarme». Eso es todo.

Hice esfuerzos por componer el rompecabezas en mi mente, pero no era muy fácil. Garzón sentenció:

—El desconocido sabía su nombre.

—Sí, y le ofreció algo que le interesaba. ¿Qué? ¿Dinero, sexo, sustancias psicótropas?

—Ese hombre no tiene pinta de camello —acertó Sonia.

—Puestos a eso tampoco tiene pinta de maricón que se ofrece en las fiestas —matizó el subinspector.

—Yo diría que tiene pinta de hombre cabal, de empresario, de padre de familia, de nadie capaz de tener algo que pudiera interesarle a este tío del disfraz. —Nos brindó su ayuda el lector de labios.

—Gracias por todo —le dije, y me volví hacia Garzón—. Haga copia en foto fija fotograma a fotograma, subinspector. Le espero en mi despacho.

Cuando apareció mi compañero con el material, volvimos a estudiarlo detenidamente.

—No haga planes para la tarde, subinspector. A las seis en punto iremos con esto al bar La Noche.

—Pero si la víctima no conocía a ese hombre, ¿de qué nos va a servir...?

Le interrumpí con escasa amabilidad.

—Es la única pista que tenemos, ¡la única!, así que habrá que ordeñar a esa vaca a falta de más ganado.

Vimos venir desde lejos al dueño de La Noche. No me gustó su expresión, pero ¿quién sonríe amablemente cuando la policía va a darle la tabarra? Abrió y nos invitó a seguirle hasta un asiento. Puso una cerveza delante de cada uno de nosotros sin preguntar siquiera.

—¿Ha pasado algo nuevo? —dijo, intentando demostrar cierta curiosidad verosímil.

—Le traemos unas fotos para que les eche una ojeada. Queremos saber si ha visto alguna vez al hombre que aparece en ellas. Tendrá que fijarse mucho porque no se le distingue muy bien.

Empezamos por la primera foto. Su rostro experimentó un impacto al ver a Manolo. Aproveché su reacción para afirmar:

—Unos minutos más tarde estaba muerto. Todo parece indicar que el hombre con quien habló fue su asesino.

Tragó saliva, se sirvió una cerveza, bebió.

—Es jodido verlo vivo sabiendo que lo mataron poco después.

—Sé muy bien lo que quiere decir.

Llegamos a la imagen del hombre desconocido: de espaldas, de perfil. El dueño las miraba una y otra vez. Se restregó los ojos con las manos. Contuve la respiración.

—Inspectora, no sé qué importancia puede tener que yo lo haya visto o no, pero ¿y si me equivoco? La foto no está muy clara.

—Lo que usted pueda decirnos sólo nos ayudará en la investigación. No acusará de nada a nadie directamente; y si no está seguro, su testimonio tendrá régimen sólo de probabilidad.

—Yo juraría que a este hombre lo vi alguna vez por el bar. Un par de veces a lo sumo. La segunda hace unos seis meses, si no me estoy equivocando de medio a medio, coincidió en el local con Manolo, que estaba en la barra, como siempre.

—¿Hablaron?

—No, no, ¡qué va! El señor ese estaba sentado en una mesa, pero me acuerdo porque cuando Manolo ya se había ido, vino y me preguntó cómo se llamaba. Le contesté que no lo sabía, para no liarla. Dijo que no tenía importancia, que lo había confundido con un actor... ¡Hombre, inspectora!... Que alguien confundiera al pobre tío que era Manolo con un actor me sorprendió bastante, ¡qué le voy a decir! Además, ya me había extrañado la pinta del señor en mi local. Aquí viene todo tipo de clientela, no se crea, pero éste tenía una pinta tan...

—¿Convencional? —le ayudé.

—Sí, como un padre de familia muy serio y formalito. También tengo de ésos entre mis clientes, pero digamos que a partir de las seis de la tarde, cuando vienen al bar, se desmandan un poco: a lo mejor se quitan la corbata, se ponen un fular de colorines..., ¡qué sé yo!, se dejan ver más como son en el fondo de su ser. Y este señor no alteró su aspecto para nada.

Lo del «fondo de su ser» me encantó. Salimos el subinspector y yo pensativos y confusos. El asesino anduvo buscando a su víctima mucho tiempo. Quería cerciorarse bien de quién era. Lo siguió, buscó la ocasión ideal.

Estábamos, sin lugar a dudas, ante una venganza de las que se cocinan como plato frío.

—¿Una venganza tan tremenda sobre un tipo al que ni siquiera era capaz de identificar por el nombre?

—¡No me pregunte nada, Garzón! ¡Estoy tan despistada como usted!

—Era una pregunta retórica.

—Pues guárdese la retórica para usted.

—¿A qué viene ese ataque de mal humor?

—Enseguida lo comprenderá. Llame a Sonia y Yolanda. Hay que peinar todos los gimnasios de Sitges. Los cercanos a la salida de Barcelona vía Sitges, también. Si seguimos sin identificar a la víctima, no vamos a ninguna parte.

—Pero Sonia lleva un montón de horas trabajando, estará muerta de cansancio.

—Así estaremos usted yo cuando acabemos con los gimnasios.

—¡Joder, inspectora! ¡Vaya palo!

—Ahí tiene el origen de mi mal humor.

Nos hicimos con la lista de gimnasios. Había un buen montón. Dividimos el territorio y empezamos a visitarlos, cada uno por su lado para abarcar más. Como teníamos las fotografías sacadas de la filmación evitábamos las consabidas reacciones y preguntas que surgen cuando se enseña la foto de un cadáver. Tiempo ahorrado.

Al tercer día no habíamos obtenido ningún resultado y yo empecé a impacientarme; el comisario Coronas, también; y no porque existiera la más mínima presión social o mediática, sino por todo lo contrario. ¿Dedicar tanto tiempo de trabajo a un desgraciado como aquél? Naturalmente nadie pronunció esas palabras, pero flotaban en el ambiente. Un muerto a quien nadie reclama no da voces de ultratumba pidiendo justicia. Un hombre como aquél era mudo en vida y después de muerto. Me daba igual, yo quería restituirle la palabra que nunca había tenido.

El cuarto día Sonia demostró estar en vena de aciertos: el dueño de un gimnasio situado en la carretera de Sitges a Barcelona reconoció a nuestro hombre. ¡Por fin! Manuel Tafalla Martín, nacido el 10 de abril de 1956. Eso y un domicilio era todo cuanto figuraba en su ficha, nada más. El hombre con quien hablamos pudo extenderse sobre otros datos.

—Estuvo trabajando tres años en este gimnasio. Nada que decir, lo hacía muy bien. Se notaba que le gustaba el trabajo. Era un buen profesional.

—¿Tuvo problemas con alguien?

—No, en absoluto, era un tipo pacífico.

—¿Trabajaba en algún otro sitio?

—Creo que estaba contratado a tiempo parcial como monitor de gimnasia en un colegio de curas; pero no le sé decir dónde. Ya tenía cierta edad, pero servía como profesor. Una vez me comentó que se llevaba a los chicos de excursión aunque no le pagaran. En mi gimnasio también hacía cosas por el estilo: celebraba alguna fiesta con los alumnos, les traía vídeos de gimnasia. Todo muy bien, ya le digo. Pero un buen día se presentó diciendo que lo dejaba, que estaba cansado, que una tía suya le había dejado una pequeña herencia y con eso tenía para vivir.

—¿Cuánto hace de eso?

—Sobre... un año y medio. No he sabido más de él.

—¿Era gay? —preguntó Garzón.

El dueño respondió muy dignamente:

—Yo no pregunto nada de la vida privada a la gente que trabaja para mí. Y si lo era, aquí no dio ningún motivo de escándalo.

Le enseñamos la fotografía con el huidizo perfil del presunto asesino, pero nunca lo había visto.

Pedí el permiso del juez para registrar la casa de Manuel Tafalla. Era un piso en el barrio del Guinardó, humilde, pobre incluso, un entresuelo al que llegaba muy poca luz. La decoración no nos sorprendió: carteles de gimnastas musculosos y actores de serie B pegados en las paredes. Mancuernas y gomas elásticas en el lavabo. Una bicicleta estática en un rincón de la minúscula sala. Un ordenador, una tele. Yolanda vino corriendo desde el dormitorio. Había encontrado dinero bajo el colchón de la cama. Lo contamos: cerca de veinte mil euros.

—Dinero debajo del colchón. ¡Era un clásico, el tío!

Incautamos el ordenador como prueba. Ni siquiera había dispuesto una contraseña para entrar en él. Pudimos abordar directamente las páginas por las que había navegado por internet en los últimos tiempos y allí, clara e indiscutiblemente, había algo que nos interesó: la presencia masiva de pornografía infantil. Garzón pegó un silbido.

—¡Bueno, nuestro hombre no era perfecto, al parecer!

Requerimos la presencia de un compañero del grupo especial de Pornografía infantil en internet. No tardó en llegar. El grupo hacía al menos diez años que se había creado, y era de los más activos de la Policía Nacional. El compañero era joven, dispuesto, simpático. Enseguida empezó a aportar datos que nos sirvieron de ayuda.

—El hecho de que el ordenador estuviera sin contraseña y que no hubiera borrado los rastros de su paso por esas páginas web nos da el perfil de un usuario, no de un profesional que esté metido en ese mundo.

Tecleó con la típica rapidez y despreocupación con la que los expertos tratan un ordenador.

—Sí, ya veo. Son lo que llamamos páginas *light*: niños desnudos en praderas, chavales de catorce años tumbados lánguidamente en un sofá... Es una variante «artística» del porno infantil. Todos varones, debe de ser gay.

—Pues yo no veo nada de arte en esta mugre —comentó el subinspector ante una imagen subida de tono.

—Es una manera de hablar. Me gustaría que vierais las cosas con las que tenemos que lidiar diariamente. Da asco, por más acostumbrado que estés a estos rollos, siempre consiguen superar tu capacidad de asombro y de escándalo.

—Me lo imagino —susurré.

—No, no se lo imagina, inspectora; nadie que esté en su sano juicio puede hacerlo. Pero su sospechoso no está en esa categoría; al menos por lo que se ve aquí.

—No se trata de un sospechoso, es un muerto. Alguien lo asesinó.

—Puede que tuviera contactos en este mundo, aunque si así era, ¿para qué dejar pistas en su ordenador? De todos modos, lo meteremos en nuestros archivos y a ver qué pasa, igual aparece por algún lado.

Al verlo salir, optimista y decidido, pensé en qué condiciones estaría al cabo de unos años si no lo destinaban a otro cuerpo. Garzón me leyó el pensamiento y dijo simplemente:

—La mente de los jóvenes es más impermeable, Petra, y son todos muy fuertes.

Asentí en silencio. En aquellos momentos mi mente no era sino un montón de hilos enredados entre sí.

—¿Tiene alguna idea, Fermín?

—Ninguna brillante, inspectora. ¿Y usted?

—Ni brillante ni opaca. Pero necesito pensar. Me llevaré todo el material a casa.

—Proceda, inspectora. Tengo mucha fe en sus sesiones de pensamiento. Yo seguiré al tanto de posibles noticias en el cuerpo de Pornografía.

Por fortuna estaba sola. Mi «sesión de pensamiento» empezó por ordenar todos los datos desde el principio, leer todos los informes e interrogatorios que habíamos elaborado hasta la fecha. Sin embargo, lo más importante era despejar la mente, intentar borrar la acumulación de impresiones en el cerebro, la subjetividad que suele acompañar a todas ellas. «Limpieza, Petra...», me dije. «Haz limpieza como una buena ama de casa y recoloca después todos los muebles en su sitio. Pon la mente en blanco como si aquel diablo muerto acabara de aparecer en tu vida.» Un desgraciado disfrazado de demonio es asesinado con alevosía por un hombre de cierta edad y pinta impecable. Lo ha buscado, ha preguntado por él... Es una venganza; algo le debía el demonio, algo tan grave que lo pagó con su propia vida. El desgraciado no lo era tanto un tiempo atrás: tenía un oficio y lo desempeñaba con vocación, desinterés y ansia de servicio, hasta se llevaba a los chavales de un colegio de excursión. Aficionado a la pornografía infantil, gay. Un buen día decide cambiarlo todo y deja el trabajo. Atesora veinte mil euros en su casa. Algo ha sucedido; nadie abandona su modo de vida por las buenas. Dos años después alguien lo asesina. Demasiado tiempo para una causa-efecto inmediata.

De repente, una idea alocada me pasó por la cabeza, una intuición, casi un absurdo. Esperé con impaciencia que llegara mi marido. Mientras tanto, hice lo posible por distraerme: me preparé una ensalada, encendí la televisión, cogí el libro que estaba leyendo. Todo inútil, la idea alocada estaba convirtiéndose en una obsesión que me martilleaba las sienes. Casi salté sobre Marcos cuando traspasó la puerta.

—¡Marcos! ¿Vienen hoy los chicos a casa?

—¡Eh, vaya recibimiento!

—Contéstame.

—No, hoy no les toca.

—Eso creía recordar. Necesito hablar con Hugo urgentemente.

Se puso serio, su extrañeza iba en aumento.

—¿Qué ha sucedido? No me asustes.

—¿Tú permitirías que tu hijo identificara una prueba material en uno de mis casos?

—¡Hombre, Petra; depende de qué!

—No te preocupes, querido, todo será muy fácil, pero sobre todo no me hagas ninguna pregunta.

—De todas maneras, Hugo está entrenando ahora y dudo mucho de que su madre le permita saltarse los días de visita y venir hoy.

—Pues yo no puedo esperar a mañana. Acompáñame a su colegio, te lo ruego.

Hugo se convirtió en el futbolista más sorprendido del mundo cuando nos vio llegar. Después pasó a ser el futbolista más feliz del mundo en cuanto le dije lo que quería de él. Finalmente, ya vestido de paisano, sumó el orgullo a la extrañeza y la felicidad justo cuando cruzamos el umbral de comisaría. Nunca olvidaré su gesto adulto y su concentración al ponerse delante de la prueba. Asintió gravemente.

—Sí, el traje de diablo del equipo era exactamente así. Me acuerdo porque se veía un poco cutre y porque en la cola del demonio le habían puesto un pompón de cortina, ¿ves?, como éste. Todos decíamos que eso parecía más el rabo de un león que la cola de un diablo, que siempre acaba en una especie de punta de flechita.

Lo tomé por ambos brazos, lo miré a los ojos.

—Hugo, piénsalo bien antes de contestar. ¿Recuerdas a qué colegio pertenecían los chicos disfrazados?

—No hace falta que lo piense, me acuerdo muy bien, siempre ganaban porque tenían un entrenador muy bueno. Es un colegio de curas: el Jesús Maestro. —Su mirada estaba fija en las manchas de sangre que se veían en el traje, a través del plástico precintado—. ¿Eso es sangre, Petra?

No le respondí. Salimos de allí y lo llevamos de nuevo a su entrenamiento para que pudiera salir a la misma hora que los demás.

—A tu madre, ni media palabra de esto, ¿me oyes, Hugo? Ni media palabra —le advirtió Marcos.

—Pero a Teo sí, ¿eh, papá? A Teo tengo que decírselo, le dará un ataque de envidia cuando lo sepa.

Regresando a casa, Marcos, nervioso y enfadado, me soltó:

—Nunca más algo así, ¿me oyes, Petra? Nunca más. Has ido demasiado lejos.

—Lo sé, amor, lo sé. Llevas razón —le respondí y le tapé la boca con un beso.

El colegio Jesús Maestro pertenecía a la diócesis de Barcelona y ocupaba un antiguo palacete en la zona noble de la ciudad. Debía de ser uno de los últimos en ofrecer enseñanza sólo para chicos. El director nos recibió con una de esas sonrisas con las que sólo el clero sabe obsequiar a sus interlocutores y que entraña una mezcla de condescendencia y desconfianza difícil de digerir. Conociendo la espesa diplomacia eclesiástica, había preparado muy bien la entrevista junto a Garzón. Debíamos ir al grano de un modo casi grosero porque, de lo contrario, el cura nos envolvería en las volutas de su floritura verbal.

—¿Cómo debo llamarlo?

—Si no le importa, llámeme padre Juan.

—Padre Juan, seré muy directa: sabemos que aquí trabajó como monitor de gimnasia un hombre llamado Manuel Tafalla.

Miró el techo como buscando un dato que se ocultara allí y mi valentía surtió efecto.

—Sí, creo recordar que así fue; pero de eso hace ya algunos años.

—Apenas dos.

—¡Qué rápido pasa el tiempo!

—¡Y cuántas cosas suceden con la misma rapidez, padre!, porque como quizá sepa, a Manuel Tafalla acaban de asesinarlo.

Disimulaba muy mal, pero se mantenía tranquilo.

—¡No, qué horror! A veces pienso que el mundo parece haber enloquecido.

—Me gustaría saber de qué modo dejó Manuel de prestar sus servicios en este colegio.

—Pues... un día manifestó su deseo de irse para dedicarse a otras actividades que no especificó. Lo sentimos muchísimo porque era un hombre muy entregado a los chicos y muy capaz en su trabajo, pero... en casos como ése nada podemos hacer.

—¿Le dieron ustedes una gran indemnización económica?

Puso los ojos en blanco y rió falsamente.

—¿Indemnización?... Se marchó por su propia voluntad. Y le aseguro que no somos ricos.

El subinspector entró en acción.

—Oiga, padre: que sea usted cura no le da derecho a decir mentiras, y si las dice, ha de saber que está tratando con la policía y que después de nosotros vendrá un juez y tendrá que mentirle a él. Puede meterse en un lío muy gordo.

El director me miró como pidiendo amparo, o más exactamente como diciendo: «Quíteme a este orangután de encima». Yo, impertérrita, pregunté:

—Queremos saber por qué motivo Manuel Tafalla abandonó el trabajo.

—Como le he dicho...

Lo interrumpí echando un fajo de fotografías sobre su mesa. Tomé la del cadáver de Manolo y se la puse delante de la cara.

—Mire, padre: está muerto, ¿lo ve? Iba disfrazado con el traje de demonio que alguna vez llevó él y llevaron todos sus alumnos. Es un asesinato, ¿comprende? ¿Se da cuenta de la trascendencia que puede tener ocultar cualquier dato? Y no estoy hablando sólo de usted, sino también de la institución que usted dirige.

Busqué la fotografía que recogía el perfil del presunto asesino. Los ojos del cura se agrandaron al verla, empezó a sudar súbitamente, a pasarse un dedo sobre el alzacuellos de modo compulsivo. Dejé pasar un momento hasta plantearle la pregunta. Debía darse cuenta de que, existiendo una prueba gráfica, su silencio lo situaba directamente en la complicidad. Ataqué con denuedo.

—¿Reconoce a este hombre? Piense usted antes de contestar. Esta fotografía figura como prueba en la instrucción judicial.

—El colegio no tiene nada que ver con esto —musitó—. Yo tampoco.

—¡Diga de una maldita vez si lo reconoce! —berreó Garzón.

—Es posible que la salida de Tafalla del colegio tuviera algo que ver con que hubo un desencuentro con el padre de un alumno y quizá el padre del alumno sea el de la fotografía. No estoy seguro.

—¿Qué tipo de desencuentro?

—No lo sé, no tengo la menor idea.

—¿Echa usted a un tipo del colegio y no sabe por qué? ¡Venga, padre, a otro perro con ese hueso! —dijo el subinspector en tono cuartelero.

—A veces la opinión de un padre puede ser decisiva.

—La opinión, ¿sobre qué?

Se tapó la cara con las manos, estaba al borde de su aguante, pero aguantó.

—Déjenme, por favor. Yo no sé nada de ningún asesinato, ¿creen de verdad que sé algo y lo oculto? ¡Soy un hombre de la Iglesia, un hombre de Dios!

—Todos los hombres somos de Dios, padre, suponiendo que exista. Díganos lo que sepa, por favor —intercedí por él en cierta manera.

—El hombre de la fotografía es el señor Domingo Alzueta, padre de uno de nuestros alumnos, que ya no está en el colegio. Como les dije, tuvo un desencuentro con el monitor de gimnasia y protestó. Decidí que era mejor pedirle a Tafalla que abandonara el trabajo y el señor Alzueta pensó que era mejor sacar a su hijo de esta institución. Eso es todo lo que sé.

Comprendí que no le sacaríamos nada más. Nos dio la dirección de Domingo Alzueta. Mientras, afirmó:

—Este señor es un hombre de bien, un médico conocido y respetado, un buen cristiano. Estoy seguro de que nada tiene que ver con la muerte de nadie.

Garzón iba renegando mientras salíamos. Estaba como un basilisco.

—¡El cabrón del cura! No ha habido manera de que suelte prenda, ¿eh?

—¿Se imagina el tipo de desencuentro que hubo entre Alzueta y Tafalla?

—Pues claro que me lo imagino, inspectora; desde luego que sí. Pero ¿y los veinte mil euros del colchón?

—No precipitemos las cuestiones, Fermín. Todo a su tiempo.

La familia Alzueta vivía en un piso antiguo y regio del Ensanche derecho. Nos abrió la puerta una asistenta y, hasta que no apareció la dueña de la casa, no nos dio permiso para entrar. Elisa Alzueta tenía cincuenta y tantos y la pinta tradicional de un ama de casa acomodada. El hecho de que fuéramos policías no la sorprendió más de lo que hubiera sorprendido a cualquier ciudadano recibir una visita semejante en su hogar. Nos hizo pasar al salón y cuando le dijimos que queríamos hablar con su esposo, nos informó de que estaba pasando consulta en el hospital y no volvería hasta después de una hora, para comer en casa. Llevada más por una deducción que por un impulso, le pedí que nos dejara esperarlo allí. Accedió, esta vez un tanto intrigada, y después de preguntarnos si queríamos tomar algo, su segunda e inevitable pregunta fue justamente la que yo deseaba.

—¿Puedo saber sobre qué quieren hablar con mi marido?

—Sí —respondí como un rayo—. Han asesinado a un hombre llamado Manuel Tafalla.

Un evidente golpe de sangre hizo que su rostro se cubriera de rojo. Bajó la mirada y la voz.

—Lo leí en los periódicos.

—¿Lo conocía?

Me miró como implorándome algo, quizá que dejara de preguntar. Hice una afirmación.

—Lo conocían ambos, tanto su esposo como usted. Había sido monitor de gimnasia de su hijo.

—Nunca lo vi —aseguró con cierto ímpetu, que enseguida rebajó para añadir—, pero sé quién es, sí.

—Señora Alzueta, el director del colegio Jesús Maestro nos dijo que entre su marido y este monitor existió un desencuentro, así lo llamó. ¿Recuerda de qué desencuentro se trataba?

Súbitamente se llevó ambas manos a los ojos y se echó a llorar. Nos quedamos en silencio. Por fin pudo articular:

—De eso hace mucho tiempo. Todos hemos logrado superarlo. Sólo somos una familia corriente que desea vivir en paz. Déjennos tranquilos, por favor, no hacemos daño a nadie.

—Contamos con pruebas importantes de que su esposo puede estar implicado en esa muerte.

Negaba con la cabeza mientras las lágrimas le caían por las mejillas.

—No, no puede ser. Está intentando engañarme. Mi marido es un hombre bueno, respetable. Lo único que le interesa en la vida son sus enfermos y la felicidad de nuestros dos hijos y la mía. Sería completamente incapaz de hacer algo así.

Garzón, implacable, sacó una fotografía de su bolsillo y la puso frente a la desconsolada mujer.

—¿Es éste su marido, señora Alzueta? Mírelo bien.

Lo hizo y apartó inmediatamente los ojos de la imagen, tapándose la cara con las manos. Garzón continuó hablando.

—El que va disfrazado de diablo es Manuel Tafalla. La fotografía está sacada de una filmación de la tele de Sitges, quince minutos antes, aproximadamente, de que Tafalla fuera asesinado con dos cuchilladas profundas en el estómago. Mire, aquí está la foto del muerto.

Inútilmente intentó el subinspector que la mujer contemplara la foto. Parapetada tras la frágil pared de sus manos, no podía parar de llorar.

—¿Puedo irme? —musitó.

—Me temo que debemos pedirle que se quede con nosotros hasta que llegue su marido.

Mostró la cara, devastada por el llanto, y habló con enfado por primera vez.

—¿Qué piensan que puedo hacer si me voy?, ¿escaparme?

—Avisar a su marido por teléfono.

Se encaró al subinspector y, con una furia cargada de dignidad, dijo:

—¡De mí misma sí soy responsable, señor mío! Y le aseguro que nunca en mi vida, nunca, he jugado sucio ni he hecho nada reprobable. Soy una mujer religiosa y temerosa de Dios, y así pienso seguir hasta el final de mis días, pase lo que pase.

Volvió a sentarse y guardamos todos silencio. Tras quince minutos inacabables, entró en el salón el doctor Domingo Alzueta: un sesentón algo grueso, de aspecto corriente y vestido con elegancia. Era sin ninguna duda el hombre de la fotografía. Su rostro se tensó al encontrarse con la escena y, cuando miró a su mujer, adoptó un aire grave y compungido. Fue ella quien empezó a hablar.

—Son policías, Domingo. Tienen pruebas de que mataste a ese hombre. —Le alargó la fotografía que aún tenía en el regazo—. ¿Es verdad?

Bajó la vista y echó el abrigo, que llevaba apoyado en el antebrazo, sobre el sofá. No abrió la boca. Ella prosiguió, interpretando su silencio, su reacción.

—Te has cargado la vida de tu familia, te has saltado la ley de Dios, la de los hombres; y ¿para qué, Domingo, para qué? ¿Te sentiste mejor después? He vivido junto a ti toda la vida pero no te conocía, ésa es la verdad, no te conocía. Sólo Dios puede castigar, sólo Él.

Hubo un nuevo silencio. El doctor Alzueta nos mostró su voz, grave y campanuda.

—Volvería a hacerlo, Elisa, volvería a hacerlo cuantas veces fuera necesario.

—Que Dios se apiade de tu alma.

La esposa salió del salón, categórica y dura como una piedra volcánica, como un verso bíblico.

—Dadas las circunstancias, será mejor que nos acompañe a comisaría para prestar su declaración.

Y la prestó, completa y exacta, y gracias a ella pudimos completar el móvil del crimen: la venganza, naturalmente. El hijo mayor de los Alzueta sufrió abusos sexuales por parte de Tafalla. Pasado un tiempo, el chico se lo confesó a sus padres; pero los Alzueta no fueron a reportar a la policía, sino que se entrevistaron con el director del colegio. Éste les convenció de guardar silencio. ¿Para qué traumatizar al muchacho con una exposición pública de los terribles hechos? ¿Para qué dejar en entredicho el nombre del Jesús Maestro? A cambio de enterrar el secreto, el director echaría inmediatamente a aquel hombre del cuadro de profesores y se aseguraría de que nunca más prestara sus servicios profesionales en el ámbito de la enseñanza. Enseguida supuse cómo se aseguraría de ese extremo: los veinte mil euros del colchón eran un indicio significativo.

Tras llegar a ese acuerdo, la mente del doctor Alzueta no conoció descanso. Sin embargo, acudir a la policía a aquellas alturas sí podía causar perjuicio psicológico a su hijo, a su esposa, a la armonía del conjunto familiar. Pero él no podía dormir, ni adecuarse a vivir con aquella marca en su pensamiento. La fuerza de su decisión nos vino dada por algo que dijo durante la declaración.

—Pensé en hablar con alguien que lo hiciera por mí, ¡qué sé yo!, buscar a alguien del hospital que supiera de un posible sicario; pero me di cuenta de que quería hacerlo yo mismo, yo mismo con mis propias manos.

Al final de la tarde se lo llevaron en el furgón policial. Garzón y yo consideramos necesario tomar una copa, no tanto para festejar la resolución del caso, sino como antídoto ante aquel sabor a tragedia griega que nos había quedado en el paladar.

—¡Hay que ver, eh, inspectora! Las personas más civilizadas tienen de repente arranques primarios. ¡La venganza!, como si aún viviéramos en las cavernas.

—Todos tenemos una pequeña habitación en la caverna, y a veces volvemos instintivamente a vivir allí.

—¿Y al cabrón del cura cree que lo imputarán?

—Me extrañaría mucho. No creo que se presenten cargos contra él.

—¡Arggg! —gruñó mi compañero—. Me dan ganas de ir hasta su colegio y saltarle al cuello.

—Hablando de cavernas...

—Hablando de cavernas y a falta de la yugular del eclesiástico, creo que voy a pedir un bocadillo de jamón. Comer un poco aligerará la indignación que siento.

—Usted, querido Fermín, más que una habitación en la caverna debe de tener una mansión completa.

Me sonrió porque le hacía gracia, cosa que no pensaba reconocer.

Al llegar a casa abrí mi correo electrónico personal y vi que tenía un mensaje de Teo. Decía así:

> ¡Jo, Petra! ¡No me lo esperaba de ti! ¡Llamar a Hugo para que te ayudara en un caso de asesinato y a mí no

decirme nada! Espero que la próxima vez que se carguen a alguien cuentes conmigo un poquito más, aunque sólo sea para aportar equilibrio psicológico a mi hermano. Se lo ha contado a todos los compañeros de colegio y yo he quedado como el tonto del pueblo. Tendrás que pensar en una compensación que valga la pena.

Muchos besos,

Teo

En fin, pensé, puede que todos seamos primarios en el fondo, pero, sin embargo, ¡qué difíciles y complejas son las relaciones humanas! Me pregunté si en las cavernas también sucedería así. Esperé a que llegara Marcos y le sugerí que cenáramos fuera. Me apetecía una cena divertida y una conversación ligera. El mundo me pesaba demasiado aquella noche. Afortunadamente, enseguida aceptó.

Noviembre de 2013

Parecido razonable

Es cierto que se hacen muchas locuras por amor, muchísimas. Acciones que habías jurado no llevar a cabo jamás, insensateces de las que más tarde te horrorizas con sólo recordarlas. Pero es así, el amor escapa a fronteras y patrones, fluye como una corriente impetuosa, llevándose por delante cualquier vestigio humano de prudencia y precaución. Todo esto no lo digo para que quede poético, sino porque es una afirmación cierta basada en mi propia experiencia. No se trata de que yo haya sido o sea una amante apasionada capaz de tirarse de un quinto piso por el hombre adorado, no llego a tanto. Mi locura de amor consistió en aceptar una proposición de mi marido. Quizá sería más correcto decir: una petición de ayuda. Me explicaré: se avecinaban las vacaciones veraniegas, que, por una vez, yo podía tomar en el mes de julio con toda tranquilidad. Los planes que había hecho con Marcos eran sencillos, pero me apetecían un montón. Pasaríamos la primera semana sin salir de Barcelona. Ésa era una manera de disfrutar de nuestra ciudad sin los agobios del trabajo: cines, restaurantes y paseos estarían a nuestra merced sin tener que consultar el reloj. Pasado ese tiempo, nos encontraríamos con sus tres hijos menores e iríamos todos a un hotel junto al mar. Nos habíamos reservado para el final unos días románticos viajando por Europa los dos solos. Sonaba bien, todo se había basado en un equilibrio armónico que respetaba nuestros deberes y, al mismo tiempo, nuestro placer. Pues, bien, todo aquello se fue al infierno la tarde en que, al volver de la oficina, mi marido me espetó:

—Petra, la primera semana de estancia con los niños... mucho me temo que tendré que quedarme a trabajar. Hay que entregar el proyecto a un cliente y no lo he acabado, ni lo acabaré.

—¡Marcos, vaya faena! Los niños se van a llevar una gran decepción —contesté, inocente de mí.

—Bueno, de eso se trata, de que no sea así. Ya he consensuado con mis dos exesposas los días en que estarán conmigo y ahora no los puedo cambiar.

—En fin, ¡qué se le va a hacer! Ya son mayorcitos, y estar en nuestra casa de Barcelona tampoco les desagradará.

—He pensado que busquemos un hotel, el que te apetezca a ti, y que te quedes esa semana con ellos en la playa. Estaréis mejor que aquí. Tú no tendrás que preocuparte por comidas ni organizaciones, y ellos disfrutarán a su aire sin darte la lata. ¿Qué te parece?

Al principio no me pareció nada porque ni siquiera reaccioné. ¿Quedarme con los gemelos y Marina solos los cuatro en un hotel? Por fin comprendí que era justamente eso, pero me costó un rato.

Mi relación con los chicos era buena; aunque, a decir verdad, nunca habíamos estado solos durante un tiempo prolongado y fuera de la casa habitual. Aquella novedad me provocó cierta alarma. De cualquier manera, ¿qué podía hacer si no era aceptar? Y acepté.

Le pregunté al subinspector si conocía algún hotel que pudiera recomendarme a una distancia no excesiva de la ciudad. Sabía que él solía pasar fines de semana fuera con su esposa y estaba segura de que me aconsejaría bien. Así fue.

—Hay un hotel cojonudo al que volvemos siempre. A Beatriz le encanta; es tranquilo, buen servicio, comida excelente, junto al mar y no demasiado lejos de Barcelona. Yo creo que puede ser el sitio ideal para ustedes.

—A lo mejor no hay plazas. Ya estamos en julio.

—Es un establecimiento enorme, con un montón de habitaciones. Suele estar lleno en agosto, pero en julio... Si quiere, puedo llamar yo, como soy cliente... Aunque dudo de que se acuerden de mí, el personal cambia según la estación del año.

—Si lo hace se lo agradeceré eternamente, Fermín. No me apetece nada ir buscando ahora un alojamiento que puede resultar un desastre. Yendo con los niños, mejor jugar sobre seguro.

El hotel estaba situado en el cabo de Roses, y era el típico lugar de lujo con piscinas, cafeterías, salones, discoteca... Pensé, viendo su web en mi ordenador, que finalmente la cosa no era tan mosqueante, y que el tiempo se deslizaría con placidez hasta que llegara el momento de partir. Aquel pensamiento tan optimista fue el primer síntoma de mi locura de amor propiamente dicha.

El día anterior a nuestra partida, me despedí de Garzón en La Jarra de Oro. Él se quedaba de rodríguez, trabajando durante medio mes mientras su esposa visitaba a unos parientes. Después se irían los dos a Canarias a no hacer nada, según su propia y feliz definición. Sentí envidia de su plan. Le conté con detalle el mío sin ocultar todos los resquemores que me producía.

—¡Venga, Petra! —me animó—. Tampoco es para tanto. Los chicos son majos y usted ya tiene experiencia como madrastra; lo pasarán muy bien.

—Supongo que lleva razón, que se trata de una neurastenia mía, de una cuestión conceptual. A una mujer como yo, que siempre se había considerado a sí misma libre, solitaria e independiente, le cuesta hacerse a la idea de dar la imagen de una mamá feliz.

—Sí, eso es cierto; que la tomen a una por mamá feliz es una de las cosas más ofensivas que existen.

—Por no hablar de la responsabilidad. ¿Qué ocurriría si a los chicos les pasara algo? No son niños pequeños, pero nunca se sabe, siempre hay peligros: las piscinas, el mar...

—¡Sacrosanta verdad!, y los huesos de aceituna con los que pueden atragantarse y perecer.

—Oiga, Fermín, ¿me está tomando el pelo?

—¿Yo? ¡De ninguna manera!

—Puede parecerle ridículo, pero si esos críos tuvieran algún accidente, sus respectivas madres me saltarían al cuello dispuestas a hacerme trizas.

—Lo tendrían difícil; seguro que usted se defendería.

—¡Váyase al infierno, subinspector! Aun no poniéndonos en lo peor, siempre corro el riesgo de que se porten fatal y me amarguen la existencia.

—¡Ahí sí que podría echarle una mano! Si se portan mal, no tiene más que llamarme. En un par de horas me planto en el hotel y les doy unas hostias, o quizá sea suficiente con unos gritos marciales.

Error mío ponerme a protestar frente al subinspector. Lo que hacía con su actitud era intentar colocarme frente al espejo para que viera en él a una niña mimada. ¡Y puede que lo fuera!, pero al menos los mimos que he recibido en la vida siempre me los he procurado yo, y ahora, por el contrario, estaba dispuesta a maltratar sin piedad mi autoestima.

Sólo cargar las maletas en el coche ya fue una experiencia prometedora. Hugo y Teo discutieron porque Teo llevaba una mochila extra que, según las indicaciones de su padre, no estaba permitida.

—¡Son libros, tío! Papá siempre acepta que llevemos libros y en la maleta no me cabían. ¡Como tú eres incapaz de leer ni un abecedario de párvulos...!

—¡Vaya con el intelectual! —replicaba Hugo fuera de sí—. ¿Y las raquetas de tenis? ¿Por qué mierda tengo que meter las dos en mi maleta? ¿No podías cargar la tuya si llevas una mochila?

—Petra —terció Marina, muy justiciera—. Teo ha dicho «tío» y Hugo «mierda». ¿Por qué no llamas a papá para contárselo? Antes de marcharse esta mañana nos dijo que no habláramos con malas palabras ni un solo día del viaje.

Intenté aplicar los consejos que yo misma le daba a mi marido cuando empezaba a ponerse nervioso. Respiré hondo.

—Muchachos, dentro de cinco minutos me pondré al volante del coche y empezaré a conducir. He hablado con la asistenta para que, eventualmente, haga de canguro de quien quiera quedarse en casa. Por cierto, ¿alguien quiere?

Hubo un silencio total que sólo Marina, que no se había dado por aludida, pareció querer romper abriendo la boca. Antes de que consiguiera emitir ni un solo sonido, le dije alegremente:

—¿Tú quieres quedarte, Marina? ¡Qué raro, creí que te hacía ilusión venir!

Se metió en el coche sin decir palabra mientras sus hermanos sonreían con satisfacción frente a mi andanada igualitaria. Y empezaron las vacaciones.

Los gemelos dormían en una habitación. Yo, en otra contigua a la de Marina, que se comunicaba con la mía por medio de una puerta. Si había algún problema, siempre podíamos estar las dos en contacto. Si el problema se daba en el ámbito de los hermanos, tenían orden de llamar a los bomberos antes que a mí.

Dimos una vuelta de inspección y, comprobando la comodidad de las instalaciones, tuve la impresión de que las cosas no serían tan cruentas como había pensado. Luego fuimos al comedor. Tras el almuerzo surgió la primera discrepancia: permanecer o no dos horas en espera antes de un baño en la piscina. La madre de los gemelos era, al parecer, partidaria de guardar esa regla, mientras que la de Marina consideraba esa precaución anticuada y carente de sentido. Los tres me miraban en espera de una decisión salomónica. Eché balones fuera comentando vaguedades.

—Es cierto que, tras una comida muy copiosa, debe procurarse que no haya cambios violentos de temperatura en el cuerpo, aunque también he leído que la vieja costumbre de «hacer la digestión» no se puede aplicar como un sistema. Se me ocurre que cada uno tiene que seguir las costumbres de su madre.

—¡Ah, no! —saltaron los dos chicos al unísono—. Eso no es justo. Ahora estamos contigo y eres tú quien debe decidir lo que hacemos.

—Pero es que yo... —dudé como una imbécil.

En cuanto olieron mi debilidad, les faltó tiempo para enzarzarse en una disputa. Teo le reprochó a Hugo que me hubiera puesto al día de las costumbres maternas, el otro saltó como una fiera e insultó a su hermano. Marina, para no ser menos, empezó a increparlos a los dos por portarse tan mal. En cinco minutos habían organizado una tragedia fratricida de la que William Shakespeare no se hubiera sentido descontento.

—¡Basta! —grité como si me dirigiera a una panda de delincuentes rebeldes. Si algo podía sacarse en claro de aquel enorme barullo, era la frase que había pronunciado Teo, más o menos adaptada a mis necesidades: ahora estaban conmigo y era yo quien llevaba la voz cantante. Me daba cuenta de que, en ausencia de Marcos, estaba acobardándome frente a la situación; y justo eso sucedía porque tenía miedo de qué opinaría mi marido sobre mi forma de tratar a sus hijos. Pero ya era suficiente, yo era yo y mis métodos tenían que ser válidos si se me había confiado una tarea. Nunca sabría cómo educar a un niño, pero creía tener varias ideas para que no me tocaran las narices.

—¿Sabéis lo que es un cuaderno de vacaciones? —les pregunté con brío.

—Un libro de ejercicios para repasar todo lo que se ha estudiado en el curso —afirmó Hugo.

—Se ha demostrado que es inútil. Pedagógicamente es mejor que el alumno descanse —puntualizó Teo, siempre en su línea crítica.

—Me importa un bledo si es válido pedagógicamente o no. El caso es que tengo tres cuadernos de vacaciones para vosotros que compré en Barcelona. A la mínima que vuelva a organizarse una batalla o que me deis la tabarra de cualquier otra manera, os pondré a hacer deberes durante toda la mañana. ¡Y me refiero a los tres, sea quien sea el culpable! ¿Lo habéis entendido?

Tras un momento de pavor, bajaron las cabezas. Teo la levantó para lanzarme una mirada de admiración. Sin duda, mi maquiavelismo le parecía sobresaliente aunque le fastidiara.

—Hay algo que tenéis que aprender —continué sin bajar la guardia—. En el mundo se vive bajo unas reglas que varían según donde te encuentras. Pues, bien, mi regla es sólo una, pero definitiva: «No me toquéis las narices y yo no os las tocaré a vosotros». Eso es todo, bien simple. De modo que en vuestras manos está el pasar unos días placenteros o un infierno, porque os recuerdo que quien tiene aquí la fuerza y el mando soy yo.

Se quedaron patidifusos. Sin duda, nadie les había hablado nunca de manera tan descarnada. Estaba convencida de que siempre se les argumentaban las órdenes y los consejos diciéndoles que eran «por su bien». De acuerdo, pues ya era hora de que alguien les pusiera delante una imagen más conspicua de en qué consiste el juego social. Para rubricar la inapelabilidad de mis palabras, cuando Marina me dirigió una sonrisita cómplice, rematé:

—Y estoy hablando para todos, ¿estamos? Es decir, para los tres. —Una vez apagada la sonrisita, proseguí—: Os diré cuáles serán nuestros planes generales: por la mañana iremos a la playa. Comeremos, descansaremos un rato e iremos a la piscina. Merienda, ducha y un paseo por el pueblo o un partido de tenis o lo que se os ocurra hacer. A cenar y después a dormir. ¿Hay alguna pregunta?

Creo que me entendieron a la perfección porque nadie abrió la boca, y como tocaba descanso según el horario que improvisé, se retiraron a sus habitaciones tras preguntar a qué hora podían reaparecer.

—A las cinco —les dije, y me largué a echar una siesta. No sé cómo se sintió Herodes tras su decisión de los infanticidios, pero yo no cargaba con ninguna culpabilidad. Dormí un par de horas como una reina.

A las cinco en punto me reuní con los chicos en la piscina. Su trato era completamente versallesco, lo mismo que el mío para con ellos. Todo en regla, pensé. Saqué mi libro y me puse a tomar el sol mientras ellos iban, felices, a darse un baño. Al rato observé que Marina había congeniado con un grupo de niños de su edad y que los gemelos seguían tirándose al agua como locos enfurecidos. Quizá aquella semana iba a ser de vacaciones, al fin y al cabo.

Yo también me bañé, nadé, sumergí la cabeza bajo el agua con placer, sentí la relajación y el olvido de trabajos y deberes. ¡Una gozada, eso era el verano! Al retomar mi lugar en las tumbonas, el grupito de niños que estaba jugando con Marina me esperaba. Los saludé y empecé a hacerles esas estúpidas preguntas que se les hace a los críos cuando están en grupo: «¿Qué tal lo pasáis?, ¿os divertís?, ¿tenéis muchos amigos aquí?». Me miraban como si yo fuera un ser extraño caído de otra galaxia. Temí que no entendieran el español y le pregunté a Marina.

—Sí que te entienden, Petra, sólo te están mirando —me aclaró inútilmente.

Cuando logré que se movilizaran y volvieran a sus juegos, tuve una súbita iluminación de aquel comportamiento tan inusual. Lo corroboré con Marina a la hora de la cena.

—¿Tú les has dicho a esos niños que soy policía?

—Sí —respondió. Y añadió con alarma—: ¿No tenía que hacerlo?

Como les había dicho mil veces a mis hijastros que ser policía es lo más normal del mundo, no tuve más remedio que tomar a la ligera la indiscreción de la pequeña. Por si acaso, ella quiso asegurarse.

—No tendré que hacer deberes por eso, ¿verdad, Petra?

Negué con énfasis, un poco alarmada por la reputación un tanto monstruosa que estaba labrándome. De repente, Teo soltó:

—Has hecho mal en decírselo, Marina. Era mejor que nadie supiera que Petra es policía.

—¿Por qué? —preguntó la niña haciéndose eco de mi curiosidad.

—Porque hay un mafioso ruso en este hotel.

—¡Qué bobada! —exclamó Marina haciéndose eco de mi pensamiento.

—Ninguna bobada... —insistió su hermano—. Es cliente del hotel. Está con una chica rubia guapísima, mucho más joven que él.

—¿Y cómo sabes que son rusos?

—Porque hablan en ruso y dicen «da» y «spasiva», que en ruso quiere decir «sí» y «gracias».

—Si todos los rusos que hay en España fueran mafiosos, en la policía tendríamos mucho trabajo —tercié.

—Pero este es mafioso, Petra, te lo digo de verdad.

—¿Puedo preguntar por qué?

—Porque lleva siempre gafas de sol y se vuelve a mirar a todo el que entra en una habitación o se acerca a él. Y lo hace como vigilando. Además, es raro.

—Si toda la gente rara que hay en el mundo fuera de la mafia, ¿sabéis qué pasaría?

—Ya, que en la policía tendríais mucho trabajo —dijo de mal humor ante mi reacción poco interesada.

—No —respondí—. Pasaría que vosotros seríais mafiosos.

Marina y Hugo se echaron a reír, pero Teo me miró con reproche. ¿Qué podía hacer, seguirle la broma o reñirle por haber estado cotilleando a los huéspedes del hotel? No caería en esos errores, mejor un poco de ironía de bajo calado. Se me hacía evidente que, si bien los chicos habían aceptado en la intimidad del hogar mi condición de policía, otra cosa muy distinta sucedía al abandonar el hábitat cotidiano. A los gemelos les daba por jugar a detectives y Marina organizaba una exhibición de mi persona a la primera ocasión. En fin, quizá hubiéramos tenido que viajar juntos con más asiduidad, o quizá no hacerlo nunca.

Aquella noche nos saltamos el programa de irnos a dormir temprano. Me enteré de que en el gran salón del hotel se organizaban veladas musicales y recreativas para los alojados y pensé que sería una buena idea asistir. Nos pusimos elegantes y el *maître* nos dio una buena mesa cerca del escenario. Los chicos estaban encantados. Pidieron unos helados de complicada arquitectura que figuraban en la carta y yo me apunté a un *gin-tonic* que creía merecer. El ambiente era de lo más desigual: matrimonios de cierta edad, parejas en viaje de novios, grupitos de amigos... Un ambiente vacacional que no parecía en principio muy frívolo ni mundano. Perfecto, pensé, a nadie le sorprendería nuestro cuadro familiar.

El espectáculo, que enseguida comenzó, consistía en cinco músicos que iban interpretando melodías. De vez en cuando aparecía un presentador, supuestamente gracioso, que en un batiburrillo de lenguas intentaba levantar el ánimo de los presentes. En cuanto lo vi actuar, comprendí que tomaría más de un *gin-tonic*. Sin embargo, los niños parecían encantados: comían helado, miraban lo que hacía la gente y se burlaban *soto voce* de las bromas estúpidas del conductor del evento. Su placer aumentó cuando las primeras parejas salieron a bailar. Me di cuenta de que la noche sería más larga de lo que había previsto y pedí mi segundo lingotazo. De repente, vi cómo Teo le daba a Hugo un codazo en las costillas que casi lo hizo aullar. La mirada de ambos se fijó en una pareja que acababa de entrar y se había sentado en una mesa cercana. No me costó demasiado deducir que se trataba del presunto mafioso y su acompañante. Él era un hombre corpulento, de unos cincuenta años, calvo como una manzana, que vestía un traje blanco de lino y no se había quitado las gafas de sol a pesar de ser noche cerrada. Lo habría calificado de llamativo si ese adjetivo no hubiera sido acaparado en exclusiva por la mujer que llevaba al lado. Rubia platino, veintitantos, alta y delgada como una modelo, se había puesto un vestido plateado que dejaba al aire su airoso porte de Barbie explosiva. Como los chicos no abrieron la boca, yo tampoco lo hice. De hecho, fui casi la única en el salón que no los siguió con la mirada hasta que tomaron asiento.

La velada continuó sin más sobresaltos que las apariciones estelares del presentador. Sin embargo, la mirada de los chicos, su atención completa estaba fijada en la pareja esplendorosa que, según entreví, bebía vodka a palo seco, lo cual me hizo pensar que la idea de Teo era exacta: eran rusos. Hugo, apiadado de mi necedad, me dijo al oído:

—Es el mafioso.

—Me lo había figurado —respondí. Y añadí con malicia en voz lo suficientemente alta como para que los tres me oyeran—: Pues para ser un mafioso en ejercicio no se toma muchas molestias de cara al disimulo, ¿no?: traje blanco, gafas de sol, la típica rubia «amiga de gánster»... Lo pone facilito.

—Pero ¿has visto cómo privan?

—Si todo...

Teo me interrumpió.

—Ya sabemos esa canción: «Si todo el mundo que bebe fuera un mafioso, habría mogollón de mafiosos». Hasta Petra podría ser sospechosa —dijo señalando mi segundo *gin-tonic* a medio acabar.

Marina, viendo que se avecinaba un área de nubarrones, me dijo de pronto:

—¿Por qué no salimos a bailar, Petra? A mí sola me da vergüenza.

—Buena idea. ¿Venís vosotros también?

¡Ni hablar!, ¿cómo iban a hacer el ridículo dos detectives profesionales bailando con toda la chusma? Allí los dejamos y nos lanzamos a improvisar con nuestros cuerpos todo el ritmo que la música nos transmitía. Hacía tanto tiempo que no bailaba que me divertí como una loca; tanto que creo que permanecimos en la pista casi una hora. Súbitamente el presentador entró en escena y empezó a pedir al público que bailara. Los remisos empezaron a salir y la música se hizo machacona y popular. Miré de reojo si Hugo y Teo se habían unido al follón general, pero no, allí estaban, en la mesa como un par de escolares en clase. Marina, feliz, saltaba como un insecto loco haciendo rebotar en el aire su bonito pelo rubio. Por fin se organizó la ineludible conga en la que se supone que la sala en pleno debe participar. Los danzantes, en fila india y estirando las piernas rítmicamente a derecha e izquierda, pasaban por entre las mesas arrastrando a los últimos resistentes. Atónita, observé cómo en cuanto los rusos se unieron a la serpiente, mis dos hijastros saltaron de sus asientos para poder colocarse tras ellos. Estaba claro que su audacia crecía y ya no se limitaba a la vigilancia ocular. Tendríamos suerte si aquello no acababa en una denuncia por acoso. Al día siguiente sin falta deberíamos mantener una conversación más seria.

Escogí la hora del desayuno para mi sermoneo; aunque no fui muy allá, en cuanto empecé a decirles que hay que dejar tranquilas a las personas y no juzgarlas por su mero aspecto, Teo saltó con la siguiente afirmación:

—Ese tipo llevaba una pistola, Petra. Lo he notado perfectamente por debajo de la americana cuando ayer me cogí de su cintura para bailar la conga.

—Pero ¿qué dices?

—Un bulto duro y rígido que debía de ser la cartuchera.

—Podía ser la funda de las gafas, o el móvil.

—¡Ni hablar!, era bastante grande, y casi te diría que tenía la forma de una pistola.

—Pura sugestión.

—¡Vale, pues sería un botijo para cuando tuviera sed!

—¡Impertinencias ni una!, ¿me oyes? —dije, en el fondo admirada de que un chaval de aquella edad supiera lo que era un botijo—. Id a poneros los bañadores y nos encontraremos en la piscina.

Marina estaba en la tumbona junto a la mía. Leía un cómic apaciblemente cuando levantó la vista y me dijo:

—Mira, ya han llegado los rusos.

Contesté con un bufido impreciso. Al cabo de un rato oí la vocecita infantil de nuevo:

—Petra, ¿no te parece muy raro que el señor lleve el bañador y encima la americana?

Abandoné la lectura clavando los ojos en el ruso y, en efecto, aquel jodido tipo tenía un extraño sentido de la estética. ¿En qué manual de estilo había leído que una americana es compatible con un bañador? No me dio mucho tiempo para pensar porque Marina apuntó la explicación que precisamente yo no quería oír.

—A lo mejor es verdad lo que dijo Teo y siempre lleva americana para tapar la pistola.

—¡Bah, qué tontería!

—Una vez vi una película en la que mataban a un gánster justo porque estaba en la piscina y los asesinos sabían que no iría armado.

—Harías mejor en no ver ese tipo de películas.

—Son las que pasan por la tele. ¿Qué películas crees que debería ver, Petra?

—Pues no sé, películas culturales, por ejemplo.

—¿Qué son películas culturales?

—¡No lo sé, Marina, no me marees! ¡Vamos a darnos un chapuzón!

Mientras nos dábamos el chapuzón propuesto me descubrí a mí misma atisbando los movimientos del ruso. Intentaba ver si podía descubrir algún objeto bajo su americana. Corregí inmediatamente mi estupidez y me dediqué a disfrutar del agua. Aquellos malditos chavales no iban a conseguir que hiciera el ridículo por culpa de su imaginación. Aunque no los culpaba del todo: el puñetero ruso tenía una pinta de mafioso que asustaba. Por no hablar de su pareja, llena de joyas y portando siempre bolsos de lujo. Pero ser rico y hortera no es delito todavía, de modo que haría mejor en dejar de mirarlos.

Comimos en el bufete libre del hotel. Parecía que los chicos se habían olvidado por fin de sus juegos detectivescos. Reinaba la alegría y el buen humor, pero al llegar al postre las cosas se torcieron. Hugo dijo:

—Petra, hemos visto que hay un tipo raro que va a la habitación de los rusos. Se queda un rato y luego vuelve a salir.

Se me atragantó la piña.

—Eso significa que sabéis en qué habitación están.

—Lo vimos por casualidad.

—Tratándose de vosotros, la casualidad no existe.

Tomó la palabra Teo, muy formal.

—Petra, hacemos estas cosas porque pensamos que es nuestra obligación. Hemos visto que hay un asunto raro en todo esto y por eso...

—Vamos a ver, contestadme a una pregunta. ¿Qué hubierais hecho con ese asunto raro si no estuvierais conmigo? ¿A quién le habríais contado todo lo que me habéis contado a mí?

Se quedaron callados, pillados en falta. Hugo dijo por fin:

—Pues no sé, al director del hotel.

—¿Sin pruebas? ¿Os habríais presentado en su despacho por las buenas diciéndole que a lo mejor ese tipo lleva una pistola, que a lo mejor lo visita un delincuente, que siempre tiene la actitud de estar vigilando? ¡Por favor! ¡Y pensar que alguna vez creí que sabíais en qué consiste mi trabajo!

—¿Qué habrías hecho tú? —preguntó Teo, francamente consternado.

—Pues yo habría hecho exactamente lo que pretendo hacer: disfrutar con tranquilidad de mis vacaciones y dejar a los demás en paz.

—No, Petra, por favor. Hagamos un trato. Tú haces lo posible por ver al tipo que va a la habitación de los rusos y si te parece que todo es normal, no volveremos a hablarte del asunto.

Resoplé, miré al cielo, le pedí paciencia a Dios... Si me negaba, estaba sentando el mal precedente del autoritarismo. Si me avenía, estaba sentando el mal precedente del asambleísmo. ¿Por qué alguien puede llegar a pensar que el mundo de los adultos es más complejo que el infantil? ¿O el conflicto surge de la relación entre ambos mundos? En cualquier caso, preferí ser tachada de pactista que de autoritaria y, en una decisión que aún hoy no comprendo del todo, accedí.

¿Por dónde empezar? No hubo problema, los muy

ladinos de mis hijastros ya habían hecho el trabajo de campo: sabían el número de la habitación de la pareja y habían detectado que las visitas se producían al atardecer, antes de que bajaran a cenar. Para mi mayúscula sorpresa, me contaron que habían montado un operativo de vigilancia en el que ¡hasta la propia Marina había participado! ¡Y yo que la creía a esa hora en su habitación viendo la tele un rato! En fin, lo mejor era acabar cuanto antes con aquello; de manera que fijamos ese mismo atardecer para que yo echara una ojeada. La cosa no estaba exenta de peligros porque nadie se fija en un niño cuando lo ve en la escalera o en un ascensor; y si se fija, nadie piensa que el tierno infante le está vigilando. Sin embargo, un adulto es mucho más visible, más sospechoso también, en especial si de verdad existe algo delictivo. Me espantó sólo el haber concebido esa posibilidad.

A las ocho de la tarde estábamos en la planta séptima Teo, Marina y yo, esperando la llamada de móvil que Hugo nos haría desde la planta baja en cuanto avistara al sospechoso. Nos entretuvimos mirando los dibujos de un jarrón chino que había en una mesita del pasillo: figuritas femeninas con delicados kimonos junto a árboles en flor. Cualquier cosa que me distrajera de mi propia imagen era buena. ¡Jugando a polis y malhechores con dos críos!; igualito que si saliéramos de un cuento antiguo: *Petra y los cinco*, *Vacaciones con problema*... La sensación de estar haciendo el ridículo se volvió tan fuerte que estuve a punto de decir basta y largarme de allí. Pero eso equivalía a seguir aguantando el latazo de los niños, así que me puse a pensar en armonías familiares y soporté un rato más de espera.

A las ocho y veinte recibimos la llamada perdida de Hugo y un par de minutos más tarde se abrió la puerta del ascensor y salió de él un tipo joven, trajeado a la última, con un portafolios en la mano. Se dirigió como una flecha hacia la habitación de los rusos y llamó a la puerta con los nudillos. Tres golpes: Teo me los señaló elevando acompasadamente tres dedos de su mano derecha. Le abrió la mujer y entró sin decir palabra. Entonces el chico me tomó del brazo, obligándome a poner la cabeza a su altura, y cuchicheó en mi oído:

—Tres golpes. Debe de ser la contraseña. Siempre hace lo mismo.

Transcurrida una media hora, el joven visitante salió y se marchó por donde había venido. Debo reconocer que empezaba a estar algo mosqueada. Sin duda, para aquellas visitas debía de existir una explicación, pero tampoco podía descartar de un plumazo que tal explicación no estuviera basada en el mundo del delito.

Paseando por el pueblo con los tres chicos, todos aparentando normalidad pero con un tema pendiente, Teo me preguntó por fin:

—¿Qué vamos a hacer, Petra?

Ya no podía eludir por más tiempo la situación. La duda razonable me corroía. Marina intervino.

—¿Por qué no llamas al subinspector Garzón? A lo mejor a él se le ocurre algo.

—Antes haremos una prueba. Debemos ser cautelosos, y también prácticos. Voy a seguir a ese par cuando vayan hacia su habitación y, mientras caminan por el pasillo, haré un ruido violento tras ellos. Según reaccione el tipo, según qué gestos haga, sabré si lleva o no una pistola. Finalmente sólo de eso podemos acusarlo, es lo único ilegal en lo que se le puede cazar: llevar una pistola.

El hecho de que nos dispusiéramos a llevar a cabo un poco de acción les llenó de placer. Mucho menos contentos se mostraron al advertirles que no necesitaba su ayuda directa; más que eso: si de verdad querían ayudarme, debían mantenerse bien alejados de mí.

Esperamos el atardecer en la playa. Allí estaban, felizmente tumbados en las hamacas de las que disponía el hotel, la pareja de rusos a quienes espiábamos. Él llevaba su sempiterna americana de lino blanco. Ella, un minúsculo bikini de estampado animal; no sé qué animal, pero salvaje. Yo iba medio vestida para poder salir pitando en cuando el objetivo hiciera ademán de levantarse y marcharse.

Sobre las siete, ya casi sin sol que tomar, vimos cómo recogían sus libros, revistas y toallas. Me puse en marcha inmediatamente. Corrí hacia el ascensor y subí a la séptima planta, donde esperé en un recodo. Poco después llegaron. Los miré por detrás, avanzaban despreocupadamente, él canturreaba. Entonces abrí mi bolso y dejé caer con enorme estrépito la caja de hojalata que habíamos comprado para la ocasión. El ruso realizó *ipso facto* aquella maniobra que yo conocía tan bien: giró sobre sus talones, flexionó un poco una rodilla y se llevó la mano al bolsillo dirigiéndolo en mi dirección. No había ninguna duda, aquel hombre llevaba encima una pistola. Sonreí estúpidamente y dije:

—¡Ay, perdonen!

Luego recogí la cajita y esperé con cara de boba a que llegara el ascensor. Ellos me miraron sin interés, aunque con mala uva, y reanudaron su caminata hacia la habitación.

Abajo me esperaba la asamblea de detectives aficionados con el corazón en un puño.

—¿Y...? —Teo fue el primero en preguntar.

—Parece evidente que ese hombre tiene la costumbre de ir armado —dije prudentemente.

—¿No ha sacado la pistola?

—Por desgracia, no; pero ha hecho el gesto de defensa de alguien que la lleva habitualmente.

—¿Tú has traído la tuya, Petra? —inquirió Marina.

—¡Por supuesto que no la he traído!

—¿Y si llega a dispararte en el pasillo?

—No saquemos las cosas de quicio.

—¿Y qué más esperamos para actuar? Yo iría directamente a hablar con el director del hotel, o incluso llamaría a la policía.

—Hugo, si ese hombre no lleva pistola en el momento en que avisemos a alguien, todo esto no servirá para nada. Es más, sea quien sea ese tipo, lo pondremos inmediatamente sobre aviso. No, creo que lo mejor será que hable con el subinspector Garzón.

Garzón no salía de su asombro cuando se lo conté por teléfono.

—También es mala sombra, joder. ¡Para unos días de vacaciones que se toma usted...! Creo que lo mejor será que les haga una visita.

—No le digo que no. Siendo yo huésped del hotel tengo las manos atadas. Además, estando los niños conmigo... Pero no diga nada en comisaría, no levante la liebre, no vaya a quedar en nada el asunto y hagamos un ridículo espantoso.

Los niños recibieron la noticia de que venía el subinspector casi con gritos de alegría. Los dos chicos, sobre todo Teo, demostraron un alivio que estuvo al borde de ofenderme; como si pensaran que, de haber estado él presente todo el tiempo, habría tenido más en cuenta su descubrimiento. Lo pasé por alto. Sabía que adoraban a mi compañero y que tenían una fe ilimitada en su calidad policial.

—¿Le has dicho que se traiga un bañador? —preguntó Marina—. Como el pobre aún no tiene vacaciones, a lo mejor le apetece darse un chapuzón en la piscina.

—Sí, porque si se presenta además con una de sus pintas de policía total, puede resultar sospechoso.

Con beatífica paciencia le mandé un SMS a Garzón recomendándole el uso de la prenda requerida. Y la trajo en un maletín, ¡vaya si la trajo!: un bañador tipo calzón decimonónico con un estampado colorista de tiburoncitos rosa. A los chicos les encantó, y yo misma debo admitir que el rosa de los escualos contrastaba de modo muy indicado con la blancura albina de su panza.

Bajamos a la piscina y allí estaban los rusos, siempre en el mismo sitio y con la misma bebida en la mano: vodka, sin combinar y sin hielo, a palo seco. Tampoco el ruso había renunciado a su americana esta vez. El subinspector los observó con ojo crítico durante más de cinco minutos. Mis tres hijastros lo observaban a él, esperando un dictamen de infalibilidad papal.

—Es raro —dijo por fin.

Teo saltó sobre sus palabras.

—¡Subinspector!, nosotros ya hemos dejado muy atrás la etapa del «es raro». Pensamos que esto es algo más que raro.

Hugo salió inmediatamente en defensa de mi compañero.

—¿Quieres dejarlo pensar en paz? ¡Y haz el favor de dejar de llamarlo subinspector! ¿No comprendes que puede oírte alguien? ¡Eres tan subnormal!

Garzón demostró que era un buen mediador.

—¡Calma, muchachos! Cuando digo que es raro me refiero a que aquí puede haber algo claramente fuera de la ley.

Aquel «fuera de la ley» colmó todas las expectativas de los muchachos, a quienes contemplé exultantes. La próxima vez le diría a Marcos que mandara de vacaciones a sus hijos en compañía de Fermín Garzón mientras yo me quedaba en casa.

—Os diré lo que haremos. Me quedaré con vosotros todo el día. Quiero ver a ese visitante asiduo de las ocho de la tarde. Pero ahora mismo vamos a intentar una maniobra no exenta de peligro en la que tendréis que ayudarme.

Mientras la reacción de los chicos rozó el entusiasmo deportivo, a mí se me instaló una mosca revoloteadora tras la oreja.

—¿Qué se propone, Fermín?

—Relájese, inspectora. Está todo controlado.

Hizo un aparte con los niños y vi cómo se levantaban los cuatro e iban hacia la piscina. Se bañaron, juguetearon a lo bruto, salpicaron a conciencia a los bañistas que rodeaban el agua..., se dejaron ver. Tras esa exhibición general, el subinspector vino corriendo y cogió su teléfono móvil. Vi cómo distribuía a los niños para una foto en la que, como fondo, aparecían las tumbonas de los rusos. Disparó varias veces: primero los tres chicos juntos, luego sólo Marina, después le pidió a una inocente señora que lo fotografiara a él al lado de los pequeños. A nadie le extrañó nada, a los rusos tampoco. De hecho, quien más quien menos debía de estar rezando para que aquella ruidosa familia acabara con sus demostraciones de cariño y se largara de una vez a comer. Muy listo, el subinspector.

Como hasta las ocho de la tarde no había gran cosa que investigar, pasamos el día disfrutando de la vida vacacional. Antes habíamos pasado por mi habitación para comprobar que ambos rusos habían salido claros e identificables en las fotos. Así era. Un trabajo perfecto que a los muchachos les subió diez puntos la admiración que sentían por aquel veterano policía.

Alrededor de la hora convenida, Garzón ya se había cambiado de ropa e incluido en su indumentaria una corbata de lo más funeraria. Según la definición de los chicos, ahora iba de policía total. No se trataba de algo hecho al azar. Se despidió de nosotros, la ayuda que le brindó Teo quedó descartada, y no volvimos a verlo hasta media hora después. Con el corazón en un puño, y yo particularmente con dos tapones en los oídos para no enterarme de los comentarios que me rodeaban, esperamos su aparición, y luego su relato.

—Ha sido muy fácil —comenzó—. He esperado a que el visitante saliera de la habitación de los rusos y un rato después lo he parado. Le he dicho que formaba parte de la seguridad del hotel y le he preguntado si era un huésped. Me ha contestado que no. Es asesor financiero y viene a ver diariamente a una cliente.

—¿Una cliente?

—Eso ha dicho. Acto seguido me ha dado su documentación y una tarjeta profesional donde figura el nombre de su empresa. Ya he llamado a comisaría para que verifiquen su identidad.

—¿El tipo se ha puesto nervioso? —preguntó Hugo.

—Ni lo más mínimo.

—¿Ha sospechado algo de usted? —inquirió después Teo.

—Para nada. Todo le ha parecido de lo más natural.

—¿Puede decir mentiras la policía, señor Garzón? —intervino una inocente Marina.

—Sólo cuando actúa al amparo de la ley.

Aquello de la ley era un excelente comodín para el subinspector. Ignoro si satisfizo a la niña, pero era evidente que sus hermanos estaban bajo los efectos de una total decepción.

—¿Y usted le notó a ese tipo algo sospechoso? —intentó Teo un último recurso.

—Pues no más de lo que habría notado en cualquier otro asesor financiero. Quizá estoy un poco anticuado, pero ése es un oficio que no acabo de encontrar demasiado fiable.

Lo que le pareciera fiable o no al subinspector le traía a los chavales al pairo. Ellos querían un poco de carne y sangre en su investigación.

—O sea que igual estamos equivocados —dijo no recuerdo quién.

—Vamos a ver: cuando se realiza una pesquisa uno va en pos de la verdad y no debe desear que se cumplan las sospechas que ha albergado; simplemente, busca aclararlas.

Didáctico, digno, magistral. Luego dijo para compensar el jarro de agua fría:

—Pero queda el colofón de mi estancia aquí. Ahora voy a ir a recepción, pediré hablar con el director del hotel y me identificaré como policía. Le explicaré que necesito el nombre completo de los dos ciudadanos rusos que se hospedan en la habitación 712. Lo tranquilizaré enseguida asegurándole que es un asunto de mero trámite y le rogaré discreción, mucha discreción. Con los nombres en el bolsillo y la foto de los encartados, iré mañana a comisaría y... veremos si figuran en alguna ficha policial, de la policía española o de la Interpol. En caso afirmativo, os avisaré y me personaré aquí con todo un dispositivo policial. ¿Queda clara la estrategia?

—¿Puedo acompañarle yo? —se postuló Marina.

—Lamento decir que no. Un policía acompañado de una niña tan encantadora como tú pierde mucha credibilidad.

Sentados en el gran vestíbulo vimos cómo mi compañero se dirigía a la recepción, cómo el recepcionista desaparecía en el interior de las dependencias y cómo, un minuto más tarde, el subinspector era invitado a ir con él. Transcurrido únicamente un cuarto de hora, pasó por nuestro lado como si no nos conociera y nos hizo un gesto disimulado indicando que nos veríamos fuera.

Lo despedimos junto a su coche, en el aparcamiento. Besó a los niños, me dio la mano... Había hecho una impecable gestión de la crisis. Sin duda, merecía un aumento de sueldo, quizá incluso la medalla al mérito civil. Aunque, a decir verdad, no lo había solucionado todo. La voz de Hugo así me lo recordó.

—Pero, Petra, mañana por la tarde nosotros ya no estaremos aquí. Te recuerdo que volvemos a Barcelona.

—Bueno, ya veis que el subinspector Garzón se las apaña perfectamente sin nosotros.

—No es justo —apuntó Teo—. Nosotros fuimos

quienes nos dimos cuenta de que esos tipos eran sospechosos, y ahora nos vamos a perder lo mejor.

—En primer lugar, aún no está claro que vaya a existir ninguna detención, y en segundo lugar, esto no es un espectáculo al que uno asiste por pura diversión y con frivolidad.

—Ya, Petra, pero no pasaría nada si nos quedáramos en el hotel un diita más.

—Puede que no, pero vuestro padre nos espera en el diita de mañana.

—¿Y si tú le llamaras por teléfono?

—No quiero que se entere de nada de lo que está sucediendo aquí.

—Pues no se lo decimos —propuso Marina—. Le decimos que lo estamos pasando tan bien que queremos disfrutar un poco más.

—¿Estás insinuando que le mienta a tu padre?

Hubo un silencio incómodo, Marina se mordió el labio superior. Habíamos entrado en un problema de índole moral. Pero no había problema moral que amilanara al intrépido de Teo.

—No se lo digas tú. Puede decírselo Marina, que es su ojito derecho. Además, no es ninguna mentira. Lo estamos pasando de maravilla y sería estupendo alargar la estancia un día más.

—¿Tú no te lo pasas bien con nosotros, Petra? —preguntó la niña con una malicia de lo más inocente.

—Haced lo que queráis.

Se oyeron tres grititos de júbilo apagados por la prudencia. Acto seguido, y sin dejar pasar ni un instante por si cambiaba de opinión, Marina marcaba el número de su padre. Me alejé, como si unos metros de distancia pudieran disminuir mi complicidad. La veía asentir y sonreír mientras sus hermanos esperaban en ascuas el final de la conversación. Por fin vino hacia mí con el teléfono en la mano.

—Papá quiere que te pongas.

Era inútil huir.

—¡Bueno, Petra, vaya exitazo!, ¿no?

—¿Te refieres a algo en concreto?

Se rió con carcajadas satisfechas. Parecía encantado de que sus hijos y yo hubiéramos sido felices en mutua compañía.

—Parece que los chicos no quieren volver aún.

—Sí, eso parece. ¿Les has dado permiso para que nos quedemos?

—Antes de hacerlo quería saber qué piensas tú. A lo mejor ellos están entusiasmados con la idea pero tú tienes ganas de quitártelos de encima cuanto antes.

Todo fuera por la armonía general y por la de mi matrimonio en particular.

—No, yo estoy bien. Podemos quedarnos.

—¡Estupendo! Antes de que te arrepientas y para que no tengas ninguna incomodidad, yo mismo llamaré al hotel para prolongar un día la estancia, no creo que me pongan dificultades.

Tras colgar, me esperaba una especie de comité con un emocionado portavoz.

—Gracias, Petra. Nunca olvidaremos lo que has hecho por nosotros —sentenció Hugo con una mano en el pecho.

—Vale —dije seria como un guardia civil—. Y conviene que no olvidéis otra cosa: vuestro padre nunca se enterará de nada de todo este asunto, pase lo que pase. ¿De acuerdo? ¡Boca cerrada!

—Pero ¿y si se entera por los periódicos o por la tele? Será muy raro que vea que la policía ha detenido a un capo mafioso en el hotel donde nosotros estábamos y no le digamos nada —terció Teo.

—Si se entera por los medios de comunicación, tenéis libertad para contárselo todo.

El trato les satisfizo y, en estado de máxima alerta, se

despidieron de mí hasta el día siguiente. Dudo que ninguno de los tres consiguiera pegar ojo aquella noche.

Al día siguiente, durante el desayuno, se les veía nerviosos. A las diez de la mañana surgió la primera pregunta:

—¿Y ahora qué hacemos, Petra?

—¿Cómo que qué hacemos? Pues ir a la piscina o a la playa.

—¿Y de nuestro tema? —inquirió un misterioso Hugo.

—Hay que esperar a que llame el subinspector. Las gestiones que debe hacer no se solventan en un minuto.

—¡Jo, qué palo, esperar!

—¿En qué pensáis que consiste el trabajo de un policía el ochenta por cierto del tiempo? ¡En esperar!

—Pues vaya paciencia debes de tener.

—Gracias a esa paciencia os aguanto. Voy a ponerme el bañador. Nos vemos en veinte minutos.

La mañana hubiera debido transcurrir plácidamente, pero al parecer ninguno de mis hijastros servía en principio como policía, porque eso de esperar no se había hecho para sus impacientes ímpetus juveniles. Se pasaron el tiempo vigilando a los rusos por el temor de que se diera la coincidencia de que ese día abandonaran el hotel. Al mismo tiempo, me vigilaban a mí, estando más que atentos a los posibles timbrazos de mi teléfono. La tensión flotaba en el aire como pura contaminación medioambiental.

A la hora de comer la llamada de Garzón aún no se había producido, de modo que, entre plato y plato, empecé a oír las reiteradas sugerencias de los niños para que fuera yo quien tomara la iniciativa. Me negué, aunque yo también empezaba a estar en ascuas y harta de soportar tanta presión.

Fue a la hora de la siesta, libre de los niños y tranquila en mi habitación, cuando el subinspector llamó. Me di cuenta de que era él porque figuraba su número en la pequeña pantalla del móvil y porque, después de tantos años, conozco su risa a la perfección. Porque eso fue lo que hizo, reír, reír como un demente sin pronunciar ni una sola palabra durante casi cinco minutos. Reprimiendo mi enfado y mis deseos de estrangularlo, esperé hasta que recuperó la cordura y el habla inteligible y me contó todo lo que tenía que contarme.

A las cinco había quedado con los chicos en la cafetería del hotel.

—Ha llamado el subinspector Garzón.

Sus rostros presentaban una avidez de conocimiento que ya hubiera deseado cualquier maestro para sus alumnos.

—¿Y cómo es que no está aquí con el dispositivo policial? —preguntó Hugo.

—Las preguntas, después. De momento vamos a tomarnos un refresco y os explicaré.

Violentando su paciencia, pedí naranjadas para todos y empecé a hablar.

—Serguéi Lesmánov ha sido localizado, pero no en una ficha policial, sino cuando el subinspector ha hablado con el comisario Coronas. El señor Lesmánov también es comisario de policía. O sería mejor decir que lo era, porque ha dejado el cuerpo de policía ruso al casarse con Valentina Lesmánova, una joven y rica mujer de negocios a la que por cierto conocéis muy bien. Se enamoraron cuando en un congreso bancario él prestaba al evento sus servicios de seguridad.

—¿La Barbie es su mujer?

—¡En efecto, mis queridos detectives! Y el misterioso visitante de las ocho es su asesor financiero en España, que la visita cada día para darle el parte de sus negocios en nuestro país. ¡Para que veáis si es importante!

—No entiendo nada —dijo Teo.

—No entiendes nada porque ahora viene la autèntica explicación. El excomisario es amigo personal del comisario Coronas. Se conocieron en una reunión internacional de la poli y han mantenido cierto contacto. Porque debéis saber que el señor Lesmánov habla español, habilidad que conserva después de haber hecho cursillos en Cuba. Ya veis qué cerca habéis estado de meter la pata haciendo algún comentario en las inmediaciones físicas de esa pareja.

—Sigo sin entender nada —remachó.

—Quizá lo entendáis mejor si os digo que hace un par de meses el ruso llamó a su compañero, que es mi jefe, para preguntarle el nombre de algún hotel que estuviera bien. Con tanta fortuna que el subinspector Garzón estaba en su despacho en ese momento. El comisario, vacío de ideas, hizo un aparte momentáneo con el subinspector Garzón. ¿Y sabéis cuál fue la reacción de mi querido colega?

—Sí, recomendarle el mismo hotel que nos ha recomendado a nosotros —dijo Hugo en un tono que expresaba su total decepción.

—Pero cuando el subinspector estuvo aquí, cuando le dijimos lo de los rusos, ¿cómo no se acordó?

—¿Creéis que el comisario Coronas se tomó la molestia de informarle de para quién era la recomendación? Se trató de un intercambio mínimo de palabras, sin más.

—¡Hostia! —exclamó Hugo.

—Os ruego que haya moderación en el vocabulario.

—¡Pues vaya con el subinspector! ¿Es que sólo se sabía el nombre de este maldito hotel? —lanzó Hugo de nuevo su lengua.

—Ése es un comentario innecesario.

—Pero, Petra, por muy excomisario que sea, supongo que no tiene permitido llevar pistola —dijo un incisivo Teo, que aún esperaba poder hincarle el diente al pobre Serguéi.

—Y no la lleva.

—¿Y tú cómo lo sabes?

—Porque el comisario Coronas le ha llamado y se lo ha preguntado. ¿Pensáis que le iba a mentir? Y si le ha mentido, ¿pensáis que yo lo voy a comprobar?

—¿Y el gesto que hizo cuando tú hiciste el ruido tras él?

—La fuerza de la costumbre.

—¡Joder!

—¡Esa moderación! ¿Y tú, Marina, has seguido bien todas las explicaciones?

—Sí. Me he enterado de todo. Ese señor no es un ladrón ni un asesino y la señora tampoco.

—¡Perfecto, en esencia eso es! De modo que ya podéis ir haciendo las maletas porque mañana nos vamos. Nos queda una tarde y una noche para poder disfrutar.

—Pero ya no será lo mismo, sin ninguna investigación, sin ningún peligro, sin tramas que resolver... —se quejó Hugo.

—Deberíais estar contentos de que dos personas sean ciudadanos inocentes en vez de mafiosos.

—Ya —dijo Marina muy bajito.

—Y ahora vamos a negociar.

—¿A negociar?

—Sí, a negociar. Como le contéis a alguien algún detalle, por impreciso que sea, de todo este ridículo embrollo, ¿sabéis qué puede pasar?

—Sí, que quedaremos como unos imbéciles —contestó un Teo de pésimo humor.

—Cierto. Y si os diera por alterar la realidad y contarle a algún amigo que habéis atrapado a un mafioso ruso, ¿sabéis qué puede pasar? Pues que vuestro padre será ampliamente informado y no le va a gustar nada lo que ha pasado aquí.

Guardaron un silencio melancólico.

—Y ahora id un rato a jugar, porque yo voy a pasar mi última tarde en la playa.

Desfilaron como las tropas de Napoleón después de ser derrotadas en Rusia: con la cabeza gacha y arrastrando los pies. Cuando me quedé sola a mí también me dio por reír. La verdad es que todo aquel sainete podía haber sido divertido, pero no lo fue, los niños se habían puesto pesadísimos y me habían obligado a hacer algunas tonterías que nunca reconocería de modo público.

Por la noche asistimos a la última representación del animador cutre y bailamos la última conga, pero ya no era lo mismo, mis hijastros habían perdido la ilusión. Aunque, incluso con la ilusión perdida, seguían taladrando a los pobres rusos con la mirada. Quise pensar que se trataba de la fascinación que ejerce el delito en las mentes humanas, independientemente de si estás del lado del mal o del bien.

Cargar al día siguiente las maletas en el coche para marcharnos fue un proceso tan caótico como lo fue a la ida. Sin embargo, no me incomodó en la misma medida. Ahora sentía una incomparable paz de espíritu pensando en que la semana había acabado y empezaban mis vacaciones de verdad.

En el trayecto reinaba un silencio tristón, pero nadie aludía al tema de los rusos. Sólo Marina, al fin, hizo un comentario que todos entendimos a pesar de ser muy poco específico.

—¡Vaya cagada!, ¿eh, Petra?

—Bueno, lo que ha pasado al menos os enseñará una buena lección.

—Sí, ya —saltó Teo de muy mala uva—. Que no hay que juzgar por las apariencias.

—Pues no, listo —le contesté—. No era eso lo que iba a decir. La enseñanza es que no hay nadie que se parezca más a un delincuente que un policía.

Tras un momento de estupefacción, los tres se echaron a reír. A partir de ahí, el ambiente en el interior del coche volvió a un estado normal; es decir, los tres hermanos empezaron a pelearse como gatos por cualquier banalidad. Yo, por mi parte, también había sacado mi propia conclusión: vacaciones sola con los niños... ¡nunca más!

Abril de 2014

Tiempos difíciles

Sinceramente, no comprendía por qué motivo ese caso debía venir a parar a nuestras manos. El comisario Coronas sabía mis preferencias y mi modo de pensar; de manera que bien debía conocer mi aversión por todo asesinato que estuviera condenado a tener un fuerte seguimiento mediático. Detesto esa pasión morbosa que se desata en las masas humanas por seguir la investigación de la muerte de un niño, una joven en esta ocasión. Así se lo hice saber, del modo más respetuoso que pude, aun estando segura de que no serviría de mucho mi apelación.

Existían muchas maneras de hacerme aceptar el caso: desde el «ordeno y mando» hasta la democrática explicación. Vi que el comisario optaba por la segunda y me preparé para escuchar cualquier tipo de razón peregrina que pudiera inventarse. No mencionó la clásica «falta de personal», lo cual le agradecí, porque ya estaba harta de oírla. Lo que hizo fue combinar la gravedad del caso con algunos halagos destinados a despertar mi vanidad. No lo hizo mal del todo, aunque en el encabezado del discurso metió la pata a más no poder.

—Le encargo la investigación, inspectora, porque este caso pide a gritos a una mujer.

—¡Vaya por Dios, comisario!; empezamos bien. De todas las cosas que hubiera podido usted escoger para cabrearme, ésa es la más acertada, sí, señor. Desconfío por sistema de que se necesite una fémina en un trabajo que, por definición, no requiere de un género u otro.

—Inspectora Delicado, tiene usted la lengua más rápida que la de una serpiente. Déjeme terminar, por favor. Si digo que necesitamos a una mujer es porque pienso en las virtudes profundas que adornan a su sexo, y en particular a usted.

Tuve ganas de ponerme a aplaudir, pero temí estirar la cuerda hasta romperla y quería que siguiera, pues empezaba a disfrutar de su disertación.

—Por ejemplo: la diplomacia. Han asesinado a una alumna de quince años en un instituto de Poble-sec. Hay implicadas en ese simple enunciado un montón de consideraciones peligrosas: la edad, el medio escolar, la familia, los periodistas... Un follón, no se lo niego. Por ello es imprescindible ser diplomático, cuidadoso, no herir susceptibilidades y conducirlo todo con discreción. Todas ésas son características más propias de una mujer. En cuanto a usted... su currículo habla por sí solo. Ha llevado casos muy peliagudos sin levantar ampollas y con resoluciones satisfactorias. Por eso pongo mi confianza en usted.

—¿Y si me negara a encargarme del caso serviría de algo?

—Me temo que no.

—Entonces me temo yo también que aceptaré encantada, comisario.

—No esperaba menos de su prudencia y espíritu de servicio. La secundará su acompañante habitual, el subinspector Garzón. Evite que él haga declaraciones a los periodistas, pues si bien es un magnífico policía, la mano izquierda no constituye su fuerte. Quedará también bajo sus órdenes la policía Yolanda. Pienso que habrá que llevar a cabo muchos interrogatorios entre los compañeros de la víctima y, como ella es joven, contará con más facilidades. En este dosier están todos los detalles previos del caso. Infórmeme de todo, inspectora, y que Dios la acompañe.

¡Cielos!, al salir de aquel despacho me sentía como si hubiera sido investida de manera solemne para defender la fe católica en las Cruzadas. Estaba claro que aquel caso debía de ser un marrón de mucho cuidado. Miré la carpetilla llena de papeles que me había pasado el comisario y escogí un lugar con buenas vibraciones para bucear en él. La Jarra de Oro me ofrecía todo lo que podía necesitar: buen café, follón en el ambiente para no deprimirme y la suficiente presencia de testigos como para no ponerme a blasfemar mientras iba leyendo.

No sé si llamarlo casualidad o predestinación, pero lo primero que vi al entrar en el bar fue la imagen del subinspector Garzón sentado a una mesa. Estaba viendo los resúmenes del fútbol en la tele y, frente a él, se dispersaba un montoncito de restos indicativos de que acababa de desayunar. Me senté junto a él y me saludó con energía.

—¡Cuánto bueno por aquí, inspectora! Llega usted a tiempo de tomar el café. Yo aún no lo he tomado.

—¿Le gusta amargo?

—Bueno, dentro de un orden. Siempre le pongo su poquito de azúcar.

—Pues pida diez sobrecitos porque el que se va a tomar tendrá un sabor más negro que de costumbre.

—¡Carajo, vaya mañana! Primero veo que mi equipo va fatal y ahora me viene usted con amenazas.

—¿Cuál es su equipo?

—¡Ja, a usted se lo voy a decir! No quiero que se pase la vida tomándome el pelo a cuenta del fútbol. Sería un error mayúsculo darle munición a un bombardero como usted.

—Vale, muy bien. Creo que soportaré vivir sin saberlo.

Observé con detenimiento los restos de su ingesta matutina. Había servilletas de papel manchadas de grasa y un par de tenedores arrumbados sobre el plato. Pedí al camarero que lo limpiara todo y nos trajera dos cafés dobles.

—Éstos son los datos previos del caso que nos acaba de caer en suerte. No los he leído todavía. Voy haciéndolo y le paso las hojas. ¿De acuerdo?

—De acuerdo; pero, dígame, si no lo ha leído, ¿por qué me decía lo de la amargura del café?

—Sé lo suficiente como para que todo azúcar sepa a poco.

Me enfrasqué en los informes. Aquí empezaba la realidad, la muerte y las Cruzadas propiamente dichas. Conservé las informaciones cruciales en mi mente.

La víctima: Noemí Sanz Requejo. Quince años. Estudiante de segundo de bachillerato. Apareció muerta de un fuerte golpe en la cabeza, propinado desde delante con un bolo de madera, en los vestuarios del gimnasio del propio instituto. La encontró uno de los conserjes del centro, el llamado señor Leandro, que se ocupa de abrir por las mañanas. La autopsia revela que murió sobre las nueve y media de la noche, sin signos de lucha, en el mismo lugar en el que fue encontrada. No hay restos significativos del posible asesino, ni hallazgos de cuerpos extraños sobre el cadáver: ni pelos ni trozos de tela. Las huellas dactilares en un lugar tan transitado son múltiples, por lo que no ayudan a determinar nada, y el bolo asesino había sido limpiado a conciencia. La seguridad de acceso al lugar es muy relativa. El señor Leandro, un hombre a punto de jubilarse y de inteligencia limitada, es quien controla la puerta de acceso. Ésta queda sin vigilancia a menudo, por ejemplo cuando el conserje va al lavabo o incluso cuando visita un bar cercano para desayunar o tomar café. La mañana de autos dejó la puerta abierta mientras hacía su vuelta matinal de inspección al centro, por lo que cualquier intruso que hubiera estado en el interior pudo salir mientas él se movía de un aula a otra, comprobando que todo estuviera en orden.

Eso era todo. Lo que le faltaba a la historia éramos nosotros, quienes debíamos completarlo; es decir, casi todo. Dejé tiempo para que Garzón acabara de leer la última página. Me miró sin expresión reconocible.

—¿Qué le parece? —pregunté.

—Un marrón de puta madre.

—No me refiero a consideraciones emocionales, ¿qué le parecen los detalles del caso?

—Según esto, cualquiera pudo entrar en el instituto, quedarse allí y matar a la chica. Cualquiera que se hubiera citado con ella, claro está, porque de lo contrario, ¿qué pintaba Noemí en el gimnasio del centro a esas horas?

—En teoría, así es. Pero ¿qué asesino ajeno al instituto escogería ese marco tan dificultoso para cometer un crimen? Sin duda, hubiera podido citarla en un sitio más fácil para matarla, ¿no cree? Un descampado, una calle solitaria, un parque municipal.

—Cierto; pero no debemos olvidar el componente juvenil del delito. A veces los jóvenes hacen cosas raras. Se fijan metas, retos, actos que impliquen un desprecio a la autoridad, un plus de riesgo.

—Ése es un punto de vista interesante, Fermín. Se nota que dejó la juventud hace muy poco. Pero ese plus habría existido de todos modos en alguien no ajeno al centro. Quedarse en el recinto una noche es ya un reto de por sí. Incluso mucho más entre alumnos. Dudo de que alguien de fuera hubiera aceptado el riesgo, mucho más si su intención era matar.

—¿Y su intención era matar?

—La gente no se desplaza por ahí y se mete en los institutos para ver qué hay.

—A no ser que se trate de un delincuente profesional.

—¿Y qué hace un delincuente profesional con una chica que no intentó defenderse ni huir de él a las nueve de la noche en el gimnasio de un instituto?

—Poca cosa, es verdad. Entonces vamos a trabajar con la hipótesis de que el asesino es alguien del instituto. ¿Un compañero o una compañera?

—Soy incapaz de avanzar ninguna hipótesis ahí. Sólo que, de ser un compañero, debe de tratarse de un varón. ¿Ha leído sobre la trayectoria del golpe? De arriba hacia abajo. Era alguien ligeramente más alto.

—A esa edad las diferencias de crecimiento son notables: hay chicas larguiruchas y chicos bajitos que crecen más tarde.

—Me tiene usted asombrada con sus puntualizaciones. Bien se diría que se ha pasado usted la vida entre adolescentes.

—Puro sentido común. ¿Lo dejamos, pues, en estudiante hembra o varón?

—Dejémoslo. Aunque en contra de esa base de trabajo está que quien asestó el golpe puñalada sabía los puntos más débiles de la cabeza. Fue certero a la primera.

—No entiendo.

—Pues es fácil de entender. Los estudiantes de hoy no saben ni hacer la O con un canuto. ¿Iba a saber anatomía humana hasta el punto de acertar a la primera el asesino de Noemí?

—¡Joder, inspectora, vaya comentario! «Nadie como mi generación», ¿no es ése un prejuicio demasiado gordo como para entrar mañana en el instituto?

—Nada de mañana. Empezamos hoy.

—Pero es que tengo informes que terminar del caso anterior.

—Pues dedíqueles sus horas de sueño.

—¡Coño, que uno ya tiene una edad!

—Estar entre estudiantes le rejuvenecerá, Fermín. No hay nada mejor para mantenerse en forma.

Antes de iniciar cualquier acción, ordené a nuestros expertos que pidieran un resumen de las llamadas de la chica en su compañía telefónica, ya que no se habían hallado mensajes ni llamadas entrantes o salientes.

Empezamos aquella misma mañana visitando a la familia de la víctima y la encontramos tal y como esperábamos: destrozada y llorosa. Los padres eran más jóvenes que yo. Clase media baja. Él, agente de seguros. Ella, enfermera. Tenían otra hija cuatro años menor que Noemí, al cuidado de sus abuelos en aquellos trágicos momentos. Al padre, el efecto de los tranquilizantes que el psicólogo le había prescrito conseguía mantenerlo en un estado de calma relativa. La madre debía de tomar una dosis mayor, porque una lasitud inducida le lastraba los movimientos e incluso la voz. No sabían nada, ni comprendían nada, ni tenían la más mínima idea de cómo algún ser infernal había sido capaz de hacerle daño a su niña, a su ángel. Así la describieron, como un ángel: obediente, cariñosa, sincera y colaboradora en el hogar. Como ellos dos tenían largos y complicados horarios de trabajo, mil veces se había hecho cargo de su hermana sin rechistar. En los estudios iba normal. ¿Amigos? Del instituto. Sobre todo dos chicas: Clara y Selena. Salían juntas alguna vez. De novios ni se hablaba. «Me lo habría contado», balbució la madre haciendo un esfuerzo por articular con corrección. La noche en que la mataron nadie de la familia se alarmó por su ausencia. Había dicho que estaba estudiando en casa de Selena.

—¿Hacía eso con frecuencia, ir a estudiar a casa de su amiga?

—Más en el último año. Decía que las asignaturas se habían complicado y que Selena la ayudaba, es una chica muy buena en los estudios —respondió el padre.

—¿Comprobaron alguna vez si de verdad iba donde decía?

—No. —El hombre fue tajante. Y añadió a la defensiva—: No teníamos motivo para desconfiar de ella.

—La noche del crimen tampoco lo comprobaron, claro está.

Se enfrentó a mí. Sus ojos vidriosos cobraron vida.

—Mi mujer y yo trabajamos duramente para sacar a esta familia adelante, inspectora. No podíamos estar siguiéndole los pasos a Noemí. Tampoco nos pareció necesario. ¡No lo era! Alguien la engañó, alguien la obligó a quedarse en el instituto para matarla. ¿Por qué no se dedican a buscarlo en vez de venir aquí para hacer que nos sintamos culpables?

—Nadie les hace culpables de nada, créanme —dije con extrema suavidad—. Nosotros hablaremos con la familia de Selena. ¿Saben dónde vive?

—No —dijo el padre, derrotado.

—¿Su número de teléfono?

—No.

Bajó la vista hasta el suelo. La madre se echó a llorar.

—Los localizaremos, no se preocupen.

Di media vuelta y, cuando nos disponíamos a salir, oí la voz del hombre, punteada por el llanto.

—Inspectora... nosotros... nuestras hijas son lo más importante de nuestras vidas y...

—Cogeremos al culpable, señor Sanz. Procuren recuperar la calma. Su otra hija les necesitará.

Hacía una mañana clara y bella. Suspiré. La parte fea de la vida es fea de verdad y suele contrastar con la hermosura de la Tierra. Garzón soltó enseguida:

—Ha tenido mucha paciencia con esos dos, Petra.

—¿Qué quería, que los enviara al infierno?

—Tanto como al infierno... pero ha quedado muy claro que no se ocupaban bien de sus hijas; como si fuera más importante para ellos el trabajo que la vida.

Aminoré el paso hasta parar. Me volví hacia él, lo miré detenidamente.

—Ésa es una crítica cruel, subinspector, y lo peor de todo es que también es superficial, no busca las raíces del problema.

—Veamos, querida colega, ilústreme.

—Toda la sociedad es así hoy en día, subinspector. La gente va de culo trabajando, intentando cumplir, superándose a sí misma, haciendo suyos los éxitos o fracasos de su empresa. Es una sociedad de esclavos, peor incluso que cuando los obreros se dejaban la vida para subsistir.

—¿Peor?

—¡Por supuesto! Entonces el individuo era más consciente de su situación y sabía que no había salida; por eso acabó por rebelarse. Pero ahora todo el mundo se ha creído lo que le dicen: puedes ser rico, debes estar en la sociedad. Reciben migajas de una riqueza y un lujo que ven en los medios de comunicación y se sienten llamados a la gran labor de hacer prosperar a sus patrones. Nunca se rebelarán contra eso. Abandonarán el cuidado de sus hijos, de su propia salud, pero ¡cumplirán! He ahí una contradicción espeluznante.

—Buen mitin, inspectora. Pero si es usted tan partidaria del trabajo racional y responsable, ¿por qué me manda usar mis horas de sueño para hacer informes?

—¡Joder, Fermín!, es usted como el rey Sol, el mundo empieza y acaba en usted.

—Mi padre me dijo un día que ésa era la manera de llegar a viejo: come, bebe, no te metas con nadie y piensa en ti mismo.

—Todo un intelectual su padre, ¿eh?

—¿Qué quiere?, era un labriego, pero es verdad que llegó a viejo, aunque deslomado de tanto trabajar.

—Ése es un riesgo que no corre usted.

Se rió por lo bajo, encantado de ser tan travieso y burlón, de pasar por un vago avispado. Nos fuimos en coche hasta el barrio de Poble-sec e hicimos una pausa para comer en un bar que servía menús. Yo me apañé con una ensalada de pollo mientras que mi compañero no renunció a ninguno de los tres platos. Le comenté que, de un tiempo a esta parte, comía más en cantidad, y me contestó que su esposa no le daba de cenar; de modo que tendía a curarse en salud.

—Fruta y una barrita energética, ésa es mi triste cena. Comprendo que la pobre Beatriz se preocupa por mi dieta y bienestar; pero si mi padre viera lo que me sirve cada noche hasta aprobaría un divorcio, ¡y eso que era muy conservador!

—Deje a su padre en santa paz y empecemos de nuevo el currelo.

—¿No tomamos un chupito de whisky? Sólo por acompañar el café.

—¿Un chupito? ¡Está loco!

—Por nuestra ubicación en este barrio intuyo que vamos a meternos toda la tarde en ese instituto. ¿Me equivoco?

—No.

—¿Y usted sabe lo que nos espera ahí? Profesores, chavales, probablemente un recibimiento de hostilidad general...

—De acuerdo, quizá un chupito no nos haga ningún daño.

El instituto era un edificio de ladrillo: funcional, anticuado, anodino; nada hacía pensar que en su interior se preparaba a los jóvenes para una vida más sabia. En la puerta había un tipo que se encaminó hacia nosotros en cuanto nos vio.

—¿Otra vez ese dichoso periodista? —dijo Garzón.

Lo miré con asombro.

—¿Otra vez?

—Sí, ya insistió antes en hablar conmigo, cuando usted subió un momento al despacho.

—Supongo que usted se negó.

—Claro, le dije cuatro chorradas para que me dejara en paz.

No pude seguir la conversación porque el tipo ya estaba frente a nosotros y llamaba al subinspector por su nombre.

—¿Hay algo nuevo, señor Garzón?

—No, nada nuevo —contesté apartándolo a un lado con el brazo. En la entrada del instituto reprendí a mi subalterno—: El comisario ha ordenado que sólo se dé información a la prensa por los canales prescriptivos. ¿Me comprende?

—Fueron cuatro chorradas sin ninguna información.

—Ni chorradas ni frases insignes. Nada, Garzón, nada, la negación total.

Nos interrumpió un hombre mayor con cara de alucinado. Comprendí que era el señor Leandro.

—¿Qué quieren, qué hacen aquí?

—Queremos ver al director.

—El director no puede ver a nadie. Márchense, por favor.

Enseguida lo comprendí. Saqué mi placa y Garzón hizo lo propio con la suya.

—No somos periodistas. Somos de la policía. Investigamos el crimen de Noemí.

Su rostro acusó el impacto al oír el nombre de la víctima. Se entristeció. Aquel pobre hombre debía de sentirse culpable. Bajó la vista y dijo con voz mortecina:

—Vengan conmigo.

El director andaba por los cincuenta y muchos. Era alto, delgado, bastante calvo, usaba ropa informal y llevaba gafas metálicas. Nos saludó con sonrisa afable, atendió a nuestras presentaciones, nos hizo tomar asiento y, antes de que hubiéramos pronunciado una sola palabra, empezó a hablar él.

—Señores, cada uno conoce los detalles de su trabajo, y con respecto al mío puedo decirles que dirigir un instituto se ha convertido hoy en día en una tarea muy dura: alumnos poco interesados en el estudio, profesores desmotivados, padres rebeldes que apenas nos apoyan en nuestra labor educativa... Lo último que puede desear un director es que suceda un asesinato en su centro. Desde que este hecho terrible se ha producido en el mío, todo se ha puesto patas arriba: he tenido que llamar a compañeros suyos para que dispersen a los periodistas que hacían guardia en la puerta. Los padres están histéricos, quieren demandarme por falta de seguridad, los chicos se muestran muy afectados, de modo que es difícil hacerles guardar la disciplina y seguir las clases. En fin, ya se hacen una idea. La pregunta que voy a hacerles es muy sencilla: ¿es imprescindible para la investigación que llevan a cabo el que ustedes vengan a investigar aquí? Presencialmente, quiero decir.

—Por suerte o por desgracia, aún no se ha inventado la investigación virtual.

—En ese caso, inspectora, he de rogarles máxima discreción. Si quieren ver el lugar del crimen, yo mismo les acompañaré. Y si quieren realizar interrogatorios, les asignaré un pequeño espacio con una mesa y tres sillas. Se trata del antiguo laboratorio de ciencias naturales, muy pequeño y lleno de trastos, pero servirá, ya que nadie lo visita actualmente. Ahora tenemos otro mucho mejor. Sus entradas y salidas del centro deben realizarse fuera de las horas en que el alumnado entra y sale. También les pediré que no se paseen por los pasillos ni se dejen ver. Si quieren hablar con algún alumno en particular, pongo a su servicio a Iván, un joven conserje muy eficiente que se lo traerá, igual que cualquier otra cosa que necesiten; incluido el café. Puede que se trate de una leyenda, pero siempre he leído que los policías toman mucho café.

—¿Y para ir al lavabo? —preguntó el subinspector.

—El laboratorio que les digo cuenta con un lavabo que he mandado adecentar.

—Me siento en plena clandestinidad —comenté sonriendo.

—Quiero que me comprendan, no es un capricho. Resulta imprescindible que el instituto siga funcionando como si nada hubiera pasado.

—Le comprendemos —pluralicé.

—Hay algo más. La asociación de padres exige que cualquier interrogatorio que se haga a un alumno sea en presencia de un abogado que garantice el trato adecuado a un menor. He pensado en el abogado que nos lleva las cosas del centro. No sabe nada de instrucción criminal, pero dejará tranquilos a los padres. Y, por cierto, a ustedes también. No creo que se interponga nunca en su labor; es un hombre ponderado y tranquilo, que sabe como todos los demás lo importante que serán sus investigaciones para esclarecer el asesinato de Noemí, que es lo que todos deseamos.

Después de aquel draconiano pliego de condiciones, nos acompañó al gimnasio. Íbamos por los pasillos como auténticos espías, procurando evitar las puertas de las aulas, en cuyo interior se celebraban las clases. Todo resultaba un tanto absurdo. El director, que dijo llamarse Luis, nos mostró el lugar exacto donde había sido hallado el cuerpo de la joven: frente a una de las ventanas enrejadas que daban al patio. Nada especial: iluminación pobre, colchonetas, pelotas y adminículos para hacer ejercicio, entre ellos los bolos de madera.

Por fin nos condujo a nuestro despacho de urgencia. Era un cuchitril mal ventilado, lleno de estanterías cubiertas de viejos artilugios químicos, de tarros de cristal. Garzón se acercó a varios de ellos.

—¡Jo, inspectora, son bichos!

En efecto, conservados en formol, podían verse algunas serpientes, un escorpión y una triste rana saltadora.

—¡Qué asco! —siguió Garzón con sus comentarios—. ¿No tenían otro sitio donde meternos? Alguien quiere que nos larguemos pronto de este instituto.

Contradiciendo su afirmación, apareció Iván portando dos tazas de café que nos estaban destinadas. Con una amplia sonrisa, preguntó:

—¿Están cómodos aquí?

—¡Y bien acompañados! —exclamó el subinspector señalando los tarros.

—Mejor compañía es ésa que la de los chavales, créame. Son todos unos bordes del copón. Se creen que se lo tienen todo merecido. Si no estuviera tan mal el asunto, me buscaría otro curro mañana mismo.

—Necesitamos hablar con un par de alumnas. Una se llama Clara y la otra Selena.

—¡Ah, sí! ¿Clara Martorell y Selena Rodríguez? Pero antes me ha dicho el director que les traiga a la señora Marta Sardá, que es la tutora del grupo de la pobre Noemí. Y vendrá también don Miguel, que es el abogado. En cuanto llegue les avisaré.

Al quedarnos solos, me dijo Fermín:

—¿No cree que el director está metiendo demasiado las narices en lo nuestro? ¡Parece que dirija él la investigación!

—Es un hombre razonable y conoce bien el medio en el que se mueve. Déjelo, sabe lo que hace. Hablar con la tutora de esas chicas puede ser una excelente idea.

Tras unos minutos entró una mujer de unos cincuenta años, de estatura media, algo corpulenta. Tenía toda la pinta de las antiguas «progres» de Barcelona: cabello corto y sin teñir, gafas de concha, zapato llano, camiseta gris y pantalón tejano. Ni una joya ni un adorno que personalizara su atuendo. Traía el semblante grave y no hizo esfuerzo alguno por sonreír al vernos.

—Siéntese, por favor —le indicó mi compañero señalando la única silla libre.

Intenté construir un preámbulo que dignificara la situación, siempre según los patrones convencionales.

—Sabemos que es un momento trágico para todos; pero para atrapar al asesino debemos sobreponernos y...

No me dejó continuar.

—Díganme qué es lo que necesitan saber. El dolor por la muerte de Noemí es algo que no puede ser expresado. Todos los sentimos en nuestro interior.

Era del tipo práctico y cortante. Mucho mejor.

—Dígame, profesora. ¿En qué consiste ser la tutora de un grupo? No somos del gremio y no sabemos hasta dónde se extienden sus atribuciones.

—El tutor se ocupa y se preocupa de la evolución de los estudios de cada alumno, atiende sus peticiones, se entrevista con los padres si es preciso, recoge los comentarios del resto de profesores y hace una evaluación general de sus progresos académicos y actitudes en clase.

—¿No incluye ese contacto los problemas personales, la vida propia de cada estudiante?

Me miró con una mezcla de desprecio e ironía.

—Vamos a ver, inspectora. Si eventualmente el alumno pasa por alguna dificultad personal, puede consultarnos. A veces somos nosotros quienes sospechamos un problema observando su conducta, y los llamamos para indagar. Pero no piense que las cosas suceden como en las series americanas de la tele en las que alumno y tutor se cuentan todo tipo de intimidades.

—No veo las series de la tele —dije con frialdad—. Pero entiendo lo que quiere decir. ¿Qué tal era Noemí como alumna?

—No era brillante, hubiera podido hacer mucho más con su inteligencia, pero no había quejas; aprobaba todas las asignaturas y tenía interés. Puedo asegurarle que eso es mucho decir, no afirmaría lo mismo de la mayor parte de mis estudiantes. Hoy en día los jóvenes no consideran el estudio un privilegio, sino una pesada obligación.

—¿Y qué tal era como persona?

—Muy maja, como suele decirse. Era respetuosa, tranquila, colaboradora, amable con todo el mundo. De las mejores chicas que han pasado por mis aulas.

—¿Notó algo extraño en ella durante los últimos días? No sé qué le estoy preguntando con seguridad: quizá distracciones, alguna preocupación, algo fuera de lo común.

—En los últimos días, no; pero sí en los últimos meses. Observé que se mostraba más retraída con sus compañeros, más tristona, también rendía menos en el aspecto escolar. Incluso había dejado de entregarme algún trabajo, cosa inusual en ella.

—¿De cuánto tiempo hablamos?

—No puedo concretar demasiado; quizá cinco, seis meses.

—¿La llamó para entrevistarse con ella?

—Por supuesto. Le pregunté por su vida, sus problemas, pero como ya le he dicho...

—Sí, ya sé, no es como en las series de la tele. ¿No le confesó nada, ningún detalle por pequeño que sea?

—Se cerró en banda, y eso que manteníamos una excelente relación.

—Bien. Si recuerda algo, si acaso...

—Se lo haré saber, descuide.

Un segundo después de que hubiera desaparecido de nuestra presencia, Garzón hizo la primera apreciación sarcástica:

—Si yo la hubiera tenido como tutora, no le habría dicho ni buenos días.

—¿Se puede saber por qué está usted tan borde desde que empezamos a investigar este caso, Fermín?

—Porque usted está demasiado moderada, y debemos mantener un grado mínimo de mala leche en nuestro tándem, inspectora. Resulta básico para cerrar los casos con éxito.

—Inversión de papeles.

—Para eso están los papeles, inspectora, para invertirlos.

—En eso lleva usted mucha razón.

Salí al pasillo para hacer una llamada; por alguna razón extraña (según Garzón, por el mal fario que propiciaban las serpientes en conserva), en el interior del cuchitril no había cobertura.

—¿Sánchez, tenéis ya los datos que te pedí?

—Sí, Petra. La compañía de la chica era Movistar. Hemos consultado y, el día de la muerte por la mañana, recibió una llamada que luego ella borró. El teléfono emisor pertenece a un tal Kevin Fernández Alcaraz. ¿Te averiguamos quién es? Antecedentes no tiene, que ya lo hemos mirado.

—Quizá no sea necesario, ya te diré.

Garzón exultó de gozo cuando le comuniqué las novedades.

—¿Sabe, inspectora? Me da la sensación de que este caso va a ser coser y cantar.

—Dudo que usted sepa coser. Yo, desde luego, no sé. Y en cuanto a cantar, mejor lo dejamos para otro día; de modo que un poco menos de triunfalismo no nos vendrá mal.

El abogado del centro pidió permiso para pasar. Pertenecía a una de esas mutuas en las que los clientes pagan una cuota mensual para recibir cobertura legal si algún día la necesitan. Joven, desaliñado, trabajando en ese puesto se colegía que no debió de ser el más brillante de su promoción. Su actitud no desdecía esa hipótesis. Después de echar una mirada teñida de repugnancia a nuestros compañeros flotantes en formol, fue directo al grano.

—No se preocupen por mí. No pienso entorpecer su labor para nada. No intervendré en los interrogatorios. Sólo estoy aquí para que los padres de los chicos se queden tranquilos. He traído el periódico y me sentaré en ese rincón. Por cierto, hay dos chicas que esperan fuera.

Hizo exactamente lo que había anunciado, y antes de que Clara y Selena hubieran entrado, ya había abierto su periódico por la sección de deportes, enfrascándose de inmediato en las preciadas informaciones sobre los equipos de fútbol.

Las dos chicas nos miraron con algo cercano al horror. Intenté una aproximación psicológico-didáctica y les expliqué quiénes éramos y qué hacíamos allí, también la importancia enorme que tendrían sus testimonios para esclarecer el asesinato de Noemí. Empecé con una pregunta muy concreta.

—Selena: la noche del crimen, Noemí les dijo a sus padres que iba a estudiar a tu casa, pero no fue, ¿es así?

—A mi casa no vino, no.

—¿Sabes adónde fue?

—No.

—¿Sabías tú que iba a ponerte como excusa ante sus padres para salir esa noche de casa?

—No.

—Sin embargo, había hecho eso mismo bastantes veces más.

—No lo sé.

Negaba con una contundencia y brevedad que presagiaban conocimientos ocultos. Me dirigí a Clara, más regordeta y nerviosa que ella, más aterrorizada también.

—¿Y tú, tienes alguna idea de lo que hizo o con quién quedó citada Noemí la noche en que la mataron?

—¡No! —se apresuró a contestar la chica, y la negación sonó como un lamento.

—Ya veo. ¿Y de Kevin, qué me decís de Kevin?

Noté incluso cómo sus cuerpos vibraron a la mención de aquel nombre. Hubo silencio, un silencio que yo no rompí, y que se prolongó medio minuto, uno... Al fin Clara se volvió hacia su compañera y, casi llorando, exclamó:

—¡Lo sabe, tía, lo sabe! ¡Cuéntalo ya!

Selena continuó callada, pero temblaba.

—¿No sabéis quién es Kevin? ¿Qué es lo que tienes que contarme, Selena?

Clara lloraba ya a moco tendido, escondía la cara entre las manos.

—¿De verdad sois capaces de estar encubriendo a un posible asesino? ¿A alguien que ha matado a Noemí dándole un tremendo golpe en la cabeza, provocando que su corazón dejara de latir, que muriera como un perro?

La bajita no soportó más la tensión.

—¡Kevin es el novio, el novio de Noemí!

El abogado bajó las hojas del periódico y se puso a mirar la escena. Temía que fuera a echarme en cara mis métodos tremendistas, pero era pura curiosidad.

—¿Y dónde está ahora Kevin?

—¡Hoy no ha venido a clase, no ha venido! —soltó entre un llanto descontrolado la chica.

¡Bingo!, pensé, un alumno del mismo instituto, quizá iba a llevar razón el subinspector en cuanto a lo de coser y cantar.

—¿Y tú, Selena, sigues sin tener nada que decir?

—¡Ella sí sabe cosas, más que yo porque eran más amigas! —acusó Clara a su compañera.

Ésta, seria de pronto, dijo:

—Yo no digo nada delante de esos dos. —Y señaló con la cabeza a los dos hombres que me acompañaban.

Los miré, hice una seña a Garzón y me dirigí al abogado.

—Abogado, sé que usted debe quedarse, pero quizá...

Se puso en pie de un salto.

—¿Yo? Me voy enseguida, inspectora. Veo que está todo controlado. Luego volveré.

Me quedé a solas con las alumnas. Clara lloraba, lanzando de vez en cuando molestos hipidos. La otra estaba blanca como el papel. Saqué la cabeza por la puerta y le dije en voz baja a Garzón:

—Haga los pasos previos de detención de Kevin Fernández. Hable con el director antes de nada.

Regresé a mi incómoda silla. Les pedí a las chicas que se sentaran en las otras dos. Selena no me dejó preguntar, empezó a hablar en la misma medida en la que momentos antes había callado. En algún momento pensé que, aun habiendo pedido ella mi compañía, se mostraría tímida y afectada hasta el punto de tener que sacarle las frases con abrelatas. Pero no, se disparó como un arma cargada, casi como una ametralladora que escupía sus proyectiles con rabia y decisión.

—Kevin es el novio de Noemí, y es un cabrón. Hace unos meses que salían juntos. Él está en el último curso. Se cree que es más que nadie, el más guapo, el más machito. La puteaba de verdad. Salía con otras tías y luego se lo contaba para hacerla sufrir. También le hacía otras putadas, como por ejemplo quedar con ella y no aparecer, y la trataba como el culo: la ponía en ridículo delante de los demás, le decía que era tonta. Si ella se vestía especial para gustarle, la llamaba Barbie y se burlaba. Ella lo aguantaba todo porque se colgó de él, estaba colgada perdida y él venga a putearla y divertirse.

—Era un maltratador psicológico —apuntó Clara muy técnicamente.

—Era un cabrón y todos le decíamos que lo dejara y lo enviara a la mierda, pero ella lloraba y contestaba que lo quería mucho y que ya cambiaría. Follaban en cualquier parte y ella les contaba a sus padres que se venía a mi casa a estudiar, pero se iba con él hasta que él se cansaba y le soltaba: «Ahora te largas».

—¿Todo eso te lo contó ella misma? —pregunté.

—¡Pues claro!, no se cortaba un pelo de contármelo. Supongo que así se encontraba mejor después; pero, total, para el caso que me hacía cuando yo le insistía en que lo dejara...

—¿Lo sabía más gente?

—No sé, me imagino que sí. Noemí era muy abierta y como todo lo hacía por amor, se creía que lo estaba haciendo bien.

—¿Alguna vez llegó ese chico a agredirla físicamente? No me refiero a grandes agresiones, sino a algún golpe, empujón...

Clara y Selena se miraron, se encogieron de hombros.

—Ella no me contó nada de eso, pero igual sí. No lo sé.

Miré a Selena a los ojos.

—¿Y tú estabas dispuesta a callar, Selena? ¿No me habrías dicho nada de no haber citado yo a Kevin?

—Yo no soy una chivata.

—No te das cuenta de la gravedad del problema. Noemí está muerta. La han asesinado. Pero aunque estuviera viva, seguro que si hubieras hablado con alguien de la situación por la que estaba pasando, habrías podido ayudarla.

—¿Usted de qué va? Cuando es cosa de dos no hay que meterse por en medio.

—Hay cosas que nos incumben a todos. Espero que lo hayas aprendido.

Sus ojos lanzaban odio puro hacia mí, pero Clara estaba llorando.

—¿Usted cree que ha sido Kevin quien la ha matado? —inquirió entre lágrimas.

—¿Lo crees tú?

—Al enterarme lo pensé, pero luego también pensé que los chicos como Kevin son unos cobardes, y que a eso no se hubiera atrevido.

—Podéis marcharos.

—Me imagino que ahora me la cargaré por haber dicho que Noemí venía a mi casa cuando no era verdad.

—Eso es algo que no me quita el sueño, Selena. Adiós.

Si me hubiera dejado llevar por mis sentimientos, a una despedida tan áspera habría añadido un par de bofetadas. Me sublevaba que aquella niña impertinente fuera capaz de dejar pasar un caso de malos tratos psicológicos a la que teóricamente era su mejor amiga. ¿Y lo sabía más gente? ¿En qué pensaban entonces, en que aquel gilipollas de niñato cambiara de verdad y se convirtiera en un perfecto compañero?

Salí del cuchitril en pleno ataque de mal humor. Tanto ímpetu llevaba que estuve a punto de arrollar a una mujer que se disponía a entrar.

—Hola, ¿es usted de la policía?

—Inspectora Petra Delicado. ¿Quién es usted?

—Soy Elena Vélez, profesora de matemáticas. Tenía en mi clase a Noemí. ¿Podemos hablar un momento?

Regresé a mi lugar de mala gana. Empezaba a sentirme empantanada y secuestrada en aquel rincón, como las serpientes flotantes.

—Dígame.

—Bueno, no sé si tiene alguna importancia lo que voy a decirle, usted misma juzgará. El caso es que Noemí había hablado conmigo alguna vez en los últimos tiempos y... bueno, salía con un chico de tercero que al parecer no la hacía muy feliz, era un poco abusón con ella.

—Acabo de enterarme de que el tal chico era un maltratador psicológico en toda regla. ¿A usted le da la impresión de que eso no tiene la menor importancia?

Puso cara de susto, titubeó.

—Me refería a importancia en la investigación.

—Y yo me refería al hecho en sí. Medio instituto sabía que esa chica estaba siendo víctima de un mal bicho y nadie fue capaz de abrir la boca en su momento. Sinceramente, profesora, no sé qué coño les enseñan a los alumnos en esta jodida institución. La llamaré si tiene que declarar ante el juez. Muchas gracias.

Me levanté y salí de la habitación, dejando a aquella mujer con la boca literalmente abierta y con cara de pasmo. Los pasillos del instituto bullían de ruido por la presencia de alumnos. Llamé a Garzón.

—¿Dónde coño está, Fermín?

—¿Ya está libre? Dice el director que espere diez minutos hasta que todo el mundo esté en clase y que después venga para aquí.

—Dígale al director que se vaya al carajo.

—¡Inspectora, yo...!

Me desplacé con la decisión de un tren hacia el despacho del hombre prudente. Los muchachos por entre los que pasaba me lanzaban alguna mirada curiosa, pero poco más. Abrí sin llamar. El gesto que puso el director mostró más incredulidad que enfado. El de Garzón estaba dentro de sus reacciones normales: esperaba mi irrupción.

—Pero inspectora Delicado...

—Querido director: estoy harta de comportarme de manera clandestina en su instituto. Hago mi trabajo, ¿comprende? Y lo hago lo mejor que sé. Si eso puede herir la finísima sensibilidad de sus estudiantes, lo lamento, pero no pienso seguir acatando esas estúpidas leyes que usted se ha sacado de la manga.

El hombre se puso en pie y, haciendo gala de una gran dignidad, me habló con calma.

—La comprendo, pero esas leyes que usted cree que yo he improvisado, como así es, pues nunca me había visto en una situación parecida, sólo van encaminadas a conservar la normalidad del centro.

—Una normalidad falsa. Aquí suceden cosas de las que nadie habla con tal de que la apariencia de orden quede garantizada. ¿Sabía usted que Noemí Sanz tenía un novio de este propio instituto que la maltrataba psicológicamente?

—Acaba de informarme el subinspector. No sabía

nada, esas cosas pueden llegar a conocerlas los tutores, algunos profesores que...

—Me parece muy grave. Debería crear protocolos que evitaran semejante aberración. Si eso no forma parte de la normalidad, le rogaría que lo incluyera a partir de este momento.

Me fui sin dejarlo responder. Garzón vino tras de mí, alcanzó mi paso vigoroso.

—¿Ya han cogido a ese chico? —le pregunté.

—Está en comisaría, inspectora.

—¿Y qué hace en comisaría? Mande que lo traigan aquí.

—¿Aquí, con las reglas del director?

—¿Dónde sino aquí tendremos a un abogado que pase de todo? En comisaría nos enviarán a otro que quizá ponga más inconvenientes, y no nos interesa. Vamos a interrogar inmediatamente a esa joya.

Mi compañero me tomó del brazo, me hizo pararme, habló con voz serena.

—Ahora no, Petra, ahora no va usted a interrogar a nadie. Está alterada, furiosa, no creo que sea el momento ideal. Le diré lo que haremos: buscaremos un restaurante por aquí y comeremos los dos juntos, sin prisa. Después de tomar un buen café, volveremos, y para entonces los compañeros ya nos habrán traído a ese chico. Es lo razonable, hágame caso.

Bajé la vista, respiré hondo. Era lo razonable, Garzón estaba en lo cierto. No sentía deseos de ser razonable, pero controlar mis emociones resultaba imprescindible. «La vehemencia en el trabajo siempre conduce al error», recordé la frase oída en la academia de policía; seguro que Confucio o Gandhi dijeron también algo por el estilo; así era el consejo de predecible y poco original.

El restaurante donde nos sentamos era una especie de cafetería. El subinspector le había echado el ojo al típico local de currantes con menú, pero estaba hasta los topes y tuvimos que recular. Daba lo mismo; encontramos en la carta unos huevos fritos acompañados de chistorra que eran muy dignos de cualquier obrero sin especializar. Nos mantuvimos callados, concentrados sólo en merendar, hasta que rompí el hielo que se había formado en torno a la investigación.

—Siento haber perdido los nervios, Fermín, pero usted sabe que todos los polis tenemos nuestras bestias negras. Hay quien odia a los violadores, a otros les revienta tener que perseguir camellos... y yo no soporto al maltratador, aunque sea sólo psicológico.

—Ya, Petra; pero es lo que hay y lo que nos ha tocado en suerte. Habrá que echarle arrestos y serenidad. ¿Quiere que sea yo quien interrogue al chico?

—Lo haremos como siempre, a medias entre los dos.

—Prométame que conservará la calma.

—Se lo prometo.

—Y también la equidad. Puede que el tal Kevin figure como principal sospechoso, pero de entrada no podemos aventurar que sea el culpable.

—Eso me costará más, pero lo haré.

Regresamos al instituto cargados de buenas intenciones y colesterol. Encontramos en la puerta a dos policías que custodiaban. Nos dieron el teléfono móvil del chico envuelto en plástico y la prueba pericial que informaba sobre su contenido. La leí antes de entrar: Kevin había enviado a Noemí un mensaje a las once de la mañana y media hora después lo había borrado. A las once y cuarto Noemí había borrado el mensaje de Kevin. Un dato bien comprometedor.

Nuestra presencia entre los alumnos no pasó desapercibida esta vez, miradas y cuchicheos a nuestro paso así lo demostraban. Quizá hubiera sido más juicioso seguir las normas del director, tuve que admitir. Encerrado en el cuchitril de las serpientes estaba nuestro hombre. Tenía toda la pinta de un chulo de barrio de los que ejercitan sus músculos en el gimnasio, pero la mirada que nos lanzó no contenía chulería sino pánico. Se puso de pie y Garzón lo hizo sentarse impulsando su hombro hacia abajo con bastante brusquedad. Lancé mi primera pregunta sin saludarlo siquiera.

—¿Dónde estabas la pasada noche cuando asesinaron a Noemí?

—¿Yo? —preguntó como ganando tiempo.

—No, tu padre —le escupió Garzón.

Llamaron a la puerta. Era el abogado. Comprendí que no habría más exabruptos por parte de mi compañero. Aquel tipo sería un cabrito o quizá un asesino, pero había que guardar las formas. En esa ocasión el abogado había dejado el periódico y venía provisto de su tableta electrónica. Ocupó la silla del fondo y se enfrascó en sus navegaciones, no sin antes decir:

—Prosigan, prosigan. No les molestaré.

—¿Te repito la pregunta? —fui adelante con el interrogatorio.

—No, ya la he entendido. Estaba con una chica.

—¿Dónde?

—En el coche de mi padre. Me lo prestó.

—¿Y qué hacías en el coche con una chica?

—¿Usted qué cree?

—Una impertinencia más y te arreo un sopapo —violentó las formas el subinspector.

Eché una ojeada al abogado y comprobé que ni siquiera había levantado la vista.

—Dame el nombre de la chica.

—No me acuerdo. Yo salgo con muchas chicas.

—Eso me han dicho, y además eras el novio de Noemí.

—¿El novio? Eso de los novios ya está pasado.

—Llámale equis, pero manteníais una relación.

Se encogió de hombros. Su actuación era la de un tipo duro que no piensa cooperar; pero yo no olvidaba su cara de pavor al vernos unos minutos antes.

—La mañana previa al crimen, justamente a las once y cinco, le enviaste un mensaje a Noemí. Un segundo después lo borraste. Ella te contestó y tú lo borraste también. ¿Qué decían esos textos?

—Yo no envié un mensaje a nadie. A las once estamos en el patio.

—¿Y eso qué tiene que ver?

—Al patio no se pueden bajar móviles. Es una norma del insti. Los móviles se quedan en la clase y a las clases está prohibido subir.

Miré al abogado, que, sin abandonar su tableta ni mirarme, afirmó:

—Cierto, es una norma de este director. Va a dirigida a fomentar la convivencia entre los alumnos. Llegó un momento en el que cada uno atendía sus llamadas y mensajes sin charlar o jugar con sus compañeros.

—¿Y las clases quedan cerradas con llave? —preguntó Garzón.

—No, pero es verdad que los chicos no deberían acceder a ellas, aunque hay veces en que esa regla se rompe, claro.

—Pero yo estaba en el patio con mis coleguis. ¡Puede preguntarles, ellos se lo dirán! —intervino el chico.

—Sí, seguro que me dicen lo que tú quieres que digan.

—¡No, se lo juro! Estábamos hablando en los rincones que hay debajo de las ventanas. ¡Se lo juro por Dios! ¡Pregúnteles, llámelos! Estaba con David Hernández, con Sergio Cuesta y con Daniel Mataró. ¡Vayan a buscarlos, por favor!

Toda su flema chulesca había desaparecido; ahora hablaba con pasión auténtica. Aproveché el cambio.

—Lo haremos, pero a su debido tiempo. Por cierto, ya que estás en vena de soltar nombres, ¿por qué no dices el de la chica con la que estuviste anoche?

—¡Pero si no hace falta! Mis colegas les dirán lo del patio. Yo no sabía nada de esos mensajes.

—¿Cuántos años tienes, Kevin? —inquirió mi compañero.

—Diecisiete.

—Bueno; el juez puede enviarte a menores o a tribunales de adultos, depende de por dónde le dé. En cualquier caso, si vas de menor te tirarás un buen puñado de años en un correccional. Hay gente que dice que es peor que la cárcel. Te putean sin piedad, sin descanso. Lo vas a pasar muy bien, ya verás. Y si vas de adulto pues... ya sabes, supongo que has visto películas de cárceles.

—¡Yo no he matado a nadie, esto es injusto! Pregunten a esos chicos que les digo.

—Si crees que te vas a librar por el testimonio de tres amiguetes, lo tienes claro, chaval. ¿Quién era esa chica con quien estabas? ¡Venga, tío, suéltalo ya! Es la única oportunidad que te queda.

—Pero ¿cómo iba yo a ser tan tonto de querer matar a Noemí en el instituto?, ¡joder!

—A veces se hacen planes pero las cosas salen como quieren. Yo te diré lo que pasó: le mandaste un mensaje citándola esa noche en el gimnasio. Ella te respondió afirmativamente. Según me han contado, te gustaba hacer que lo pasara mal. Por cierto, enhorabuena, eres todo un machito cabrón. ¿Por dónde iba? ¡Ah, sí! En ese momento algo salió mal, quizá ella no quiso hacer el amor contigo, ya nos dirás más adelante lo que fue, y decidiste matarla con frialdad, agarrando el bolo de madera y estampándoselo en la cabeza.

Esa pequeña trampa de la frialdad premeditada a veces surte efecto, pero sólo si el sospechoso está al borde de rendirse, entonces puede chillar: «¡No, ella se lanzó sobre mí, peleamos y accidentalmente...». En cualquier caso, Kevin no mordió ese anzuelo, aunque se debatió como un atún a punto de ser cobrado: se rebeló, se levantó y dio pasos por la habitación, barritó como una bestia enfurecida. Garzón le puso las manos extendidas frente a la cara.

—¡Basta! ¡Siéntate o tendremos que llamar a los de fuera para que te reduzcan!

Miré hacia el abogado y me quedé pasmada al comprobar que, a pesar del terrible follón que estaba desarrollándose a escasos dos metros de él, seguía trabajando con su cacharro electrónico como un monje en su celda.

—El nombre, el nombre de esa chica, Kevin; es tu única oportunidad. Aunque a lo mejor no nos lo das porque no existe, ésa es la auténtica razón —acosó mi compañero al chico una vez más.

—¡Es que es muy fuerte! —dijo a punto de llorar.

—¿Qué es muy fuerte?

—El nombre de la chica.

—¿Quién es, una luchadora de sumo?

—No. Es Loreto Santaolalla.

El ruido que hizo la silla del abogado al caer nos sobresaltó. El letrado estaba de pie, atónito, mirando a Kevin con cara de consternación. Se acercó y le dijo:

—Supongo que estás de coña, chaval.

—No, ninguna coña. A veces nos vamos por ahí; ya sabes, a follar un rato y esas cosas.

El rostro del abogado estaba descompuesto, el nuestro: expectante. Por fin, antes de que le formuláramos ninguna pregunta, se volvió hacia nosotros y dijo:

—Loreto Santaolalla es la hija del director.

—Se va a armar la de Dios —soltó el subinspector muy espontáneamente.

—Y la de Mahoma también —respondió el abogado como si con la que estaba cayendo tuviera ganas de bromear.

Todo el episodio que siguió tuvo una parte de sainete y otra de trágica realidad. La tal Loreto corroboró la versión del machito y lo hizo con una desfachatez y una furia que sugería un claro acto de rebeldía contra su padre. En cuanto al padre..., se le veía pesaroso y azorado. Probablemente, como todos los padres, se hacía aquella pregunta tan calderoniana de «¿qué pecado cometí...?». Pero todo elemento humano escapaba a nuestro negociado. Para nosotros, el dato importante y devastador era que Kevin Fernández quedaba exculpado del crimen. Porque, además, y por si fuera poco con el testimonio de Loreto, los tres mosqueteros que había citado como testigos corroboraron la versión de que aquella mañana a las once su compañero no había abandonado el patio de recreo. Dadas las circunstancias, les creímos.

Volvimos a comisaría con las manos vacías, y nos esperaba Coronas para regalarnos una bronca floreada.

—¿Quién había sido el capullo que había hecho unas declaraciones a la prensa?

Mostró un artículo de periódico: «A la policía no le hace ninguna gracia tener que ocuparse de un caso de asesinato en un entorno escolar porque suele ser un lío del demonio», leí al vuelo. Como el capullo encartado no era yo en esta ocasión, pedí permiso para retirarme y me fui a mi despacho a meditar.

Me embargaba una sensación extraña; por un lado, me encontraba frustrada por no haber podido darle una lección a aquel chuleta. Por otro, estaba escandalizada porque mi avidez por hincar mi diente justiciero en él había hecho que descartara cualquier posibilidad de considerarlo inocente. Muy peligroso, pensé, la emotividad y los principios hay que dejarlos en casa cuando se empieza a investigar. Perfecto, de acuerdo, tomaría nota para no repetir la equivocación, ¿y qué, qué teníamos ahora que pudiera servirnos para hallar al asesino de Noemí? Poca cosa, un rompecabezas difícil de armar. ¿Quién mata a una chica como Noemí en su propio instituto? Nadie puede tener nada en contra de una chica por el estilo: tranquila, dócil, con escasa personalidad... ¿Una rival que quería quitarle el novio? Probabilidad desmedida. ¿Quizá alguien que deseaba ver inculpado a ese novio, cargarle un crimen que no cometió? ¿Matar para eso? Excesivo también. Y si así había sido, nos encontrábamos ante la típica aguja en el pajar. Todo indicaba que la chica no había mantenido en secreto la mala vida que Kevin le daba. Ella buscaba gente con quien compartir sus penas de amor. De manera que, una vez extendido el asunto... cualquiera hubiera podido querer... ¿matarla para darle a él una lección? No casaban, mis hipótesis no casaban; bien es cierto que la juventud hace cosas poco meditadas y tendentes a la exageración, pero esa exageración resultaba desproporcionada.

Ya que las grandes hipótesis fallaban, había que bajar un escalón: ¿quién pudo entrar en la clase el día de autos para enviar esos mensajes? Debíamos regresar al instituto a la mañana siguiente. Habíamos salido de allí de modo precipitado, quizá huyendo de la violenta situación creada por la confesión de Kevin en torno a la hija del director. ¡Pobre hombre!, pensé; no debía de ser plato de gusto ver que tu hija tiene una relación con semejante elemento. En ese momento entró el subinspector.

—¡Joder, Petra!, es usted solidaria, ¿eh? En cuanto ha visto que con el comisario pintaban bastos ha salido por piernas.

—Necesitaba pensar.

—¿En la nota de prensa?

—¿Cómo?

—Ha habido para todos, no vaya a pensar. Ha dicho el comisario que redacte usted inmediatamente una nota sobre las investigaciones. Él la supervisará y la dará al portavoz para que la haga pública antes del cierre de los diarios.

—La acabo en cinco minutos.

—Lo dudo.

—Pues no lo dude. Diré que vamos por buen camino y que no descartamos ninguna posibilidad.

—Eso es lo que decimos siempre, ¿no?

—¿Y qué quiere que diga, que no tenemos ni puta

idea? Las meteduras de pata con la prensa se las dejo para usted.

—Muy graciosa.

—Váyase a dormir, Fermín. Mañana hay que ir tempranito a la escuela, como en nuestra juventud.

A la mañana siguiente el director no estaba en su despacho. En su lugar nos recibió Marta Sardá, la tutora de Noemí, que hacía las funciones mientras el director estaba de baja. Ella misma nos explicó sobre aquellas circunstancias:

—El pobre Luis está muy afectado. Un hombre como él, tan formal, tan amante de la lectura y los deportes... y que su hija frecuentara a un tipo como ése...

—Supongo que lo peor fue que se enterara como se enteró, de un modo tan traumático —dije por decir algo.

—¡Bah! —respondió ella con desprecio—. Se habría enterado de todas maneras, este instituto se ha convertido en un centro de cotilleos, de inmoralidad, sin ningún sentido de la ética ni de amor por el estudio. Por cierto, el claustro de profesores va a celebrar una reunión en la que propondré yo misma que se expulse a Kevin Fernández, e imagino que ustedes lo enviarán a algún reformatorio donde puedan corregir su conducta.

—Nosotros no enviamos a nadie a ninguna parte; es el juez quien decide en cada caso; y me temo que ese chico no ha cometido ningún delito.

—Puede que sus delitos no figuren en el código penal, pero no me negarán que ustedes deberían...

La interrumpí con impaciencia.

—Nosotros tenemos cosas más importantes que hacer.

—¿Ah, sí? ¿Como qué?

—Como averiguar quién asesinó a Noemí Sanz.

—Sí, claro; pero siempre he pensado que prevenir el delito debería ser más importante que castigar a quien lo cometió.

—Le comunicaremos su idea a nuestro comisario para que él la haga llegar al Ministerio del Interior.

Si captó o no la ironía nunca lo sabré. Su cara se convirtió en una fría máscara de ojos inexpresivos.

—Profesora, vamos a dar una vuelta por el instituto. Haremos unas cuantas preguntas aquí y allá. Espero que nadie nos pondrá trabas.

—Hagan lo que tengan que hacer; pero les ruego que no entren en un aula una vez empezada la clase.

—No, por supuesto que no.

Salimos tras una gélida despedida. Garzón resopló poniendo los carrillos muy hinchados. Le faltó tiempo para decir:

—Esta tía es más borde que la madre que la parió.

—Debe de ser una especie de talibana de la educación perfecta.

—Pero es contradictoria, la tía. Dice que aquí todo anda en boca de todos y ella parece ser la única que no se enteró de que Noemí salía con el chulo. Dice que deberíamos mandar al chulo a un correccional y luego suelta que la policía no debería castigar sino prevenir. ¿Usted lo entiende?

—No; pero es sabido que la gente dogmática suele caer en muchas contradicciones.

—¿Y ahora adónde vamos, Petra?

—Quiero hablar con el señor Leandro.

El señor Leandro estaba en su cubículo de la entrada, con cara de aburrimiento sempiterno. No dio señales de reconocernos en los primeros momentos, pero enseguida sonrió tristemente y afirmó varias veces con la cabeza cuando le dijimos que le haríamos algunas preguntas.

—Señor Leandro, está prohibido subir a las clases durante el recreo, ¿es así?

—Sí, señora.

—¿Los alumnos respetan esa norma?

—Sí que la respetan, sí. Nunca sube ninguno, saben que se las podrían cargar.

—¿Las demás personas del instituto sí pueden entrar?

—¿Qué demás personas?

—Pues no sé: las señoras de la limpieza, los conserjes, los profesores...

—Las señoras de la limpieza no, porque vienen muy pronto y se van muy pronto también. Iván y yo tampoco subimos nunca porque estamos vigilando un poco el patio. Los profesores sí, pueden entrar si quieren.

—¿Y lo hacen?

—Sí, a veces sí lo hacen. Por ejemplo, el tutor de un curso se mete en la clase porque tiene que corregir exámenes y cosas así.

—¿Recuerda si el día de la muerte de Noemí alguno de ellos estuvo en su clase?

—¡Uy, señora; no lo sé! No estaba pendiente de eso.

—¿Cree que Iván podría haber visto a alguien esa mañana?

—No, esa mañana estaba conmigo en el patio.

—Y ambos están seguros de que ningún alumno abandonó el patio por alguna razón.

—No, de eso estoy seguro. Todos estaban allí.

—Pues ya está, eso es lo único que queríamos preguntarle.

Garzón me comentó cuando estuvimos solos:

—Habrá que pensar finalmente que fue un intruso quien mató a Noemí.

—Ni hablar; no olvide los mensajes de móvil.

—¿Un profesor, entonces?

—Habrá que dar un toque en esa dirección.

Marta Sardá nos puso toda serie de dificultades estúpidas al comunicarle lo que queríamos. Era obvio que intentaba hacer valer su transitorio poder como directora en funciones, aunque naturalmente tuvo que claudicar, y a las seis de la tarde, cuando el horario lectivo finalizó, todos los profesores que estaban la mañana del crimen en el centro se reunieron con nosotros en la sala de juntas. Eran catorce: hombres y mujeres de edades diversas y diferentes tribus urbanas: jóvenes contestatarios, señores de aspecto burgués, mujeres de mediana edad y *look* ecléctico... El único punto en común que parecían presentar todos ellos era la cara de preocupación con que nos observaban. Reconocí a la profesora de matemáticas, la saludé con un gesto, me correspondió con una sonrisa.

—Señores... —comencé—. Sólo les he reunido aquí para hacerles una pregunta muy simple: ¿alguno de ustedes subió a la clase de segundo durante la hora del recreo el día que mataron a Noemí? Les ruego que hagan un esfuerzo de memoria.

Hubo un instante de recapacitación y luego las cabezas y algunas voces empezaron a negar.

—¿Recuerdan que alguien, quien fuera, les comentara que pensaba entrar en esa clase por alguna razón, o quizá vieron a alguien haciéndolo?

La reacción ante esta segunda pregunta fue una nueva negación. Asentí, miré a Garzón y me sorprendió que elevara un dedo hacia mí. Quería intervenir en el interrogatorio. Asentí y su voz se extendió entre los profesores.

—También quisiéramos saber si Noemí le contó a alguno de ustedes que mantenía una relación con Kevin Fernández. Bastará con que levanten una mano.

Conté las manos alzadas: once. No podía creérmelo. Pregunté de nuevo:

—¿Y todos sabían que esa relación era digamos... muy desgraciada para ella?

Proliferaron los signos de afirmación. La profesora de matemáticas pidió hablar.

—Noemí era una chica muy abierta, muy sincera, de

las que aún confían en los profesores, por eso contaba su problema.

Los dejamos marchar a todos. Salimos a tomar un café. Estaba deseosa de intercambiar impresiones con el subinspector. Frente a dos tazas humeantes, fue él quien empezó.

—Sin pruebas materiales, la cosa la tenemos muy chunga, inspectora; de manera que hay que tirar de intuición. Y la mía me dice que es raro de cojones que medio claustro de profesores supiera las circunstancias sentimentales de la víctima mientras que su tutora no se enteró de nada.

—Su intuición es malhablada pero certera. Resulta muy raro, sí.

—¿No cree que deberíamos interrogarla sobre ese tema en particular?

Me abismé en las profundidades de mi bebida. La idea de Garzón hacía tiempo que me rondaba por la cabeza; pero...

—Pero, subinspector: ¿qué móvil puede existir para que esa mujer mate a una alumna de quince años?

—Existen tantos móviles como personas, Petra. Todos podemos tener una razón para matar. Sin olvidar que quizá su intención no fue ésa y algo se complicó incidentalmente. Yo no soltaría ese hueso sin preguntar.

—Si está dispuesto a no soltar el hueso, entonces mejor lo enterramos en un rincón del jardín, como hacen los perros con sus tesoros más preciados. Nada de preguntas que levanten la liebre. Volvamos al instituto.

Iván pasaba por allí cuando entramos y nos dirigió a nuestro despachito de las serpientes. Cuando, solícito, nos preguntó si necesitábamos algo, le respondí muy taxativa:

—Vaya a buscar a la profesora de matemáticas y tráigala aquí. Esté donde esté.

No tardó ni cinco minutos en aparecer por la puerta.

Venía tranquila, sólo envuelta en un ligero velo de curiosidad. Le pedí que se sentara.

—Usted es una mujer discreta, ¿verdad?

—Sí, aunque en realidad nunca me lo he preguntado a mí misma.

—Pues pregúnteselo.

—Sí, creo que lo soy.

—Discreta y con sensibilidad. De hecho, ha sido la única de los profesores que se acercó a informarnos sobre las relaciones amorosas de Noemí. Y eso nos gusta, nos parece justo lo que se debía hacer.

—Gracias.

—Voy a hacerle unas preguntas que no tienen gran trascendencia en la investigación, pero que nos interesan. Sería imprescindible que no diga a nadie que se las hemos planteado.

—Puede estar bien segura de que no abriré la boca.

—Dígame, ¿qué tipo de mujer es Marta Sardá?

No pudo o no quiso evitar que el asombro se pintara en su rostro, también cierta decepción. Debía de haber esperado temas de calado mayor.

—¿Marta? En fin, no somos amigas, pero hemos estado trabajando las dos aquí desde hace tiempo. Es buena profesora. La enseñanza es importantísima para ella.

—¿Y personalmente?

—No sé, es soltera, ecologista, feminista, reservada... Hay muchas profesoras en el mundo con su mismo perfil.

—Siendo para ella tan importante el alumnado, ¿cómo es posible que no supiera nada de Noemí y Kevin, siendo ella su pupila?

—¿Eso les ha dicho? Me extraña. Le tenía mucho cariño a Noemí. Decía que cuando se decidiera a confiar en sus propias capacidades llegaría muy lejos. Y... espere, espere; no puede ser que no supiera nada. Un día, estando las dos en la biblioteca, pasó por delante Noemí. Se notaba al kilómetro que había llorado y Marta me susurró: «A saber qué le habrá hecho esta vez ese cabrón». Interpreté que el cabrón, con perdón de la malsonancia, era Kevin.

—¿Y no comentaron nada más?

—No, como le digo, estábamos en la biblioteca y no queríamos hablar.

—Dígame, ¿usted tiene el número de teléfono móvil de Marta Sardá?

—Creo que sí. A veces formamos comisiones y grupos de trabajo para algún tema concreto y nos intercambiamos los números por si hay que quedar citados. Déjeme comprobarlo... Sí, aquí está.

—¿Puede dármelo?

Se quedó quieta, sorprendida, sin saber qué decir.

—Pero...

—Puedo averiguarlo por conductos policiales; si se lo pido a usted es por mera rapidez y comodidad; y porque sé que no le dirá a ella que me lo ha dado. ¿De acuerdo?

—Sí, yo...

—Quédese tranquila, por favor. No está perjudicando a su compañera, se trata sólo de una comprobación que queremos realizar de manera confidencial.

—Cuente con ello, inspectora.

Cantó el número, que Garzón apuntó al instante, y salió de la habitación. El subinspector se volvió hacia mí.

—¿Y ahora qué coño hacemos?

—Largarnos a comisaría. Allí se lo explicaré.

Garzón abrió mucho los ojos cuando se lo expliqué. Puso sus pegas de siempre, ordenancistas y tendentes a la corrección de la práctica policial, pero enseguida se unió a mi iniciativa.

—¿Y qué le ponemos en el mensaje?

Esperaba con su libretilla en ristre. Yo me levanté y di unas cuantas vueltas por mi despacho. Eso a Garzón le intrigó.

—¿Qué hace?

—Pensar en el estilo literario que debemos usar: ¿hacernos pasar por un alumno, por un padre, por un extraño...? No todos hablan igual.

Al final me decidí por el estilo de malhechor convencional. Puede que la gente vea muchas series de televisión sobre profesores, pero las de policías son el número uno total en las audiencias. Surtiría efecto, sin duda. Tomé un folio y escribí: «Sé lo que hiciste con Noemí. Ven mañana al bar La Palmera en el 240 de la calle Roselló a las seis de la tarde. Si no te presentas, hablaré».

Garzón aprobó mi pieza literaria. Fue él quien mandó el mensaje a la Sardá, por supuesto desde un emplazamiento de «número desconocido».

El día siguiente era crucial. Debíamos acudir al instituto como todas las mañanas y procurar que la directora en funciones nos viera. Nada debía hacerla sospechar que en el bar La Palmera podía encontrarse con nosotros.

Y así sucedió: fuimos al instituto de buena mañana, nos movimos por los pasillos, hicimos una nueva e innecesaria inspección ocular del gimnasio y nos recluimos en nuestro terrario de formol a beber todos los cafelitos que Iván quiso traernos. Por la tarde repetimos la operación y a las seis menos cuarto Garzón le preguntó a Iván:

—¿Podemos hablar un momento con la directora?

—Acaba de marcharse, ya no tiene clases hoy.

Salimos pitando y, cuando ya estábamos en el coche, sonó mi teléfono móvil. Era la policía Yolanda, desde el bar La Palmera.

—Inspectora, según la descripción física que me facilitaron, la sospechosa ha entrado en el bar. Está mirando nerviosamente en todas direcciones y parece que va a sentarse a una mesa. ¿Qué hago?

—Identifícate y detenla. Estamos casi llegando.

Me volví hacia el subinspector, que, conduciendo, sonrió levemente al decir:

—El juego sucio ha dado resultado.

—Pues no ha sido el último que verá.

—A veces me asusta usted, Petra.

—Mi ideal sería asustarle siempre.

Marta Sardá nos estaba esperando, y su cara no revelaba sorpresa, sino indignación. Saltó sin darnos tiempo a hablar:

—¿Puedo saber qué está pasando?

—Justo lo que parece. Esta joven policía la ha detenido. Ahora hemos llegado nosotros y la llevaremos a comisaría para un interrogatorio.

—¿Por qué motivo?

—Por el asesinato de Noemí Sanz.

Soltó unas cuantas carcajadas de mala actriz y me miró desafiante.

—¿Se ha vuelto usted loca?

—Creo que no. Tenemos el coche fuera. Acompáñenos, por favor. ¿Tiene usted abogado?

—No.

—Tiene derecho a que uno esté presente en la sesión de preguntas.

—Ya veré si lo quiero o no. Todo esto es tan absurdo que no sé qué pensar. ¿Están seguros de lo que hacen?

—Marta, ¿puede decirme por qué se encuentra en este bar?

—He venido por un ridículo mensaje que recibí citándome en este sitio. Quería saber quién me lo mandó y, si el bromista se presentaba, ponerlo verde directamente.

—Acompáñenos.

Todo estaba en nuestras manos. Todo dependía de nuestra habilidad; también de la fuerza que ella tuviera, de su capacidad para resistir.

En la sala de interrogatorios le pedimos que se sentara y le dimos café. De las tácticas que pudiéramos emplear en aquel momento quedaba descartada cualquier violencia o excesiva presión puntual. Todo debía ser lento, moroso, reiterativo. No andábamos buscando contradicciones, sino su derrumbamiento y posterior confesión. Las horas debían transcurrir.

Y transcurrieron o, mejor, se arrastraron. Le hacíamos preguntas genéricas, a veces absurdas, siempre repetidas una y otra vez: ¿Dónde estaba la noche del crimen? ¿Con quién se encontró, con quién habló? ¿Escribió y después borró los mensajes que intercambiaron Kevin y Noemí? ¿Los citaba a ambos en el gimnasio por medio de ese mensaje? Ella se mantenía en sus trece de no querer un abogado, pero su resistencia empezaba a menguar. Cuando habían pasado tres horas, empezó a dar muestras de nerviosismo.

—¿Hasta cuándo va a durar esto? Déjenme marchar. No tengo nada que ver con ese crimen y ustedes lo saben.

Creí llegado el momento de explotar mi tiro de salvas.

—Marta: hemos intentado que usted por sí misma confesara. Era mucho mejor para usted y para el tratamiento que le daría el juez en el juicio posterior. No lo ha hecho y mi buena voluntad se ha acabado. Le diré la verdad: alguien la vio esa noche entrar en el gimnasio unos minutos antes del crimen. Ese alguien calló al principio, pero ha decidido hablar.

Hice una pausa. Garzón y la sospechosa me miraban con idéntica cara de estupor. Intenté conservar la calma. Había decidido jugar fuerte y ya no podía flaquear.

—Usted mantenía relaciones sexuales con Kevin. Noemí se enteró y la amenazó con contarlo a todo el mundo. Eso hizo que usted entrara en pánico y planeó su asesinato, que después ejecutó.

Reaccionó como una demente. Elevó los ojos al cielo, se puso a dar alaridos, se estiraba de la ropa como si quisiera arrancársela. Se dobló sobre sí misma y cayó de rodillas al suelo. Me asusté de verdad, Garzón más que yo.

—¡Vaya a por un médico! —le grité.

Marta Sardá se incorporó un poco, negó con la cabeza, señaló con la mano algo que había a su lado.

—Mi bolso. —Oí que decía débilmente.

Se lo acercamos y sacó de él unas pastillas, se sentó en el suelo. Garzón me susurró al oído:

—¡Hay que ver cómo se ha pasado usted!

—¿No quiere que llamemos a un médico? —me dirigí a ella.

—Agua —volvió a musitar.

Tomó un par de pastillas. Me miró.

—Déjenme descansar media hora.

—No, si se encuentra mal continuaremos mañana.

—No, no, hoy. Quiero hablar. Déjenme sólo un momento. Me recuperaré.

—Esperaremos fuera a que se encuentre mejor.

Fue estar solos y empezar a oír los reproches del subinspector.

—¡Coño, inspectora, se ha pasado usted diez pueblos! ¿Cómo va a justificar esas mentiras, esos testimonios fabricados?

—Si sirve, habrá servido. Si no, es su palabra contra la nuestra. Le recordé dos veces su derecho a un abogado y no quiso aceptarlo. Ella verá.

—¿Y ahora, después de este ataque de nervios va a hablar? No sé, inspectora, todo esto es peligroso.

—¡Váyase al infierno, Fermín! Estaré en mi despacho. Avíseme cuando esa histérica esté en condiciones.

Me refugié en mi lugar habitual. Estaba furiosa: por haber hecho trampas, por tener una sospechosa de cuya culpabilidad estaba convencida pero de quien desconocía por completo los motivos que la condujeron a matar. Como nunca he aprendido yoga ni técnicas de relajación, recurrí a navegar por internet buscando zapatos de última moda. Siempre he pensado que los zapatos son pequeñas obras de arte que deben ser admiradas. Empezó la colección: tacones, *peep-toes*, sandalias, cuñas, plataformas, deportivos, mocasines... hasta los nombres eran hermosos en sí mismos. Al cabo de un rato me sentí mejor y, tras quince minutos más, Garzón metió la cabeza en mi despacho.

—Ya está en condiciones de hablar. Venga enseguida.

Era cierto que podía hablar sin problemas, aunque sus gestos y su voz venían ahora caracterizados por una llamativa lasitud. Sonrió tristemente al verme.

—Siéntese, inspectora; aunque me vea titubeante, estoy bien. Hace muchos años que sigo un tratamiento psiquiátrico que me permite vivir con normalidad. Lo que me ocurrió antes fue debido a un exceso de estrés, pero lo he solucionado tomando un par de pastillas que me dio mi médico por si llegaba a esa situación.

—¿Qué enfermedad padece? —pregunté.

—La enfermedad de haberlo hecho siempre todo mal. —Hubo un silencio hecho mitad de incomprensión, mitad de curiosidad. Ella prosiguió, muy tranquila, casi beatífica—. No les voy a contar la historia de mi vida; sé que no procede en estos momentos, pero sí les diré que a veces pienso que incluso mi nacimiento fue un error. A raíz de ahí, fui yo la responsable de mis propias equivocaciones: tuve amigos que no me beneficiaron, me enamoré de quien no debía, abracé la soledad sin pedir nunca ayuda ni abrirme a los otros... En fin, no quiero seguir. Al final, sólo dos cosas positivas me han quedado: mis ideas y la enseñanza; y por esas dos cosas y gracias a ellas he podido continuar hasta hoy. —Miró hacia todas partes, tenía la boca visiblemente pastosa—: ¿Puedo beber agua? —preguntó, y Garzón se precipitó a pasarle una botellita sin abrir. Carraspeó y reanudó aquel relato que no sabíamos adónde nos conduciría ni si tenía interés policial—. Cuando antes me dijo usted que tenía relaciones sexuales con Kevin, estuve a punto de echarme a reír. No ha estado usted muy inspirada para provocarme, pensar en tener el menor contacto con ese chico... En fin. Sin embargo, ha sido el momento en que me he dado cuenta de que, una vez que ustedes han sospechado de mí y me han detenido, la dimensión pública del asunto ya no puedo controlarla. La gente empezará a hablar y las barbaridades que pueden decir o pensar serán múltiples, extrañas, sórdidas... Y eso es algo que no quiero permitir, prefiero que se sepa la verdad. No he luchado tantos años por mis ideas para que ahora la gente, y sobre todo mis alumnos, oigan aberraciones sobre mí.

Garzón me hizo una indicación con los ojos. Creí entender que me pedía que la centrara, intentando que concretara por fin. Pero no era necesario, iba a contarnos la verdad.

—Yo maté a Noemí. —La voz le falló y buscó ánimos para seguir hablando—. Pueden creerme o no, pero fue un accidente... Bueno, quiero decir que no hubo premeditación. Noemí era una alumna por la que yo sentía especial predilección. No se trataba de una chica muy inteligente, pero tenía fuerza de voluntad, se superaba a sí misma, batallaba. Cuando entró en bachillerato dijo que haría unos estudios medios, de corta duración, para ponerse pronto a trabajar. Luego, en parte por mis consejos, cambió de opinión y estaba dispuesta a cursar una carrera superior. Además, tenía un carácter estupendo, era solidaria, alegre, educada... Hasta que un día todo empezó a cambiar.

—Se enamoró de Kevin —la interrumpí.

—El bueno de Kevin, ¡vaya pieza! Tuvo que decírmelo ella porque, entre las muchas exigencias del tipo, estaba que nadie podía verlos juntos en el instituto. La consideraba demasiado poco para él. ¿Qué puedo decirles? La machacaba, la humillaba, y esa situación estaba empezando a hacer mella en su personalidad y, por supuesto, en el resultado de los estudios. En fin, lo que se llama un maltratador. ¡Pero ella aguantaba lo que fuera!

Mil veces hablamos y mil veces la exhorté a dejarlo, a darse cuenta de lo que estaba haciendo con ella. «No puedo. Lo quiero mucho. Ya cambiará» era su contestación. ¡Niña imbécil, niñas imbéciles todas! ¡Me he pasado media vida luchando por los derechos de la mujer! ¿Y qué estoy obligada a ver cerca de mi jubilación? Chicas que sueñan con casarse a toda costa, con cumplir un papel tradicional, que se dejan machacar por sus novietes, que visten como putas. Chicas que ni piensan en conceptos como liberación o igualdad. ¡Es patético, créanme, patético!

—Tranquilícese, por favor —intervine, temiendo un panfleto que la desviara de su confesión.

—Estoy tranquila, y muy segura de que la decisión que he tomado: contar la verdad. Les diré lo que pasó. En el colmo de la desesperación por hacer que Noemí dejara a Kevin, urdí un plan: aprovechando la hora del recreo, entré en ambas clases y tomé el teléfono de los dos chicos, ya me había preocupado de saber el pupitre en el que se sentaba Kevin. Escribí: «Te espero a las nueve en el gimnasio del insti. Es una aventura. Lo pasaremos bien». Los dos debían leerlo, cada uno en su móvil, y acudir. Si no acudían, al menos se asustarían al ver que alguien intentaba meterse entre los dos. Una vez en el gimnasio, mi plan era hablar con ambos y tratar de que Kevin se acobardara con las amenazas que pensaba lanzarle. Estaba segura de que su reacción sería borrar el mensaje en cuanto lo hubieran leído, como así fue. Naturalmente, ese chulo no apareció ni se comunicó con Noemí, limitándose a agraviarla una vez más largándose con otra, ¡Dios nos libre!, con la hija del director. Ella sí vino. Intenté tener una conversación especial, hacerle ver cómo podía cargarse su futuro aceptando citas como aquella. Montó en cólera. Me dijo que estaba harta de que intentara distanciarla de su novio, de que me tomara la libertad de opinar sobre su vida. Discutimos. Al final se puso histérica, me llamó zorra, solterona, y dijo exactamente lo que antes dijo usted: que yo intentaba quitarle a Kevin, ponerme a follar con él, ésa fue su expresión. Me cegué, le grité, ella empezó a chillar como si hubiera perdido la razón. Cogí uno de los bolos de gimnasia que estaban amontonados en un rincón y le pegué con todas mis fuerzas, volví a pegarle en el mismo lugar...

Se interrumpió, se estremeció. Creí que lo haría, pero en ningún momento rompió a llorar. Al contrario, se recompuso y añadió:

—Son hechos trágicos, pero no sórdidos. Al menos hay en ellos una base de dignidad.

—No hay dignidad que justifique la muerte de una joven que tenía toda la vida por vivir, Marta, para eso no hay explicación.

—Lo sé —dijo bajando la cabeza. Y luego repitió con gravedad—: Lo sé.

—Su declaración... —empecé, pero ella, menos entorpecida ya por los tranquilizantes, me cortó.

—Sí, la repetiré ante el juez. ¿Cuántos años cree que pueden caerme?

—Sinceramente... no lo sé. Si hubiera confesado inmediatamente, los atenuantes de enajenación temporal y falta de premeditación habrían contado más a su favor.

—Me lo imagino. Pero llegué a pensar que, en una jugada maestra del destino, podrían atribuirle el crimen a Kevin. Aunque, claro, tenía la maldita coartada de la hija del director.

—¿De verdad hubiera dejado que ese chico cargara con la culpa?

—Sí —dijo sin dudar, y lanzó una grotesca carcajada—. Por cierto —continuó—: ¿Por qué sospecharon de mí? No pensarán que en algún momento me tragué que ese absurdo mensaje no lo escribieron ustedes. Estaba muy segura de que nadie me vio la noche del gimnasio.

—Sospechamos porque nos extrañó que una tutora concienzuda como usted no supiera nada de los problemas amorosos de Noemí cuando todo el mundo parecía estar al corriente.

—¡Claro! No pensé en que esa chica fuera por ahí como enorgulleciéndose de su humillación. Pero ¿saben lo que les digo?, que me alegro de que fuera eso lo que los hiciera sospechar. Es obvio que tengo una reputación y que, aunque haya cometido un error, mi fama de buena profesora seguirá intacta.

Salimos tarde de comisaría. Le ofrecí a Garzón tomar una cerveza y enseguida aceptó. Como permanecía todo el rato en un silencio meditabundo mientras vagábamos por los pasillos, le pregunté:

—¿En qué piensa, Fermín?

—Bueno, estoy hecho un lío. No sé si esa tía es una mártir de su causa o si está como una puta cabra.

—Puede que sea las dos cosas.

—Pero eso en el fondo me trae sin cuidado. Lo que me tiene mosca es que se le ocurra contarle al juez lo del mensaje que le mandamos. Usted sabe que ese modo de obtener una confesión puede incluso anular un juicio.

—No lo hará. Como usted bien ha dicho, se siente una mártir. Callará cualquier cosa con tal de ser protagonista, por una vez.

—¡Qué rara es la gente!, ¿no, Petra?

—¡Uf, no lo sabe usted bien!

El comisario me ordenó que fuéramos por última vez al instituto para informar a las autoridades de cuál era la situación final del caso. Advertí seriamente al subinspector:

—Ya veremos quién es la autoridad que nos recibe, pero tenga muy claro que sólo debemos hablar con él. No suelte ni media palabra a nadie más.

Mi recomendación no fue baladí. En el instituto corrían flujos que indicaban que algo había pasado, pero nadie había sido informado de modo oficial. Nos abordaron los bedeles: Iván y el señor Leandro, también la profesora de matemáticas y el abogado pasota, y cuando llegamos al despacho del director habíamos dejado tras nosotros una larga estela de curiosidad. Para nuestra sorpresa, Luis había regresado a su puesto. Nos miró con gravedad, nos invitó a sentarnos y le contamos la declaración de Marta Sardá sin demorarnos en los detalles. Escuchaba con consternación y al final del relato se quitó las gafas y se frotó los ojos varias veces. Luego nos miró.

—Es una historia trágica. Yo sabía que Marta estaba en tratamiento psiquiátrico, pero llegar hasta lo que hizo... ¡Dios mío!, ya les dije que la enseñanza es un campo difícil, lleno de sensibilidades encontradas, de mundos paralelos que nunca llegan a encontrarse. Yo mismo he podido vivir ese extremo en propia carne.

—El que pudiera vivirlo ha servido para corregir algo de lo que quizá no hubiera llegado a enterarse.

—Eso es cierto, mi hija ha comprendido que iba por mal camino, ahora creo que... aunque, perdonen, ustedes no están aquí para escuchar mis temas personales. El resultado final de todo esto es que hemos perdido a una buena alumna y a una buena profesora y que mucha gente ha sufrido y sufre todavía. Esperemos que esta haya sido la última vez que sucede algo parecido.

—Gracias por su colaboración, Luis. Debo decir que nos ha impresionado la manera tan cabal en la que dirige usted este centro. Siga así.

—La enseñanza es difícil en estos tiempos, señores; y aunque la sociedad piense que somos un colectivo sin trascendencia, lo cierto es que aquí se fragua el futuro; por eso vale la pena seguir.

Salimos emocionados por las palabras del director y al mismo tiempo contentos de que el caso se hubiera resuelto con tanta rapidez. Junto a la puerta del instituto encontramos, ¡oh, milagros de la vida moderna!, al periodista con quien había hablado Garzón días atrás.

—¡Hombre!, ¿cómo usted por aquí? —lo saludé con una alegría que dejó patidifuso a Garzón.

—Bueno, he oído que la policía va a hacer un comunicado público sobre la resolución del caso esta misma tarde; pero a lo mejor ustedes me pueden adelantar algo, que sería una exclusiva cojonuda para la edición digital de mi periódico.

—¡Pues claro que sí, faltaría más! ¡Hay que ayudar a la juventud! Total, por unas horas... Apunta, muchacho, lo que te voy a decir.

El muchacho en cuestión sacó una libretita como en la antigua escuela, mientras el subinspector me miraba con cara de asombro.

—Pues el culpable de la muerte de la chica ha sido un intruso que se coló en el instituto por una ventana disfrazado de gallinácea. Siempre hacía eso para poder ejercitar sus músculos en el gimnasio, porque como era pobre no tenía los medios de matricularse y...

Dejó de escribir enseguida y me miró con sorna.

—Vale, inspectora Delicado, cazada la indirecta. Veo que aún me guardan rencor por lo que publiqué.

—¿Rencor dices, rencor? Desconocemos el significado de esa palabra. Nosotros somos seres angelicales, prácticamente etéreos y, para demostrarlo, vamos a invitarte a una birra grande como una catedral y fresca como las aguas de un lago. ¿Está de acuerdo, Garzón?

Garzón se reía como un bendito.

—Estoy de acuerdo, inspectora.

Pasé los brazos por sendos hombros y, convertidos en un extraño trío, fuimos a la busca de un bar donde disolver en cerveza nuestras diferencias, método que siempre funciona en mi desdichado país cuando se quiere restañar heridas.

Vinaroz, agosto de 2014